達文西密碼

THE DA VINCI CODE

DAN BROWN

丹・布朗

宋瑛堂——譯

再次獻給Blyth……。謝意更勝以往。

致親愛的讀者：

一直以來，機密和密碼令我傾心。

在恍然看透事物的表層、見到底下的玄機時，一股神奇的感受總會油然而生。

在我十歲那年，我遇到今生頭一個密碼。那密碼是紙條上一串詭異的符號，掛在耶誕樹上，被我設法破譯之後，我才知道，紙條是我父母寫的，他們以密碼宣布全家即將出發度假，驚喜之旅在幾小時之後啓程。

自從那天早晨起，我就迷上等人解開謎團、重現原意的密碼，從此一生探索著符碼的奧妙世界。而幾年前，在我探索的旅程中，我撞見了這輩子遇過最神祕的一個密碼。

這密碼歷史悠久……也令人匪夷所思，最絕的是，它就藏在光天化日之下，擺明等著世人去探個究竟。

根據傳說，這密碼隱含一個驚天動地的機密。有些人聲稱，這天機太聳動了，如果破解，知情的人絕對無法再以同樣的眼光看天下。但也有人說，這祕密只不過是個迷思……充其量是虛無飄渺的耳語。

無論你的看法是哪一種，你手裡的這本書訴説著一男一女急著破解密碼、揭露謎底的故事。無論你信或不信你即將發現的天機，我希望這趟旅程能激發你的意志，推動你去追尋你個人深信的任何一道真理。

（無蠟）

丹·布朗

事實

錫安會（Priory of Sion）是確實存在的一個歐洲社團，成立於一〇九九年，行事隱密。一九七五年，巴黎的國家圖書館發現羊皮紙文獻《祕密檔案》，明指錫安會成員多人的身分，其中包括科學家牛頓爵士、畫家兼雕塑家波提且利、作家雨果、藝術家兼發明家達文西等等。

主業會（Opus Dei）是天主教一支派，信仰極為堅貞，近年來屢傳教徒走極端的報導，頗受爭議。主業會曾斥資四千七百萬美元，在紐約市建造全美總部。

本小說中描述的所有藝術品、建築、文獻、以及祕密儀式，全部都確有其事。

序幕

巴黎羅浮宮博物館
晚間十點四十六分

在博物館的大陳列館裡，七十六歲的名人館長賈克·索尼耶赫在拱廊跌跌撞撞，一見最靠近的一幅畫就撲過去抓。這幅是卡拉瓦喬的十七世紀名作，裱著鍍金框，掛在牆上。名畫到手後，索尼耶赫向後摔倒，癱成一團，被畫布壓住。

正如他所料，附近有一道鐵柵門轟隆隆降下來，堵住大陳列館的入口，鑲木地板跟著砰砰震動，警鈴聲在遠處響起。

館長躺著喘幾口氣，評估情勢。*我還活著*。他從名畫下面爬出來，東張西望，想在這個空蕩蕩的大空間找地方藏身。

有人開口了，近到令他心寒。「不准動。」

爬行中的館長愣住了，緩緩轉頭。

近在十五呎外，柵門另一邊是攻擊者虎背熊腰的身影，正隔著鐵條瞪著館長看。高壯的歹徒是天生白子，膚色慘白如幽靈，白髮稀疏，眼珠的虹膜呈粉紅色，瞳孔深紅。那個人從外套裡面拔槍，槍口對準柵門內的館長。「何必跑呢？」他講話有異國腔，不知是哪裡來的人。「東西藏在哪裡，快說。」

「我——我不是說了嗎？」館長結結巴巴講著。「我不懂你在講什麼！」

「別想騙我。」那個人盯著他，渾身靜止，唯有鬼魅似的眼珠閃閃發光。「你們這群弟兄握有一個不屬於你們的東西。到底藏在哪裡？快說出來，你還有活命的機會。」那個人平舉手槍，瞄準館長的頭。「難道你爲了保密，不惜一死？」

館長索尼耶赫難以呼吸。

那個人歪著頭，看著手裡的槍。

索尼耶赫舉雙手自保。「等等，」他慢慢說。「你想知道什麼，我告訴你。」接著，館長審慎說出他演練過無數次的謊言。

館長講完後，歹徒自滿地笑笑。「對。跟其他幾個人講的一模一樣。」

索尼耶赫不禁畏縮一下。其他人？

「他們也被我找到了，」那個人奚落著他。「三個都是。他們證實了你剛講的東西。」

不可能吧！館長和三位大長老的眞實身分幾乎和他們保護的遠古機密一樣神聖不可侵。索尼耶赫這才恍然大悟，他的三位大長老也遵守嚴規，臨死以同樣的謊言搪塞。

歹徒再次提起槍。「你死後，知道眞相的人只有我一個。」

眞相。一時之間，館長領悟到後果不堪設想。我一死，眞相就永遠失傳了。他掙扎著，想找掩蔽物。

砰的一聲，館長覺得一陣熾痛，子彈射進腹部裡。他往前傾倒，痛苦掙扎著，隨後緩緩翻身，回瞪著柵門外的攻擊者。

現在，歹徒穩穩瞄準他的頭部。

索尼耶赫閉上眼睛，恐懼和悔恨在腦海裡翻攪。

膛室缺子彈的喀嚓聲迴盪在走廊裡。

館長猛然睜開眼皮。

歹徒瞄手槍一眼，神情近乎好氣又好笑。他伸手換彈匣，想想卻作罷，改以淡定的神態，對著索尼耶赫的肚子冷笑。

館長向下看，見到亞麻白襯衫上的彈孔，在胸骨下方幾吋，外圍有一小圈鮮血。我的胃。上過戰場的索尼耶赫自知只有十五分鐘可活。

「我的任務到此爲止。」那個人丟下這句話走人。

周遭只剩索尼耶赫一人了。他把目光轉回到鐵柵門。至少再過二十分鐘，柵門才可以打開，但拖到那時候，他早就斷氣了。儘管如此，比死更令他恐懼萬分的事正緊緊揪住他的心頭。

我非把機密傳下去不可。他使勁奮力起身。

索尼耶赫搖搖晃晃站起來，想著三位羅難的弟兄，也遙想起祖先……惦記著一代傳一代的使命。

一條環環相扣的知識鏈。

如今，再多的防護機制……再萬無一失的保障措施也不管用了。索尼耶赫成了僅存的一環，人類史上的一大天機只剩他隻身捍衛。

他顫抖著，努力站起來。

趕快想辦法啊……

他被困在大陳列館，而全世界唯獨一人能承接他想傳遞的使命。牆上掛滿世界最富盛名的繪畫，現在卻成了關住他的絢麗監牢。索尼耶赫舉目望著名畫，它們像老朋友似的，對著他微笑。

痛苦寫滿臉上，他鼓起全身的本能和氣力。索尼耶赫知道，時間寶貴，他必須善用生命僅存的分秒，以完成眼前這件艱鉅的任務。

1

羅柏・蘭登緩緩甦醒。

電話鈴聲在漆黑的房間裡響起，喳喳叫的鈴聲聽來陌生。他摸索著床邊的檯燈開關。燈亮後，他瞇眼環顧四周，見到這間臥房裝飾豪華，傢俱是仿十八世紀的古董，牆上是手繪的壁畫，他睡的是桃花心木的四柱巨床。

這是什麼地方？

緹花布浴袍掛在床柱上，上面有巴黎麗思大飯店的縮寫。

慢慢的，疑惑逐漸消散。蘭登坐起來，以疲憊的眼神看著房間另一邊的穿衣鏡，見到鏡中有個模樣陌生的人，頭髮蓬亂，滿臉疲憊，平時炯亮的藍眼珠顯得混沌而憔悴，剛毅的腮幫子布滿黑鬍碴，太陽穴的髮梢灰白醒目，白色的範圍擴大中，入侵粗黑濃密的頭髮領域。

蘭登拿起話筒。「喂？」

「蘭登先生嗎？」男人的聲音。「希望我沒叨擾您吧？」

迷迷糊糊的蘭登望向床邊的時鐘。半夜十二點三十二分。他才睡了一小時；他覺得自己死氣沉沉。

「我是飯店的櫃檯服務員，蘭登先生。打擾您了，不好意思。是這樣的，有人急著見您。」

蘭登仍覺得昏沉沉。有人來見我？他的視線聚焦在床頭桌一張皺皺的傳單。

巴黎美國大學榮幸歡迎
哈佛宗教符號學教授
羅柏・蘭登
今晚蒞臨演講

蘭登悶哼一聲。他以宗教繪畫和符號爲題材，出過幾本書，不想成名的他卻在藝術圈大紅。今晚他以沙特爾大教堂爲例，用幻燈片解說石雕上暗藏的民俗教派符號，聽衆裡大概有保守派看了覺得刺眼。最有可能的是，來人是宗教學者，會後尾隨他回飯店，想找他單挑。

「很抱歉，」蘭登說，「我眞的很累，而且——」

「可是，蘭登先生，」櫃檯不肯讓步，沉著嗓子，以緊急的口氣低聲說，「想見您的人來頭不小，現在甚至已經走向您的房間了。」

蘭登赫然清醒。「你讓他直接來房間找我？」

「是我不好，蘭登先生，不過，以他的來頭……以我的職權攔不住他。」

「**他**到底是什麼人？」

櫃檯已經掛掉電話。

幾乎在同一瞬間，蘭登的房門外響起重重的敲門聲。

蘭登下床，感覺腳趾深沉陷入地毯裡。他套上飯店浴袍，走向門口。「誰啊？」

「蘭登先生嗎？我有事想當面商量。」這人的英文有一種腔調，尖銳的咆哮聲中帶有權威感。「我是傑侯姆．科列分隊長，單位是刑事總局。」

蘭登愣了一愣。刑事總局？法國的刑事總局和美國聯邦調查局的地位差不多，找我做什麼？

蘭登不解開防盜鏈，讓門開幾吋，從門外瞪著他的是一個倦容滿臉的男人，穿著藍色制服，體形精瘦。

「方便讓我進門嗎？」分隊長說。

蘭登遲疑一下，不知如何是好。「爲什麼找我？」

「隊長有意私下借重你的專業。」

「現在嗎？」蘭登勉爲其難說，「半夜十二點半？」

「你今晚和羅浮宮館長有約，對不對？」

蘭登的心情突然七上八下。備受推崇的賈克．索尼耶赫館長確實和他約在演講會後酒敘，但館長放他鴿子。「對。你怎麼知道？」

「我們在他的行事曆查到你的名字。」

「該不會出了什麼事吧？」

分隊長無奈歎一口氣，從狹窄的門縫遞一張拍立得相片給他。

蘭登一看照片，整個人怔住了。

「相片是在不到一個鐘頭前拍的。在羅浮宮裡面。」

相片拍到的畫面詭異，蘭登的第一反應是反胃加震驚，緊接著，一股怒氣湧上心頭。

「我們希望你能協助辦案，畢竟你的專長是符號學，而且和索尼耶赫有約。」

蘭登的驚恐現在多了一分畏懼。「這裡的符號，」他說著，「還有，他的屍體很怪……」

「怪的是被擺成的姿勢嗎？」分隊長科列提示。

蘭登點點頭，視線從相片移向科列，不禁心寒。「很難想像有誰會對人做這種事。」

分隊長的臉色凝重起來。「你搞錯了，蘭登先生。你在這相片見到的……」科列的口氣停頓一下。「是索尼耶赫先生自己做的。」

2

遠在一哩外，白化症巨漢西拉跛著腳，走進布赫葉街上一棟豪華住宅的前院門。他的一腳大腿上套著苦修帶。這種帶刺金屬鏈以皮帶束緊，刺尖和大腿接觸，以產生痛感，奉行《道路》的虔誠信徒無不配戴，以隨時隨地謹記基督被釘上十字架的苦難。能以這方式侍奉天主，西拉的心靈滿足得高歌起來。

西拉穿越大廳入內，悄悄上樓梯，不想吵醒人。他的臥房門開著；這裡禁用鎖。他進房間後關門。

他的臥房陳設簡樸，地上鋪著硬木板，只有一座松木抽屜櫃，角落的一張帆布墊是他的床。這星期他在巴黎作客。許多年來，託天主的福，他有幸一直在紐約市有類似的避風港。

天主賜予我住所，賜予我人生目的。

今夜，西拉覺得自己終於開始報恩了。他匆匆走向抽屜櫃，找出藏在最下面抽屜裡的手機，撥號。

「喂？」接電話的是男人。

「老師，我回來了。」

「快說，」對方欣然下令，顯然很高興接到這通電話。

「三個大長老……和盟主，四個人全被我除掉了。」

對方無聲片刻，彷彿在祈禱。「這麼說，想必你已經掌握資訊了？」

「四人講的是同樣的東西。分開講的。」西拉停幾秒，心知他逼供取得的資訊必定會讓對方大吃一驚。「老師，四人全證實了穹頂石的存在……也就是傳說中的拱心石。」

傳來「老師」倒抽一口氣的聲音，西拉能感受到老師的興奮。「拱心石……」

根據傳說，這群兄弟會的成員在石板上刻字，製成一塊指點迷津的拱心石，能顯示該會安藏終極機密的地點。由於機密的效應力強大，這群人決心協力捍衛天機。

「等拱心石一落入我們手中，」老師沉聲說，「我們只差一步，就能破解機密。」

「其實沒有老師想的那麼遠。拱心石近在巴黎。」

「巴黎？不可思議。簡直太輕鬆了吧。」

西拉敘述今晚的過程，說明四人分別在死前吐露完全相同的一件事：拱心石被巧妙藏在巴黎一間古教堂裡面——聖許畢斯大教堂。

「就藏在天主之家裡面！」老師驚嘆。「他們居然用這種藏法嘲弄我們！」

「嘲弄了好幾世紀。」

老師沉默下來，彷彿想讓勝利的雀躍心平息一些。最後他說，「西拉，你為上帝立下一個大功。接下來，你應該去幫我找拱心石。馬上。今晚就去。」

老師接著交代待辦的事項。

西拉掛電話，難耐期待的心情，皮膚麻癢起來。他告訴自己，再等一個鐘頭。他慶幸老師給他一個空檔，讓他在進入上帝之家前，有機會先照例苦修補贖一陣。我必須洗清今天的罪惡。

他低聲自言自語，痛是好事。

3

刑事總局的雪鐵龍車在巴黎市區奔馳，清爽的四月風從車窗外灌進來，羅柏·蘭登坐在副駕駛座，儘量釐清思緒。出門前，他匆匆洗澡刮鬍子，儀容整理得還算體面，卻不太能減輕心中的焦慮。館長陳屍的相片太驚悚了，畫面烙印在他大腦裡。

賈克·索尼耶赫死了。

他忍不住為館長之死深深哀慟。索尼耶赫素有不愛出鋒頭的名聲，但由於他推廣藝術不遺餘力，因此廣獲各界愛戴。蘭登有機會當面認識他，原本期待不已。

車窗外的巴黎繁華夜景正漸漸黯淡，賣糖衣杏仁的攤販推著車回家，餐廳服務生拎著一袋袋垃圾丟路邊，深夜情侶在茉莉花香的微風中相擁取暖。雪鐵龍車在紊亂的市街威風穿梭，吵死人的咿嗚咿嗚聲有如一把刀，劃破車流而過。

「隊長很高興得知你今晚還在巴黎。」分隊長科列說著猛踩油門，開進名勝杜勒麗花園的北門。蘭登一向把杜勒麗花園視為近乎仙境的地方。就是在這裡，畫家莫內針對形狀和顏色做實驗，可以說是催生了印象派畫風。

科列關掉警笛，蘭登鬆一口氣，享受著突然靜下來的氣氛。雪鐵龍左轉，朝西進入花園中間的大道，繞過圓形池塘，橫越一條荒涼的馬路，來到一座寬廣的四角中院，這時看得見杜勒麗花園的盡頭有一座巨大的岩造拱門。

騎兵凱旋門。

熱愛藝術的人無不崇拜這地方。國際級的四大美術館分別盤據在指南針的四點上，從這裡可盡收眼底。右車窗是南邊，蘭登看見爍亮氣派的門面。這裡以前是火車站，如今改爲令人尊敬的奧塞美術館。往左邊望去，他能依稀辨識超現代風格的龐畢度中心的屋頂，裡面有現代藝術博物館。背後是西方，他知道古埃及拉美西斯王的方尖碑聳立在樹梢上空，網球場美術館就在那裡。然而在正前方，在凱旋門的另一邊，蘭登這時看得見一棟文藝復興時代的宮殿，現在是全球最富盛名的美術館。

羅浮宮博物館。

羅浮宮的造型像一個巨大的馬蹄鐵，曾是歐洲最長的建築物，比三座艾菲爾鐵塔相連倒著放還長。遠遠望去，羅浮宮宛如一座聳立巴黎天邊的堡壘，結構宏偉，中庭廣場有一百萬平方呎。蘭登記得第一次從頭到尾踏遍羅浮宮，足足走了三哩。

羅浮宮裡的藝術品多達六萬五千三百件，遊客如果想逐一細細品味，據估計需要五星期才逛得完，但多數觀光客選擇縮減行程，蘭登把這種逛法稱爲「羅浮速簡遊」，蜻蜓點水瀏覽知名度破錶的三寶就算數：〈蒙娜麗莎〉以及大理石雕像〈維納斯〉和〈勝利女神〉。

科列掏出對講機，劈里啪啦講法文：「蘭登先生來了。再兩分鐘。」他轉向蘭登。「我載你去大門口見隊長。」說完，科列加足馬力，把雪鐵龍開上人行道。看得見羅浮宮的入口了，昂然矗立在前方。

玻璃金字塔。

入口位於七十一呎高的新現代風格玻璃金字塔裡，建築師是華裔美國人貝聿銘。玻璃金字塔的名氣幾乎直逼羅浮宮本身，不過金字塔引發的爭議也不少。

「喜歡我們的金字塔嗎？」分隊長科列問。

蘭登皺眉。他知道這問題有陷阱：如果承認喜歡金字塔，表示自己沒品味；回答不喜歡，等於是侮辱法國人。

「先總統密特朗勇氣可嘉，」他持平回答。密特朗在位時興建玻璃金字塔，被輿論恥笑「有法老王情結」，因爲他在巴黎到處擺埃及方尖碑、藝術品、文物。

「隊長的大名是什麼？」蘭登轉移話題問。

「伯居．法舍，」分隊長說。「法文的綽號是le Taureau。」

蘭登看他一眼。「公牛？」

科列拱拱眉毛。「你的法文不賴嘛，蘭登先生，怎麼不敢承認。」

我的法文很遜，蘭登悶想，不過我對星座倒是滿熟的。占星術差不多是全球通行，而Taurus（金牛座）的拼音再怎麼變，意思都是公牛。

科列停車，指向金字塔側面的兩座噴泉之間，那裡有一個大旋轉門。「隊長讓我送你到這，我還有其他事要忙。祝你好運了，蘭登先生。」

蘭登歎著氣下車，大步走向大門，雪鐵龍則加速離去。他舉手敲玻璃門，只見下面一片漆黑。一個人影出現了，從迴旋梯邁步而上。這人膚色偏黑，體形矮壯，肩膀寬闊，雙腿強健。他示意要蘭登入內。

蘭登推門進入時，他高聲說，「我是伯居．法舍，刑事總局的隊長。」他的喉音深重似雷鳴，猶如蓄勢待發的暴風雨，和外形很搭調。

蘭登伸出一手和他握一握。「羅柏．蘭登。」

法舍的大手包住蘭登，力道能把對方握碎。「蘭登先生。」隊長的黑檀木眼珠緊盯著他不放。「來。」

4

法舍隊長的舉手投足像蠻牛，寬肩向後挺，下巴強縮至胸口。

蘭登跟著他走，從著名的大理石樓梯拾階而下，進入金字塔下方的大廳，途中見到兩位刑事總局衛兵荷著機槍站崗。不言自明的是，今晚想進出羅浮宮，必須經過法舍隊長批准。

一股不安的情緒升上心頭，被蘭登強壓下去。法舍的態度絲毫沒有歡迎的意味，而夜半羅浮宮的氣氛陰森森，簡直像墓穴。這座樓梯和漆黑的電影院一樣，每一階都裝設低光度的地燈，他聽得見自己的腳步在頭上的玻璃之間迴盪。蘭登抬頭看，能見外面噴泉的水霧被微微照亮飄散。

「你認不認同？」法舍問，大下巴指向樓上。

蘭登歎一口氣，累得不想玩遊戲。「贊同，你們的金字塔美極了。」

法舍哼一聲。「活像巴黎臉上的一道疤。」

一好球。蘭登意識到，這法國人很難討好。他不清楚法舍知不知道，這座金字塔應密特朗總統明確指示，以六百六十六片玻璃打造。這種要求很奇怪，一開始就引爆陰謀論，因爲熱衷陰謀論的人一口咬定666代表撒旦。

他決定不提。

步步接近地下的大廳時，空間張大嘴似的慢慢從陰影中浮現。羅浮宮大廳位於地下五十七呎，面積七萬平方呎，占地遼闊，感覺像一個沒有邊際的洞室。爲了搭配蜂蜜色的羅浮宮門面，地下大廳使用溫暖的赭黃色大理石。平常，這裡陽光普照，遊客如織，今晚則黑漆漆、冷清清，氣氛淒涼如地窖。

「博物館固定用的保全人員呢？」蘭登問。

「隔離中，」法舍以法文回答，好像蘭登在質疑他的決策似的。他改以英文說，「顯然，今晚有不速之客進來。羅浮宮所有警衛都正在接受偵訊。我改派我的部屬去接夜班。」

蘭登點頭，加快步伐以跟上法舍隊長。

「你怎麼認識賈克．索尼耶赫？」隊長問。

「其實，一點也不認識。我們從來沒見過面。」

法舍面露訝異。「約今晚見面是頭一次？」

「對。我在美國大學演講，會後舉行招待會，我們相約在招待會上見面，結果他沒來。」

法舍在小冊子裡記幾筆，蘭登這時瞥見頭上的倒立金字。這個偌大的金字塔名氣較小，以鐘乳石的姿勢倒掛在天窗下。

「主動約見的人是誰？」法舍問得突然。他帶蘭登踏上一小段樓梯。「你或他？」

這問題顯得突兀。「是索尼耶赫先生約的，」蘭登回答。兩人正走進通往德儂館的地道。羅浮宮分三館，最爲人熟知的就是德儂館。「幾個禮拜前，他的女祕書發電郵聯絡我，說館長耳聞我這月來巴黎演講，希望當面和我討論事情。」

「討論什麼？」

「不知道。藝術吧，大概。我們的興趣很相近。」

法舍露出狐疑的神色。「約你見面想談什麼，你竟然不知道？」

蘭登的確不知道。當時他很好奇，但不好意思問得太仔細。備受敬重的索尼耶赫注重個人隱私，約他見面成功的機率微乎其微。有機會和索尼耶赫認識，蘭登感恩都來不及了，哪敢多問。

「蘭登先生，在他約你談事情的今晚，他被人謀殺了，他想談什麼，你能至少猜猜看嗎？可能有助於辦案。」

隊長這問題的針對性令蘭登侷促難安。「我眞的猜不出來。我那時沒問。他找上我，我覺得太榮幸了。我很欣賞索尼耶赫先生的作品，常在課堂上引用他的論述。」

法舍用小冊子記下他的說法。

在前往德儂館的地道裡，這時兩人已走到一半，蘭登見到盡頭有上樓的電扶梯，兩座都靜止不動。「我們搭電梯上去，」法舍說。「相信你也知道，陳列室有點遠，徒步去不輕鬆。」他以厚實的一手抹抹頭髮。「所以說，你和索尼耶赫的興趣相近？」隊長繼續問。電梯門開了。

「對。其實，我去年大部分時間在撰寫一本書，內容符合索尼耶赫先生的專業領域。我很期望當面請教他的見解。」

「原來如此。是哪方面的主題？」

蘭登猶豫著，不知該如何說明。「基本上，我的手稿探討的是女神崇拜，也就是女人的神性，也探討藝術和符號在這方面的關聯。」

「索尼耶赫很懂這方面的東西嗎？」

「沒人比他更懂。」

「說不定，賈克．索尼耶赫聽說你在寫書，可不可能？」法舍提示。「所以才約你見面，主動提供資料給你。」

蘭登搖頭。「我寫的書，其實還在草稿階段，沒人知道。除了編輯，我沒有給別人看過。」

電梯開始動了。「你和索尼耶赫先生，」隊長說，「從來沒交談過？從來沒書信往來？從來沒互相寄過東西？」

又是一個匪夷所思的問題。蘭登搖搖頭。「沒有。從來沒有。」

法舍歪著頭，彷彿在暗記這條線索。他不說話，直盯正前方的鉻合金電梯門。電梯門光滑如鏡，蘭登留意到隊長配戴著銀色十字架領帶夾，表面鑲著十三顆黑瑪瑙。這種含十三顆寶石的十字架對基督徒具有象徵意義，指的是基督和十二位使徒。堂堂一個法國警察隊長，怎會招搖個人的宗教信仰，蘭登起初覺得意外，但繼而一想，這裡終究是法國，基督教與其說是個信仰，倒不如說是一種與生俱來的特權。

電梯震動一下，停住了。蘭登的視線往上移，見到法舍兩眼直盯他在電梯門上的倒影。

蘭登趕緊出電梯，進走廊，然後陡然止步，一臉詫異。

法舍瞄他一眼。「我猜，蘭登先生，你沒見過羅浮宮打烊的景象吧？」

哪有機會？蘭登心想，一面想弄清楚方位。

羅浮宮的陳列室天花板高得出名，平日也燈火通明，今晚卻暗得嚇人。壁腳板似乎設有紅燈往上照，光度黯淡，在磁磚地面灑出一片片紅黑相間的景象。

蘭登朝著昏暗的走廊望去，這才怪自己反應慢半拍。有分量的陳列室，幾乎全在夜裡改開作業燈，光度低，對展覽品不具傷害性，僅供工作人員和保全認路用，儘量讓繪畫處於暗處，以減緩強光導致褪色的作用。法舍說，「往這邊走。」說著，他向右急轉彎，穿越一個接一個相連的陳列室。

蘭登跟著走，視覺漸漸適應漆黑的環境。在他四周，大油畫逐漸一幅幅浮現在牆上，他宛如置身特大號的暗房，見到沖洗中的相片顯影。他行走在陳列室裡，感覺畫中人的眼珠跟著他流轉。牆上高掛著監視器，擺明告訴來賓：我們看得見你，不許亂碰任何東西。

「其中有幾架是眞的嗎？」蘭登指著監視器問。

法舍搖搖頭。「當然沒有。」

蘭登不意外。羅浮宮的陳列室占地好幾英畝，監視器裝太多，光是監看畫面的工作人員就要請幾百個，怎麼可能？多數大型博物館現在改用圍堵保全法。與其避免竊賊入侵，不如讓竊賊逃不走。博物館關門後，可啓動圍堵設施，如果雅賊一移動藝術品，陳列室的出口會緊急關門，在警察趕來之前，小偷就開始過鐵窗人生。

大理石走廊迴盪著陣陣講話聲，似乎來自右前方一個向牆內凹的大房間，裡面亮著強光，溢散到走廊。

「館長辦公室，」隊長說。

隨著隊長接近辦公室時，蘭登瞄進一道短走廊，瞥見索尼耶赫的豪華研究室，裡面是暖色系的木質傢俱和十六至十八世紀歐洲名畫家的的傑作。五六個警察在辦公室裡忙著，有的正在講電話，有的在做筆記，其中一人坐在索尼耶赫的古董大辦公桌前，正在敲筆電。看樣子，館長的私人辦公室今晚被挪用爲警察指揮所。

「各位，」法舍以法文高聲說，所有警察聞聲轉頭。「任何情況都不准打擾我們，聽見沒？」

蘭登在飯店房門外掛過無數次「不准打擾」的牌子，大致懂隊長的命令。

辦公室裡的人全點頭，表示明白。

法舍扔下這一小群警察，帶蘭登繼續走在昏暗的走廊上。前方三十碼隱約可見一道閘門，裡面是羅浮宮人氣最高的一區——大陳列館，一條似乎永無止境的長廊，展示著羅浮宮最珍貴的義大利傑作。蘭登知道，索尼耶赫的陳屍處就在裡面。大陳列館的鑲木地板遠近馳名，他從相片一看就知道。

接近大陳列館時，他發現入口被一道大鐵柵門擋住，簡直像中世紀城堡用來防禦盜匪軍團的同一型。

接近鐵柵門時，法舍說，「圍堵保全法。」

隔著鐵窗，蘭登望進幽暗如山窟的大陳列館。

「你先請，蘭登先生，」法舍說，指向鐵門下面的地板。鐵門離地面約兩呎。「請從下面鑽進去。」

蘭登凝視著腳前的窄縫，然後抬頭看偌大的鐵門。他是在尋我開心吧？鐵門開這道縫，看似一座斷頭臺，等著壓扁入侵者。

法舍用法文嘟噥一聲，看看手錶，索性跪下去，把偏胖的身體擠進鐵門下面，進去之後站起來，回頭看鐵門另一邊的蘭登。

蘭登嘆氣。他雙手壓在擦得光亮的鑲木地板上，俯臥下去，匍匐前進，鑽到一半時，粗呢西裝外套的頸背被鐵門勾住，後腦勺挨了鐵門一拳。

太遜了吧，羅柏，蘭登暗罵自己。手忙腳亂一陣，終於爬進鐵門內。起立時，蘭登不禁開始懷疑，今夜絕不會一溜煙就過。

5

主業會的全球總部兼會議中心位於紐約市，地址是萊辛頓大道二四三號，樓板總面積十三萬三千平方呎，共有一百多間寢室、六間飯廳，更有圖書室、客廳、會議廳、辦公室多間。總部十七樓僅供長期住宿。男人從萊辛頓大道上的大門入內，女人則因男女隔離政策，必須走巷子裡的門進去。

這天入夜不久，住在閣樓的主教曼紐爾．艾林葛若薩準備了一小包行李，穿上傳統的黑色教士袍，戴著十四K金的主教戒指，上面鑲著一顆紫水晶和幾顆大鑽石，附有手工製作的主教冠與權杖圖樣。

身爲主業會的會長，艾林葛若薩主教近十年來致力散播的訊息以「天主志業」爲主——而這正是主業的拉丁文本意（Opus Dei）。主業會是西班牙神父施禮華於一九二八年創立的教派，主張遵照教主藉《道路》宣示的教義，回歸嚴謹的天主教價值觀。《道路》已翻譯成四十二種語言，印行超過四百萬本，主業會也蔚爲一股全球勢力，地球上的第一線大城市幾乎都有主業會的宿舍和教學中心，甚至也設有大學。天主教教宗以及梵蒂岡樞機主教們也完全贊同主業會的作法，樂見其成。

主業會有財有勢，卻也惹人側目存疑。

「許多人指稱，主業會是個對教徒洗腦的邪教，」記者常如此質疑。「也有人說，你們是一個超保守的基督教祕密社團。到底哪一個才對？」

「兩者皆非，」艾林葛若薩主教總是耐心回應。「我們隸屬天主教會，全是天主教徒，選擇以信守天主教義爲依歸，日常生活儘可能嚴格自律。成千上萬的主業會成員過著居家生活，在各自的社群裡從事主業，也有成員選擇住進我們的宿舍，過著宗教生活，想怎麼過日子，全隨個人自由決定。只不過，所有成員的目標一致，全都從事主業，以改善全世界。從任何角度看，這都是值得稱許的理念。」

可惜，講道理鮮少能打動人心。媒體喜歡炒作醜聞，而主業會如同多數的大型組織，名聲免不了被少數幾個壞分子玷污。現在，媒體常調侃主業會是「上帝的黑手黨」、「基督邪教」。

我們常怕我們不懂的東西，艾林葛若薩主教心想。

然而，五個月前，權力萬花筒發生大地震，艾林葛若薩至今仍驚魂未定。

如今，他坐在民航班機上，前往羅馬，凝望窗外的漆黑大西洋。太陽西下了，但艾林葛若薩主教知道，他的運勢之星即將再升起。他心想，*今夜之戰勢在必得*。而在短短幾個月前，他居然覺得無力感纏身。*對手點燃了戰火而不自知*。頓時之間，他的視覺聚焦在機艙窗上，見到自己的怪臉。他的臉形橢圓，膚色偏黑，鼻子明顯歪扁——年輕時他在西班牙傳教，曾被人一拳打斷鼻梁。現在，他幾乎不在意外表的缺陷。艾林葛若薩重視的是性靈而非形體。

客機飛越葡萄牙海岸之際，教士袍口袋裡的手機震動起來。主教知道，這是一通千萬不能漏接的電話。知道這電話號碼的人只有一個，就是寄這支手機給他的人。

興奮之餘，他低聲接聽手機。「喂？」

「西拉已經問到拱心石的方位了，」來電者說。「地點就在巴黎，藏在聖許畢斯教堂裡面。」

艾林葛若薩主教微笑說，「這麼說來，目標不遠了。」

「我們可以馬上取得。不過，我們需要借重你的勢力。」

「當然可以。教我怎麼做。」

五百哩外，白子西拉站在一小盆水前，清洗自己的背。這也是他個人例行的常規。他照著《聖經》詩篇，祈禱默唸著，以牛膝草滌淨我，我將潔身。清洗我，我將比雪更白。

過去十年來，西拉奉行《道路》，洗清罪孽，重建人生，消除往日的殘暴心。耶穌傳達的是和平的訊息……愛的訊息。這是他從一開始就學到的教誨，他常存心中。

也是基督的敵手現在揚言想毀滅的教誨。

想以暴力脅迫上帝者，必定會受暴力反制，他喃喃說。

今夜，西拉接到徵召令，即將上戰場。

6

羅柏．蘭登從鐵門下面鑽進去，站在大陳列館入口。這一區展示著羅浮宮最知名的義大利藝術品，兩旁是素色的牆壁，高達三十呎，最上面消失在黑暗中。紅紅的作業燈光往上照，爲牆上的名畫揮灑出一抹不自然的光暈。兩壁的靜物畫和宗教畫多不勝數，全出自達文西等大師級畫家之手。

蘭登的目光先落在地上。這裡遍布斜線縱橫的鑲木地板，有些人認爲，這才是此區最搶眼的藝術品。地上有個出乎意料的東西，在蘭登左邊幾碼外，被警方的警戒線圍住，吸引他的視線。他陡然轉向法舍。「那是……卡拉瓦喬的名畫嗎？」

法舍連看都不看就點頭。

蘭登猜中了。這幅畫價值超過兩百萬美元，竟然被當成海報扔在地上。「搞什麼，怎麼會這樣？」

法舍眼露凶光。「蘭登先生，這是刑案現場。我們什麼東西也沒碰。那幅畫是館長從牆上拉下來的。警報系統就是這樣被啓動的。我們相信，他在辦公室裡被突襲，然後逃進大陳列館，從牆上把那幅畫扯下來，鐵門立刻下降，堵住所有進出口。」

蘭登糊塗了。「所以說，館長其實把歹徒關進大陳列館了？」

法舍搖頭。「鐵門把索尼耶赫和歹徒隔開。歹徒被擋在外面的走廊上，隔著鐵柵，開槍射中索尼耶赫。」法舍指向他們剛才鑽進來的鐵門，上面的鐵條掛著一片橙色標籤。「索尼耶赫自己一人死在這裡面。」

蘭登向外望龐大的走廊。「那他的屍體在哪裡？」

法舍把十字形領帶夾拉正，開始走路。「你也許知道，大陳列館相當長。」

蘭登沒記錯的話，大陳列館的實際長度約一千五百呎。他跟著法舍走在長廊上，路過許許多多傑作卻一眼也不瞧，他幾乎覺得對大師不敬。走了幾步，依然不見屍體。「賈克・索尼耶赫爬了這麼遠啊？」

「索尼耶赫先生腹部中一槍，拖了很久才死，可能超過十五或二十分鐘。他顯然是個毅力堅強的人。」

蘭登愕然轉頭。「保全人員拖了十五分鐘才趕到？」

「當然不是。羅浮宮的警衛聽見警鈴，立刻趕來，發現大陳列館封住了，隔著鐵門聽得見走廊盡頭有人走動，但看不清楚是誰。警衛照規定報警處理，我們在十五分鐘之內趕到這裡，稍微打開鐵門，讓警方能鑽進鑽出，我派十幾個部屬荷槍進去。爲了揪出凶手，他們地毯式搜索大陳列館，連角落也不放過。」

「結果呢？」

「沒抓到人，只發現了……」法舍指向長廊更遠的地方。「他。」

蘭登順著法舍伸指的方向望去。三十碼外，一盞聚光燈架在攜帶式燈座上，照耀地板，在昏暗的陳列室裡打出一座白光島。館長陳屍在燈光的正中央，猶如顯微鏡下的一隻昆蟲。

兩人走向陳屍處時，一股寒意從蘭登心底竄升而上。蘭登這輩子很少見過比這更怪的景象。

賈克．索尼耶赫全身赤裸，躺在鑲木地板上，姿勢和相片一模一樣，頭身和長廊的方向一致，手腳攤開成大字形，衣褲整齊擺在附近。屍體胸骨下方有一抹血痕，顯示子彈射中的地方。流血量是出奇的少，變黑的血只蓄積一小灘。索尼耶赫的左食指也有血跡。看樣子，他臨終前以食指沾血，以裸露的腹部爲畫布，畫了一個簡單的符號，以五條直線交錯成五角星。

蘭登感到內心的不安逐漸加深。

是他自己畫的。

「蘭登先生？」法舍的黑眼珠再次落在他臉上。

「他畫的是五角星，」蘭登主動說，聲音在空曠的大長廊裡悠然迴盪。「這是地球上最古老的符號之一。在西元前四千多年就有了。」

「五角星代表什麼意義？」

每次被人如此一問，蘭登總猶豫該如何回答。教人認識符號的「意義」，等於是告訴對方聽了某一首歌之後應該有什麼感受。「符號在不同場合有不同的意義，」他說。「五角星主要是異教徒的宗教符號。」

法舍點頭。「惡魔崇拜。」

「不對，」蘭登糾正他，同時自責用詞不當。在近代，異教徒（pagan）已演變爲近似惡魔崇拜的代名詞。這是天大的誤解。異教徒一字其實源於拉丁文*paganus*，定義是鄉村居民，所以英文的異教徒字面上的意義很單純，就是固守民俗宗教的鄉下人，崇拜的是大自然事物。蘭登澄清說，「五角星是基督教出現之前的符號，和大自然崇拜有關。照古人的觀念，世界分兩半，一邊是男，另一邊是女。東方很多文化以陰陽來表示男女如果能協調均衡，天下才會和諧。如果失調，天下就會出現亂象。」他指向索尼耶赫的腹部。「這個五角星代表的是女性，也就是宗教歷史學者所謂的『神聖女性』或『聖潔女神』。最懂這道理的人莫過於索尼耶赫。」

「索尼耶赫在自己肚子上畫女神符號？」

是很詭異沒錯，蘭登不得不承認。「五角星象徵維納斯，而維納斯女神主管女性的性愛和女性美。」

法舍冷眼瞄裸屍，嘟噥一聲。

「早期宗教以大自然的天律爲依歸。維納斯（Venus）女神和金星（Venus）是同一個東西，」蘭登補充說，「不管Venus這字以外文怎麼寫，意思都是這樣。」

法舍的神情轉爲困惑，彷彿偏好「惡魔崇拜」的解釋。「蘭登先生，」他陡然說，「很明顯的是，五角星肯定也和惡魔脫不了關係。這一點，你們美國電影講得很明白。」

蘭登皺眉。好萊塢幫倒忙了。恐怖片裡如果有撒旦信徒，保證也會出現五角星，幾乎已成老哏。在這種情況下冒出五角星，蘭登見了總是搖搖頭。

「我敢向你擔保，」蘭登說，「你看到的電影不管怎麼演，在古代，五角星和惡魔根本沾不上邊。五角星的符號流傳幾千年，含義被扭曲了。被冤枉血洗歪了。」

「我聽不太懂。」

蘭登對法舍的十字領帶夾瞥一眼，不確定該如何闡述下一個重點。「主流教會啊，隊長。符號的韌性非常強，可惜五角星被早期的羅馬天主教會改了意義。梵蒂岡想掃除民俗宗教，讓民眾皈依基督教，所以向民間信仰的男女神宣戰，把它們的符號全定義成邪惡。」

「再講下去。」

「這種現象在亂世很常見，」蘭登繼續。「新崛起的權勢承接既有的符號，慢慢把符號的原意改掉。民俗宗教符號和基督教符號對打起來，民俗宗教輸了。海神波塞頓的三齒魚叉變成撒旦的乾草叉，智慧老婆婆戴的尖頂帽變成巫婆的符號，維納斯的五角星也變成惡魔的象徵。」

「耐人尋味。」法舍對著大字形的屍體點一下頭。「屍體擺的姿勢呢？你有什麼見解？」

蘭登聳聳肩。「想強調符號代表的意義，最簡單的方式就是再重複一次。索尼耶赫手腳擺成的姿勢也是五角星。」

法舍的視線在五角的鋒芒遊走，逐一看著索尼耶赫的雙手雙腳和頭，再一次單手抹一抹油亮的頭髮。「**脫光衣服**呢？」他嘟噥著說，口氣透露著對老男人裸體的反感。「他爲什麼把全身衣褲脫掉？」

問得好，蘭登心想。從見到陳屍照的瞬間，同樣的疑問就一直縈繞他。「法舍隊長，索尼耶赫先生爲何在身上畫五角星，爲何擺成這姿勢，我實在說不上來，」他說，「不過，我敢說，以賈克．索尼耶赫這樣的人來說，五角星絕對代表神聖女性。」

「沾自己的血當墨水呢？」

「他顯然沒筆可寫。」

法舍沉默片刻。「不對吧。我相信他用血畫符號，是預料到警方會遵守特定的刑事鑑定程序。」他指著。「看他左手就知道。」

蘭登抱著懷疑的心，繞向屍體另一邊，蹲下，駭然發現館長握著一大支軟芯馬克筆。

「我們找到他的時候，他就握著這支筆，」法舍說，然後走向幾碼外的一張攜帶式桌子，上面擺滿辦案工具、電線、多種電子器材。「我剛才講過，」法舍邊說邊在桌上翻找東西，「警方什麼東西也沒碰。你對這種筆熟不熟？」

蘭登再跪低一點，以認清馬克筆上的法文。

浮水印筆。

驚訝的他抬頭看法舍。藉紅外線或紫外線顯影的這種筆另名是浮水印筆，功能特殊，最早供博物館、藝術品修復師、偵辦僞造品的警方使用，可在物品上留下肉眼看不見的記號。這種筆用的是揮發性墨水，不具腐蝕性，只在紅、紫外線照射下才顯現。近年來，在例行巡視時，博物館維修人員常帶著浮水印筆，見到需要修復的畫作，就在畫框上畫一個隱形的記號。

蘭登站起來，法舍走向聚光燈，關掉電源，陳列室頓時陷入黑暗。一陣子後，法舍隊長走回來，拎著一個手提式光源。

「你可能知道，」隊長說，眼珠子在紫光中閃耀，「警方用螢光燈搜索刑案現場，以尋找血跡等證物，所以我們看了有多驚訝，你應該能想像……」他倏然把紫光照向屍體。

蘭登低頭看，震驚得往後跳一步。

在屍體旁邊，館長草草寫下幾句遺言，被紫光照得無所遁形。蘭登注視著光亮的字，覺得整夜包圍他的迷霧越來越濃了。

他再讀遺言一遍，抬頭看法舍。「見鬼了嗎？這是什麼意思？」

法舍的眼珠閃現白光。「蘭登先生，你來這裡回答的正是這個問題。」

7

聖許畢斯教堂二樓有個樸素的住所，在唱詩班樓臺的左邊。六十歲的桑德琳・碧耶修女在這裡住十幾年了，日子過得相當舒適。

她主管教堂裡的庶務，包括一般維修、工作人員和解說員的雇用、關門後的保全措施、訂購聖餐禮紅酒和聖餅等用品。

今晚，她躺在小床上睡覺時，被尖銳的電話鈴聲驚醒。她懶懶拿起聽筒。

「聖許畢斯教堂。我是桑德琳修女，」她以法文說。

「哈囉，修女，」對方也以法文回應。

桑德琳修女坐起來。半夜幾點了？她雖然認得院長的嗓音，在這裡工作了十五年的她卻從未被他吵醒。院長是個信仰堅貞的人，習慣在彌撒之後回家立即就寢。

「吵醒妳了嗎，修女？我向妳道歉，」院長說。院長自己的語調也帶睡意，嗓音緊繃。「我想請妳幫一個忙。我剛接到電話，對方是影響力很大的美國主教曼紐爾・艾林葛若薩，妳大概聽過吧？」

「主業會的會長？」當然聽過。本教的上上下下，有誰沒聽過？

主業會令桑德琳修女不安，因爲講好聽一點，他們看待女人的態度停留在中世紀。桑德琳修女曾赫然得知，主業會的男教友在望彌撒時，女教友卻被迫免費打掃男教友的宿舍。她也得知，女教友以硬木地板爲床，男教友卻有草墊可睡……。這全是爲補贖「原罪」的附帶懲罰。修女也發現，近幾年來，主業會的勢力突然暴增，關鍵點據說是財力雄厚的主業會轉帳近十億美元，匯進梵蒂岡的宗教事務機構——俗稱梵蒂岡銀行。

「艾林葛若薩主教來電請我幫他一個忙，」院長告訴她，語調緊張。「他有一位教友今晚在巴黎……一直夢想參觀聖許畢斯。」

「晚上來參觀？我們的教堂不是白天更好看嗎？」

「修女，我知道，不過，我希望妳今晚開門讓他參觀，算是做我一個人情嘛。他可以……凌晨一點去。也就是二十分鐘後。」

桑德琳修女皺眉頭。「沒問題。這是我的榮幸。」

院長感謝她之後掛電話。

修女把雙腳從床上移到床下，慢慢起身，光腳丫被冰冷的石地板凍到，寒氣直升全身，心頭興起一陣不期然的憂慮。

女人的第六感？

桑德琳修女終身追隨天主，懂得捫心自求安寧的道理，然而今夜，她的心怎麼求也不應，像整座空教堂一樣沉寂。

8

寫在鑲木地板上的三行字，亮著紫光，蘭登看得目不轉睛。他想不透，賈克・索尼耶赫爲何留這種遺言。

訊息是：

13-3-2-21-1-1-8-5

哦，嚴苛的惡魔！（O, Draconian devil!）

喔，蹩腳的聖人！（Oh, lame saint!）

雖然蘭登完全猜不出遺言的意思，卻明白法舍隊長爲何直覺認定五角星和惡魔崇拜有關聯。

哦，嚴苛的惡魔！

索尼耶赫的遺言裡直指惡魔。同樣詭異的是這一長串數字。「有一部分看起來像數字密碼。」

「對，」法舍說。「我們的密碼專家已經在著手解譯了。我們相信，這些數字可能是查出凶手身分的關鍵。也可能是電話總機，或者是識別證的號碼吧？你認爲，這些數字含有任何象徵意義嗎？」

蘭登再看數字一次，怎麼看都覺得是隨機瞎湊出來的數字。數字如果被用來象徵某種含義，通常看得出一些道理——例如等差或等比的級數，或者含有規律。但這一串數字，加上五角星和遺言，不管怎麼看，好像彼此互不相關似的。

「你剛說過，」法舍說，「索尼耶赫在這裡的所作所爲，用意全在傳達某種訊息……跟女神崇拜之類的東西有關，對不對？他的遺言跟女神崇拜有關嗎？」他停頓一下。「遺言好像在指控什麼。你不覺得嗎？」

蘭登在心中揣摩索尼耶赫的最後幾分鐘。館長被單獨關在大陳列館裡，知道生命即將結束。指控似乎很合乎邏輯。「指控凶手，大概說得通吧。」

「我的任務當然是查明凶手的姓名。容我請教你，蘭登先生，在你看來，撇開數字不管，這遺言的那一部分讓你覺得最奇怪？」

最奇怪？一個人，死期到了，把自己關進博物館裡，脫光衣褲，在身上畫五角星，還在地板寫下玄之又玄的控訴。裡裡外外，有哪一點不奇怪？

「索尼耶赫是法國人，」法舍淡淡說，「定居在巴黎，留下遺言時，卻選擇寫……」

「英文。」蘭登終於明瞭隊長的意思。

法舍點頭，夾雜法文說，「沒錯。你知不知道爲什麼？」

索尼耶赫的英文無懈可擊，這一點蘭登知道，但他寫遺言爲何選擇用英語，令蘭登百思不解。蘭登聳聳肩。

法舍向後指著索尼耶赫腹部上的五角星。「那跟惡魔崇拜無關嗎？你還確定嗎？」

蘭登什麼也不敢確定了。「符號和文字似乎搭不上線。抱歉，我幫不上忙。」

「多了這個，說不定比較清楚。」法舍從屍體旁邊後退，再度舉起螢光燈，讓光線擴展。「看到沒？」

令蘭登詫異的是，館長屍體外圍多了一道粗略畫下的圓圈。看樣子，索尼耶赫臨死前躺下，拿著浮水印筆畫幾道大弧線，把自己畫進圓圈裡。

剎那間，含義明朗化了。

「〈維特魯威人〉。」蘭登驚呼。

〈維特魯威人〉是達文西畫的素描圖，流傳至今，印在全世界的海報、滑鼠墊、T恤上，已成爲人盡皆知的文化圖像。這幅素描的主角是一個裸男，手腳伸直成大字形，全身以正圓形框住。

達文西。蘭登驚愕得打一陣寒顫。索尼耶赫的用意很明顯，不容置疑。館長走到鬼門關，脫掉全身衣物，揣摩達文西最著名的素描，複製出眞人尺寸的藝術品。

索尼耶赫畫的圓圈是關鍵點，漏看圓圈就看不出他的本意。這圓圈代表女性，象徵保護，環繞裸男則意味著達文西追求的男女和諧。話說回來，接下來的疑問是，索尼耶赫爲什麼以身模仿名畫。

「蘭登先生，」法舍隊長說，「以你的學問來說，你當然知道，達文西有走旁門左道的傾向。」

隊長對達文西的瞭解這麼深，蘭登感到訝異。難怪隊長一開始就懷疑索尼耶赫指的是惡魔崇拜。對古今歷史學者而言，達文西始終是個彆扭話題，特別是從基督教傳統的角度看待他。天才藝術家達文西是同性戀者，曾解剖大體研究內臟構造，曾用難以辨識的反字寫神祕日記，也曾認定鉛可煉金，甚至可能有意調製長生不死仙丹，以延遲見上帝的日子。

誤解容易滋生猜忌心，蘭登心想。

「我明白你的顧慮，」蘭登說，「不過，達文西從來沒有眞正踏上旁門左道。他生前信念虔誠過人，只可惜基督教會無法見容他信的東西。」蘭登謹愼斟酌用語。「索尼耶赫的觀點其實跟達文西有很多交集……其中一個是，教會把女神抹黑成妖魔，令這兩人都感到無力。」

法舍隊長的眼神變得冷硬。「你認爲，索尼耶赫是不是想罵教會是覺腳的聖人和嚴苛的惡魔？」

似乎扯太遠了，蘭登不得不承認。「我只能強調，索尼耶赫奉獻一生潛心研究女神歷史，而最努力抹煞女神史的就是天主教會。合理的解釋似乎是，索尼耶赫可能在告別人世時，以這種方式表達他的失望。」

「失望？」法舍問，口氣多了一分敵意。「他的遺言聽起來不是失望，倒比較像憤怒，你不覺得嗎？」法舍邊講邊繃緊腮幫子。「蘭登先生，我辦案見到的屍體太多了，不妨給你一個經驗談。一個人遇到殺身之禍，斷氣前的念頭怎麼可能是寫個意義含混、沒人看得懂的心靈宣言？我不信。我敢說，被害人死前只想做一件事。」法舍沉聲說，字字切穿空氣而來。「報仇。我相信，索尼耶赫留遺言，爲的是揭穿凶手身分。」

蘭登定睛看他。「可是，這樣完全說不通啊。」

「說不通？」

「不通就是不通，」蘭登頂回去，既累又無力。「你剛說，據研判，索尼耶赫主動開門讓凶手進來，結果在辦公室被攻擊。」

「對。」

「這樣看來，合理的結論似乎是，館長**認識**凶手。」

法舍點頭。「繼續。」

「照這麼說，既然索尼耶赫**認識**凶手，他爲什麼寫這種遺言？」他指向地板。「數字密碼？蹩腳聖人？嚴苛惡魔？在肚子上畫五角星？太深奧了吧。不可能。我倒認爲，如果索尼耶赫想指出凶手的身分，直接**指名道姓**，不是更清楚嗎？」

蘭登還沒講完，今夜始終板著臉的法舍，嘴唇泛起一抹洋洋自得的微笑。「沒錯，」法舍以法文說。

不遠處，在索尼耶赫辦公室裡，科列分隊長駝著背，坐在館長的大辦公桌前，桌角立著一個中世紀騎士的怪玩偶，狀似機器人，似乎瞪著他看，令他不太自在。如果撇開這因素不談，科列的心情是怡然自得。他調整耳機，檢查硬碟錄音設備上的輸入音量，一切運作正常。大陳列館裡的對話清晰無比，全錄到硬碟上。

科列轉頭向筆電，檢查GPS追蹤器，螢幕顯示館長陳屍地點的詳細樓板配置圖。在大陳列館的正中央，一粒小光點閃動著。

目標。

今晚，法舍把獵物看得緊緊的。這是很明智的做法。因爲蘭登似乎是個言行冷靜的對手。

9

爲確保和蘭登對話過程不受干擾，法舍隊長事先關掉手機。不巧的是，這款手機是高價品，附帶雙向無線電功能，現在部屬竟抗命聯絡他。

「隊長？」手機像對講機似的沙沙響起。

惱怒的法舍不禁咬牙切齒。他冷靜面對蘭登，道歉說，「一下子就好，抱歉。」他拿起腰帶上的手機，按無線電通訊鍵，以法文說，「喂？」

「隊長，符碼科派的探員來了，」部屬以法文報告。

法舍的怒火暫消。符碼科的人來了？八成有好消息。案發之初，法舍隊長在地板上發現索尼耶赫的遺言，即刻對整個刑案現場拍照，上載給符碼科，希望高手能破解索尼耶赫的密語。如果解譯高手來到現場，極可能表示有人猜出謎底了。

「我目前忙不過來，」隊長回應，口氣很衝，無疑表示部屬不該抗命。「叫解譯員在指揮中心等我。我忙完了，自然會去找他。」

「她才對，」部屬說。「是納佛探員。」

法舍越聽越掃興。三十二歲的探員納佛名叫蘇菲，兩年前警政部想擴增女性警力，硬是把蘇菲・納佛塞給法舍。

部屬對著無線電報告，「納佛探員堅持馬上見你，隊長。我攔不住她，她已經往陳列室走過去了。」

法舍反彈一下，不敢相信自己的耳朵。「這怎麼行！我交代得一清二楚——」

「對不起，兩位。」

蘭登背後傳來女子的嗓音，他轉身見到一年輕女子走來。女子的酒紅色長髮落在肩膀上，自然成型，穿著也隨意，奶油色的愛爾蘭毛衣及膝，下身穿著緊身彈力褲。

令蘭登意外的是，女子正對著他走來，禮貌伸出一手。「蘭登先生，我是符碼科來的蘇菲・納佛。」她以英語說，帶有不太顯著的英法腔。「很榮幸認識你。」

蘭登伸手和她握一握，霎時被她堅定的眼神愣住。她的眼珠是橄欖綠色——清澈而機敏。

「隊長，」她說。她趕緊轉頭面對法舍，「打擾你了，請原諒我——」

「妳來的不是時候！」法舍噴著口水用法文罵。

「電話聯絡不上你，」蘇菲繼續講英文，想必是顧及蘭登在場。「那組數字密碼被我破解了。」

蘭登興奮得心頭怦然一動。她破解密碼了？

「待會兒再解釋，」蘇菲說，「先說一件事，有人緊急託我傳話給蘭登先生。」

法舍的表情變了，臉上出現越來越濃的顧慮。「給蘭登先生？」

她點頭，臉轉回蘭登。「蘭登先生，你務必聯絡美國大使館。美國有人託大使館傳話給你。」

蘭登的反應是驚奇，解譯成功的興奮化爲激增的憂心。美國有人想傳話給我？知道他來巴黎的同事只有少數幾人，有誰急著聯絡他？他想不透。

法舍一聽，闊腮幫子緊繃起來。「美國大使館？」他語帶狐疑。「他們找蘭登先生，怎麼會找到這裡？」

蘇菲聳聳肩。「據說他們先打去蘭登先生住的飯店，聽櫃檯說，蘭登先生被刑事總局的警察帶走了。警方然後告訴我，他們有個訊息，等蘭登先生聯絡，叫我代他們通知他。」

法舍越聽越糊塗，眉頭深鎖。他張嘴想說話，但蘇菲的頭已轉回蘭登。

「蘭登先生，」她邊說邊從口袋取出一小張紙條，「大使館的答錄系統號碼寫在這裡。他們要求你儘快打電話過去。」蘇菲遞紙條給他，目光急切。「在我向法舍隊長討論密碼的期間，你最好趕快打這通電話。」說著，她從毛衣口袋取出手機。

法舍揮手趕人。這時的他簡直像即將爆發的火山。他不再瞪蘇菲，掏出自己的手機給蘭登。「這號碼安全，蘭登先生，可以借你用。」他帶蘇菲走幾步，壓低嗓門對蘇菲開罵。

蘭登越來越不喜歡隊長，開手機，按蘇菲給的號碼，區碼是巴黎，結尾附分機號碼。

對方開始鈴響。

鈴……鈴……鈴……

終於接通了。

蘭登本以爲會聽到大使館接線員的聲音，沒想到聽筒傳來的居然是答錄機的請留言應答語。說也奇怪，應答語的嗓音有點耳熟——不就是蘇菲·納佛本人嘛！他迷糊了，回頭找蘇菲。「抱歉，納佛小姐，妳好像給錯電話了——」

「沒有，號碼沒錯，」蘇菲匆匆打斷他，彷彿早料到蘭登會迷惑。「大使館有自動語音系統，要輸入密碼才能聽取留言。」

蘭登愣了一愣。「可是——」

「我紙條上寫的三位數就是密碼。」蘇菲瞪他一眼，示意要他閉嘴，以眉目傳遞的訊息清晰無比。別再問了。照著做就對。

仍搞不清狀況的蘭登照著紙條上的分機號碼，輸入４５４，請留言的錄音隨即中斷，緊接而來的是法文機械聲：「您有一則新留言。」原來，４５４是蘇菲出門在外時聽取家中電話留言的密碼。

怎麼叫我聽她家答錄機的留言？

留言開始播放——留言者竟然是蘇菲。

「蘭登先生，」她壓低嗓門畏懼地說。「聽見這留言時保持不動聲色，鎭定聽著就好。你現在有危險。務必仔細照我的指示動作。」

10

西拉坐上老師安排的黑色奧迪車駕駛座，開車來到雄偉的聖許畢斯教堂外。眼前的教堂有一行行的泛光燈由下往上照，兩座鐘塔聳立，如壯碩的哨兵在站崗。教堂的兩側各有一排晦暗平整的扶壁，頂著牆外，宛如一頭俊美野獸的肋骨。

*異教徒用上帝之家來藏匿他們的拱心石。*他迫不及待想找出來獻給老師，以發掘那個兄弟會多年前究竟從教會偷走什麼寶物。

這能讓主業會的勢力暴增。

西拉停妥奧迪車，長吐一口氣，叫自己排除雜念，專心執行當前的任務。被主業會拯救之前的人生往事，仍侵擾著他的心靈……

他的本名並非西拉。他現在甚至不記得父母爲他取的名字。他七歲就離家出走。他父親是酒鬼，身材粗壯，在馬賽市的碼頭幹活，天天爲了兒子生得這副見不得人的模樣怪罪孩子的母親。有天夜裡，父母大打一架，母親倒地不起。幼小的他站在無生命跡象的母親旁邊，一股愧疚感排山倒海而來。

都怪我不好！

他宛如被妖魔附身，進廚房拿他用得著的東西，然後去臥房，找到醉茫茫躺在床上的父親。年幼的他不吭一聲，逼父親爲惡行付出代價。

事後，他開始逃亡，因外形異於常人，使得他在街頭的逃家兒童族群裡備受排擠，不得已只好找一棟廢棄工廠，在地下室獨居，從碼頭偷水果和生魚來塡肚子。人們見他渾身白皮膚，交互耳語說，幽靈來了，害怕的眼睛瞪得好圓。眼睛像惡魔的一個幽靈。

他也覺得自己像幽靈……透明……從一座海港流浪到另一座海港，最後在十八歲那年，他因罪入獄服刑，地點是西班牙和法國邊界的小國安道爾。蹲了十二年的苦牢，他的靈魂和肉體全凋零，最後他發現自己成了透明人。

我是個幽靈。

我是個幽靈……他以西班牙文想著。

有一天夜裡，一隻強有力的大手撼動岩造牢房，他被獄友的驚叫聲吵醒，一躍而起，這時一顆巨岩正好砸中他剛起床的地方，在動搖中的牆上撞出一個洞。牆外，他見到睽違十幾年的景象。月亮。

地震還沒停，幽靈手忙腳亂，從狹窄的隧道掙扎脫身，磕磕絆絆走出來，從一座不毛的山坡滾下去，跌進樹林裡。他整晚跑步逃命，餓得腦筋錯亂，循著鐵軌跑，最後發現一個載貨用的空火車廂，才爬進裡面休息，醒來時，火車在動。

他醒過來，有人對他叫嚷，把他趕出車廂。他精疲力盡，在路邊躺下，陷入昏迷狀態……天色來得遲緩，幽靈不曉得自己死了多久。一天嗎？三天嗎？不重要。他的床鋪軟呼呼，四處飄著蠟燭的香味，而耶穌也在，正低頭凝視他。

耶穌對他低語，我在這裡。巨岩已被推開，你獲得重生。你獲救了，吾兒。遵循吾道的人有福了。

他再度入睡。

一陣慘叫聲吵醒他。腿軟的他從走廊朝喧鬧聲走過去。一進廚房，他看見一個大個子正對著小個子拳打腳踢。幽靈揪住大個子向後甩去牆上，嚇得那人拔腿就跑。挨揍的小個子是個年輕人，穿著教士袍，傷重躺在地上。幽靈過去扶他起來，見他鼻梁被打爛了。幽靈揹他去沙發上。

「謝謝你，我的朋友，」神父以蹩腳的法文說。「盜匪禁不住善款的誘惑啊……」他微笑說。「我名叫曼紐爾．艾林葛若薩，馬德里來的傳教士，來西班牙北部成立教會。你叫什麼名字，我的朋友？」

幽靈不記得自己的名字。「這裡是什麼地方？」他的嗓音空洞。「我怎麼會在這裡？」

「你出現在我的門階上，病了，所以我餵你吃喝，照顧你。你已經在這裡住了好幾天，」小神父輕聲說。

幽靈端詳著他。多年來，這是頭一次有人以溫情對待他。「感謝你，神父。」

神父摸摸淌血的嘴唇。「該感恩的人是我才對，朋友。」

隔天早晨，幽靈醒來，赫然發現床頭桌上多了張法文剪報，日期是一星期前。他讀完報導，內心充滿恐懼，因為記者指出，山區發生地震，造成一棟監獄全毀，無數凶惡的囚犯因此逃脫。

神父知道我的身分！他跳下床，準備溜走。

「〈使徒行傳〉，」門口有人說。進門的是小神父，面帶微笑，鼻傷胡亂包紮著，手握一本舊《聖經》。「我在章節做了記號。」

猶豫中，幽靈接下《聖經》。

〈第十六章〉。

裡面寫著，有個名叫西拉的囚犯遭毒打，赤條條躺在牢房裡，對上帝吟唱讚美詩。幽靈讀到第二十六段，駭然倒抽一口氣。

「忽然間，大地震來了，動搖監獄的地基，所有牢房門鬆開了。」

神父熱情微笑著。「從今以後，我的朋友，如果你沒其他名字可叫，我就叫你西拉。」

幽靈茫然點點頭。西拉。他被賦予肉身了。我名叫西拉。

「該吃早餐了，」神父說。「如果你想幫我建教堂的話，就會需要養足力氣。」

在地中海上空兩萬呎，客機在亂流中震盪，艾林葛若薩主教幾乎沒注意到。他的心思圍繞著主業會的前途。他但願能打電話給巴黎的西拉。可惜不能。

「這是爲你個人的安全著想，」老師曾以法國腔的英文解釋。「通訊恐怕會被攔截，對你可能帶來不堪設想的後果。」

艾林葛若薩知道老師說的對。老師的言行似乎是異於常態的審慎，甚至連自己的身分也瞞著艾林葛若薩。然而，老師是個特別值得聽從的人。畢竟，老師竟有辦法取得天大的機密：兄弟會四巨頭的姓名！

「主教，」老師曾告訴他，「所有東西，我已經安排好了。照我的計畫，如果想成功，你必須讓西拉只聽我差遣，幾天就好。你們兩人不准對話。這樣才能保護你的身分、西拉的身分……也保障我的投資。」

兩千萬歐元，主教心想。對威力如此大的天機而言，是微不足道的小數目。罕有笑容的他允許自己一笑。才五個月前，他爲了主業會的前途憂心忡忡。如今，彷彿在上帝的旨意下，解決之道不請自來。如果今夜一切照規劃演進，艾林葛若薩不久將掌握天機，躍居基督教世界的權勢榜首。

老師和西拉不會失敗的。

老師爲了錢，西拉爲了信仰。

金錢和信仰都是追求成功的強烈動機。

11

「開玩笑！」法舍隊長氣得面色鐵青，怒視著蘇菲‧納佛，不敢相信自己的耳朵。這是一個數字玩笑？「憑妳的專業，索尼耶赫的密碼被妳認定是莫名其妙的數學惡作劇？」

「這密碼太簡單了，」蘇菲解釋，「賈克‧索尼耶赫一定知道我們一看就懂。」她從毛衣口袋掏出一張紙，遞給法舍。「這是解碼的結果。」

法舍看著卡紙。

1-1-2-3-5-8-13-21

「就這樣？」法舍發飆說。「數字沒變，只不過被妳照大小重新排列而已！」

蘇菲居然有膽露出滿意的微笑。「沒錯！」

法舍沉聲，發出來自喉嚨深處的低吼。「納佛探員，妳講這個的用意是什麼，我不懂，不過我建議妳趕快講清楚。」他朝蘭登的方向焦急瞄一眼，只見蘭登手機貼耳，站在附近，顯然還在聽取美國大使館的電話留言。從蘭登慘白的臉色來看，法舍隊長意識到，留言傳達的是壞消息。

「隊長，」蘇菲語帶挑釁說，「你手上的數列是數學史上名氣響叮噹的級數，費波那契數列，」她高聲說，下巴指著法舍手上的紙。「數列裡的每個數字都是前兩個數目的總和。」

法舍隊長研究著數字。果然，前兩個數目加起來，等於後面的數字。然而，法舍想破腦袋瓜，也想不出這和索尼耶赫之死有何關聯。

「這數列是數學家費波那契在十三世紀發明的。索尼耶赫在地板上寫了一堆數字，全符合知名的費波那契數列，不可能是巧合吧。」

法舍瞪著蘇菲幾秒。「好吧，那妳告訴我，索尼耶赫寫這數列的用意是什麼？他想講什麼？意義到底在哪裡？」

她聳聳肩。「大概無意義吧。這才是重點。單純的一個玩笑。就好比拿一首名詩，隨便重組裡面的字，看看有誰認得出這些字能湊出什麼意義。」

法舍隊長上前一步，神態猙獰，臉湊到蘇菲面前幾吋。「如果想讓人心服口服，妳不能拿這套鬼話來唬人。」

蘇菲也湊近，柔和的五官變得嚴峻，出人意表。「隊長，以今晚的重案來說，我還以爲你發現索尼耶赫有可能尋你開心，大概能會心一笑。看來我料錯了。我會回去通知符碼科的科長，說你用不著我們協助了。」

說完，蘇菲轉身，循來時路離開。

法舍心驚之餘，看著她在黑暗的長廊消失。她瘋了不成？他轉向蘭登，見他依然手機貼耳，愁容似乎比剛才更凝重。蘭登掛掉電話之後，簡直像生病了。

「沒事吧？」法舍問。

蘭登虛弱地搖頭。

家裡有噩耗，法舍直覺想著。蘭登交還手機時，法舍留意到他微微在冒汗。

「出了一個意外，」蘭登結結巴巴說，以異樣的神情看著法舍。「一個朋友……」他遲疑著。「我最好趕明天第一班飛機回國。」

蘭登臉上震驚的神態假不了，法舍敢確定，但他也意識到蘭登另有一種情緒，好像眼神突然醞釀起一股朦朧的恐懼。「我爲你感到遺憾，」他說，密切注意著蘭登。「要不要坐一下？」他指向陳列室裡供人坐下閱覽的長椅。

蘭登出神地點點頭，朝長椅踏出幾步，隨即駐足。「呃，我想我還是去一趟廁所。」

見他裹足不前，法舍在心裡皺眉。「廁所。當然。我們休息幾分鐘吧。」法舍指向他們剛才進來的長廊。「往回走，廁所就在館長辦公室的方向。」

蘭登躊躇著，指向大陳列館的盡頭。「我相信，廊尾也有廁所，比那一間近多了。」

法舍想想，贊同蘭登的看法。長廊走到這裡，已經走了三分之二，盡頭有兩間廁所。「要不要我陪你去？」

蘭登搖頭，已經越走越遠了。「不必了。我……我想獨處幾分鐘。」

放任蘭登單獨去長廊另一端閒逛，法舍不滿意也得接受。他知道，大陳列館的進出口只有一個，就是他們剛才鑽進來的鐵門下面，何況，他已派警察守住一樓的所有出口。蘭登不可能悄悄開溜。

「我想回館長辦公室一下子，」法舍說。「你用完洗手間，麻煩過來找我，我們還有東西要討論。」法舍轉身，氣呼呼往回走，而蘭登已遁入反方向的黑幕中。來到鐵門，法舍從下面鑽出去，怒火衝冠進辦公室斥責部屬。

「是誰准蘇菲．納佛進羅浮宮的？」他咆哮。

率先回應的是科列分隊長。「她告訴外面的守衛說，密碼被她破解了。」

法舍四下看看。「她走了嗎？」

「她不是和你在一起？」

「她走了。」法舍放眼瞥向漆黑的走廊。

頃刻間，他考慮聯絡樓下的守衛，叫他們把蘇菲拖回這裡，不准她離開羅浮宮。但他想想之後作罷。

不再理她，法舍對桌上的迷你騎士定睛片刻，然後把視線轉回科列。「掌握他了嗎？」

科列匆匆點個頭，把筆電轉向法舍，紅點在樓板分布圖上清晰可見，在註明公廁的一間裡面規律閃爍著。

「好，」法舍說，闊步進走廊。「我有通電話要打。千萬別讓嫌犯離開羅浮宮。」

12

蘭登覺得頭重腳輕，踽踽走向大陳列館的盡頭。蘇菲的電話留言反覆在他腦海裡播放。

找到男廁後，蘭登入內開燈。

整間無人。

他走向洗手臺，對著臉潑冷水醒醒腦。不留情的日光燈照在空白的瓷磚上，反射強光，整間充斥著消毒水味。他擦乾手臉，背後的門吱呀一聲開了。他趕緊轉身看。

進門的是蘇菲．納佛，綠眼珠投射著懼色。「謝天謝地你來了。我們時間不多。」

蘭登站在洗手臺邊，一臉困惑，注視著刑事總局的解譯專家。短短幾分鐘前，他聽著她的電話留言，越聽越能感受蘇菲．納佛語音中的誠意。聽見這留言時不要動聲色，鎮定聽著就好。你現在有危險。一五一十照我的指示動作……蘭登當下決定，一切照蘇菲的建議行事。

「我想警告你，蘭登先生，」她仍喘著氣，開始說，「你正在被監看中。」她挾帶腔調的英文在瓷磚牆之間迴響，音色虛無飄渺。

「可是……爲什麼？」蘭登問。蘇菲已在電話中解釋過了，但他想聽她親口說。

「因爲，」蘇菲走向他說，「辦這凶殺案，法舍的頭號嫌疑犯是你。你伸手進你的外套口袋摸摸看，就能證明，你被警方盯上了。」

蘭登感覺到憂慮從心底浮升。摸摸看口袋？聽起來像三流魔術。

「摸摸看就對了。」

疑惑中，蘭登伸手進西裝外套的左口袋。他從不用這口袋。他在口袋裡隨便摸一下，起初沒摸到東西，接著，手指擦到一個異物，小而硬。他用兩指把小東西夾出來一看，目瞪口呆了。小東西的形狀圓扁似鈕扣，大小如手錶電池，金屬材質。他從來沒見過這東西。「什麼東……？」

「GPS追蹤器，」蘇菲說。「能持續把方位輸送到全球定位系統的衛星，精準到兩呎以內，到全球各地都躲不過追蹤。你被警方用電子狗繩拴住了。可能在你離開飯店房間之前，去載你的警察就把這東西偷偷放進你口袋了。」

蘭登的回想房間裡的情景…他匆匆沖個澡，穿好衣服，分隊長拿著蘭登的西裝外套，畢恭畢敬遞給他，然後帶他走。

蘇菲的眼色鋒利。「絕不能讓法舍知道你發現追蹤器。」她停半拍。「警方追蹤你，是因爲怕你逃走。事實上，他們**正希望**你逃走。這樣一來，警方更有理由懷疑你。」

「我何必逃走？」蘭登質問。「我又沒犯法！」他憤怒地走向垃圾桶，想丟掉追蹤器。

「不行！」蘇菲抓住他手臂，制止他。「快放回口袋裡。追蹤器如果被你丟掉，訊號就停留在同一個地方，警方會知道你發現追蹤器。如果法舍認爲你發現他的詭計……」她講到一半停下，從蘭登手中奪走追蹤器，放回他的口袋。「這東西你留著。至少等一段時間再說。」

蘭登迷惘了。「法舍怎麼會一口咬定索尼耶赫是我殺的？」

「你還沒看過這一個證據。」蘇菲的神態陰鬱。「索尼耶赫在地上留了三行字，你記得吧？」

蘭登點頭。那幾行數字和文字已深映在他的腦海裡。

蘇菲降到講悄悄話的音量。「其實遺言總共有**四**行。法舍拍完照片存證，然後在你來之前，把最後一行擦掉。」

蘭登知道，浮水印筆用的是水性墨汁，一擦就掉。但是，法舍爲何消除證據？

「最後一行遺言，」蘇菲說，「法舍不想讓你知道。」她停頓一下。「至少等到耗光你的利用價值再說。」她從毛衣口袋取出一張從電腦列印出來的相片，開始打開。「完整的遺言在這裡。」

她把相片遞給蘭登。

蘭登一頭霧水，接相片過來看。見最後一行字，他覺得彷彿肚子被踹一腳。

13-3-2-21-1-1-8-5

哦，嚴苛的惡魔！

喔，蹩腳的聖人！

後記：找羅柏·蘭登（P.S. Find Robert Langdon）

蘭登赫然凝視相片幾秒。後記：找羅柏·蘭登。他覺得腳下的地板傾斜了。索尼耶赫留下一個有我姓名的後記？他抓破腦袋也想不出爲什麼。

「法舍爲什麼半夜叫你過來，」蘇菲說，眼神急迫，「你爲什麼成了他的主嫌，你明白原因了吧？」

此時此刻，蘭登只明白一件事：蘭登曾猜館長應該會對凶手指名道姓，法舍當時聽了一臉洋洋自得的模樣。

找羅柏・蘭登。

「索尼耶赫爲什麼這樣寫？」蘭登質問，困惑如今轉爲怒火。「我爲什麼要他的命？」

「法舍還在調查動機，不過，你今晚和他的對話全程被錄音了，他就希望你自曝動機。」

蘭登張嘴卻吐不出一個字。

「法舍身上暗藏一個迷你麥克風，」蘇菲解釋，「連接到他口袋裡面的一個傳輸器，能把無線訊號傳去指揮中心。」

「太扯了吧，」蘭登結結巴巴說。「我有不在場證明。我演講完，直接回飯店。不信可以去問飯店櫃檯。」

「法舍已經問過了。他的報告顯示，你在十點三十分左右，向櫃檯拿房間鑰匙。不巧的是，命案發生在快十一點的時候。在沒人見到的情況下溜出飯店是很容易的事。」

「瘋了嗎？法舍根本沒證據！」

蘇菲睜大眼睛，彷彿在反問：沒證據？「蘭登先生，你的大名被寫在遺體旁邊，而索尼耶赫的行程表也註明你和他有約，時間點和命案差不多。」她歇口片刻。「法舍有充分的理由押你回局裡偵訊。」她嘆氣。「賈克．索尼耶赫在巴黎的名氣非常大，也備受愛戴，發生了命案，晨間新聞一定會報導，到時候，法舍承受高壓，會急著找凶手。如果有嫌犯被他帶回局裡偵訊，他比較風光。無論你是不是無辜，你絕對會被警方扣留到事實水落石出爲止。」

蘭登感覺自己是隻受困籠中的動物。「妳爲什麼告訴我這些？」

「因爲，蘭登先生，我相信你是清白的。」蘇菲轉移視線片刻，然後轉回來，直視他的眼睛。「另一個原因是，你遇到這難題，我也有一點責任。」

「怎麼會？索尼耶赫想陷害我，妳要負哪門子的責任？」

「索尼耶赫才不是想陷害你。是誤解而已。地上的留言其實針對的是我。」

蘭登一時想不通。「妳沒說錯吧？」

「遺言不是寫給警方看，而是留給**我**。我認爲，當時他太慌忙，沒顧慮到警方會誤解。」蘇菲停頓一下。「那串數列根本沒意義——索尼耶赫留密碼，是指望辦案警方通知密碼員，好讓**我**儘快知道他出事了。」

蘭登聽糊塗了。「可是，妳憑什麼認定留言針對的是妳？」

「〈維特魯威人〉，」她淡淡說。「達文西的作品裡，那幅素描是我從小最愛的一個。今晚，索尼耶赫用那幅畫來引我關注。」

「咦？妳是說，館長知道妳最愛的藝術品是哪個？」

她點點頭。「對不起，我應該照時光順序講。賈克．索尼耶赫和我……」話哽在蘇菲喉裡。

「我們十年前鬧翻了，」她說，音量降到耳語的程度。「之後，我們很少對話。今天晚上，符碼科接到電話，知道他被殺了，我看見屍體相片，看到了地板上的遺言，才知道他是想對我傳達一個訊息。」

「因爲他姿勢擺成〈維特魯威人〉？」

「對。也因爲有P.S.。」

「**後記**？」

她搖頭。「P.S.是我名字的縮寫。」

「妳的姓名不是蘇菲．納佛嗎？」

她岔開視線。「我和他住在一起的時候，P.S.是他喊我的暱稱。」她臉紅了。「意思是**蘇菲公主**（Princess Sophie）。很糗，我知道。不過那是好幾年前的事了。那時我還是個小女孩。」

「妳小小年紀，就認識他了？」

「很熟，」她說，溫情湧上眼眸。「賈克．索尼耶赫是我爺爺。」

13

時候到了。

西拉走出黑奧迪車，深夜的清風撩動寬鬆的袍子，他覺得自己強有力。風雲即將異變了。

「我代上帝行事。」他以西班牙文低聲說著，走向教堂入口。

他舉起白皙如幽靈的拳頭，敲門三聲。片刻後，大木門的門閂動起來，迎接他的人是桑德琳修女。

她身材瘦小，眼神文靜，西拉心知自己能兩三下制伏她，但他發過誓，萬不得已才可動粗。她是神職人員，那個兄弟會利用她的教堂藏拱心石，錯不能怪罪到她身上。別人犯的罪過不應該由她受懲罰。

「你是美國人。」她邊說邊帶西拉進教堂。寬闊的中殿幽靜如墓穴，唯一的生命跡象是一許微微的清香，來自今晚稍早舉行的彌撒。

「我在法國出生，」西拉回應。「在西班牙受到感召，目前在美國研修。」

修女點頭。「你從未參觀過聖許畢斯？」

「我知道，這幾乎算是一種罪過。」

「她在白天比較美。」

「肯定是。不過，我感激妳今晚提供這機會給我。」

「是院長要求的。想必你認識夠力的朋友。」

何止夠力，西拉心想。

他跟隨修女踏上大走道，爲聖許畢斯的簡樸感到訝異。這教堂裡面陳設不多，而且冷颼颼，幾乎有種乏善可陳的調調，令他聯想到西班牙大教堂的苦行風格。他抬頭望高高在上的天花板，見到龍骨撐起的圓頂，想像自己正站在一艘傾覆的大船下面。

很恰當的想像，他暗暗想著。那個兄弟會即將翻船了，永遠沒救。他急著想即刻辦正事，巴不得修女快走。

「修女，妳爲了我而被吵醒，我很慚愧。」

「不必不必。你在巴黎停留的時間很短。你想從哪裡開始參觀？」

西拉覺得自己的視線聚焦在祭壇。「用不著麻煩妳帶我參觀了。我可以自己走走看看。」

「一點也不麻煩，」她說。

西拉止步。他們來到最前排長椅，祭壇近在十五碼外。虎背熊腰的他轉身，正面看著瘦小的修女，能意識到她抬頭見他的紅眼時瑟縮的神色。「修女，我有個習慣，希望妳不會見怪。我這人不會一進教堂就被帶著去參觀。我習慣先單獨祈禱一陣子，然後才四處走走。」他以輕柔的手勢，一手沉沉放在修女肩膀上，凝視她的臉。「修女，請妳務必回床休息。祈禱是一種獨享的樂趣。」

「那就照你的意思吧。」但她面露不安的神色。

西拉的手從她的肩膀縮回來。「祝妳好眠，修女。願主安詳陪伴妳。」

「我也同樣祝福你。」

桑德琳修女走向樓梯時，西拉轉身，在最前排的長椅跪下，苦修帶刺進腿肉的感受衝上心頭。

親愛的上帝，我以今日的所作所爲貢獻予祢……

14

法舍隊長不知道蘇菲仍在羅浮宮裡。她懷疑隊長何時才會發現苗頭不對。她見蘭登明顯吃不消，也懷疑自己來廁所堵他是不是明智的舉動。

不然我又能怎麼辦？

曾經，祖父對蘇菲的意義重大，今夜祖父遇害身亡，她卻幾乎感受不到哀傷。如今，賈克·索尼耶赫對她而言是個陌生人。她二十二歲那年，在三月某夜，祖孫關係剎那間化爲烏有。

十年前的事了。

當時，蘇菲不慎撞見祖父正在做一件她顯然不該看的事。

要不是我親眼看到了……

事後，祖父費盡唇舌解釋，但震驚過度的她不肯聽，立刻搬出去，以積蓄租一間小公寓，找幾個室友合租。她請爺爺永遠不要打電話找她。幾年下來，祖父屢次寄卡片、寫信給她，苦苦哀求，想約她當面講個明白。信件在她手裡累積了十年，一封未拆。但祖父確實順從她的要求，一通電話也沒打過。

直到今天下午。

「蘇菲？」祖父在她家答錄機的留言聽起來老邁驚人。「我順著妳的要求這麼久了……現在忍痛打給妳，是因爲非和妳講個話不可。因爲有壞事發生了。」

蘇菲站在巴黎的公寓廚房裡，答錄機傳來爺爺的留言，多年來首度聽見他的嗓音，脊背泛起一陣寒意，往事湧上心頭。

「蘇菲，求妳聽我說。」他以英文留言。蘇菲幼年時，爺爺總以英文和她交談。上學練法文。在家練英文。「妳總不能永遠生氣吧。」他歇口。「妳不瞭解嗎？我們非趕緊商量一件事不可。爺爺的心願只有這麼一個，求求妳成全我。打個電話到羅浮宮給我。馬上就打。我相信重大危機即將降臨妳我頭上。」

蘇菲凝視答錄機。危機？他在胡扯什麼？

「公主……」祖父激動得嗓音岔了，蘇菲聽不出他爲什麼激動。「有些事，我一直瞞妳，我知道這也害我痛失妳的敬愛，不過，瞞妳是爲了維護妳的安全。現在，妳非瞭解眞相不可。求求妳……我一定要對妳解釋妳家人的眞相。」

蘇菲忽然聽得見自己的心跳。我的家人？蘇菲才四歲大時，父母出車禍，連車帶人衝出橋，墜落湍急的河流，蘇菲的弟弟和祖母也在車上，全家在一眨眼間沒頂。她保留了幾份剪報能證實確有其事。

「蘇菲……」祖父在答錄機上說。「我等了好幾年想告訴妳。打來羅浮宮給我吧。一聽到留言儘快來電。我會整晚待在這裡。妳該知道的事太多了。」

留言結束。

我的家人。祖父的留言意外在蘇菲內心勾起一股渴望。

現在，她站在羅浮宮男廁的暗處，祖父的留言仍徘徊耳際。蘇菲，重大危機即將降臨妳我頭上……。打電話給我。

聽完留言後，她並沒有打給祖父。如今，祖父被殺死，陳屍在自己的博物館內，在地板上留密碼。

針對她的謎語。

儘管蘇菲無法明瞭遺言的意義，她確信，遺言針對的是她。她自幼和賈克·索尼耶赫相處，爺爺熱愛密碼、文字謎、益智遊戲，她在耳濡目染之下，也對密碼學培養出興趣和資質。有數不清的星期日，我們一同解報紙上的益智遊戲和交叉填字謎。

十二歲時，蘇菲就能每天獨力完成報紙的交叉填字謎，爺爺因此介紹她玩英文拼字遊戲、數學謎題、代換密碼，全被她狼吞虎嚥而下。後來，她化興趣爲職業，進入警界擔任符碼解譯員。

今夜，祖父以單純的密碼結合兩位素昧平生的人——蘇菲·納佛和羅柏·蘭登。

問題是，爲什麼？

遺憾的是，從蘭登困惑的眼神看來，蘇菲意識到，祖父湊合兩人的用意何在，蘭登不會比她更清楚。

她再追問。「你和我祖父約好今晚見面，爲了什麼事？」

蘭登的表情是眞正迷惑。「他的祕書打給我，幫館長約時間見個面，我當時沒問爲什麼——只覺得，演講完，見面喝一杯也無妨。」

蘇菲深吸一口氣，繼續追問。「今天下午，我祖父打給我，告訴我，他和我快遇到重大危機。你聽得出他的意思嗎？」

蘭登的藍眼如今蒙上憂慮。「聽不出，不過，以他今晚的遭遇……」

蘇菲點頭。歷經今晚的事件後，不提心吊膽的人是傻瓜。她覺得身心俱疲，走向洗手間尾端的小玻璃窗，默默望窗外。窗框裡的玻璃很厚，中間夾著網狀的防盜偵測條。這裡樓高至少四十呎，下面是騎兵廣場大街，幾乎緊貼羅浮宮的一側。幾輛夜裡常見的運貨卡車擠在路口等綠燈。

「我不知道該說什麼，」蘭登說，走向她背後。「很抱歉我幫不上忙。」

蘇菲從窗前轉身，從蘭登的低嗓聽出懇切的遺憾。即使他自己霉運當頭，他顯然仍有意伸出援手。身爲解譯員，蘇菲的專業是從看似無意義的資料整理出頭緒，而今夜，經她猜測，最有可能的是，無論蘭登是否自知，他握有她求之不得的訊息。蘇菲公主，找羅柏・蘭登。爺爺的遺言寫得再清楚不過。她應該和蘭登多相處一段時間，讓自己再動動腦，和蘭登共同解開這謎團。

她看著蘭登說，「法舍隊長隨時會押你回局裡。我可以帶你離開博物館。不過，我們非及時行動不可。」

蘭登瞪大眼睛。「妳要我**逃走**？」

「你現在的上上策就是逃走，不然，你就等著在拘留所蹲幾個禮拜，等法國警方和美國大使館爭論這案子應該由哪一個法院來審判。不過，如果能救你離開這裡，帶你去大使館，貴國政府就能庇護你，讓你和我能慢慢證明你的清白。」

從蘭登的表情來看，他絲毫不信服。「算了吧！法舍隊長在大小出口全設下重兵了！就算我們能躲過子彈衝出去，偷溜只會為我戴上畏罪**潛逃**的帽子。妳應該去告訴隊長，地上的遺言針對的是**妳**，我的姓名出現在遺言裡不是在指控我。」

「該做的事先做，」蘇菲說，口吻急促，「等你平安進美國大使館，我才去找隊長講明白。大使館離這裡差不多一哩而已，而且，我的車停在博物館外。在這裡和隊長交涉太冒險了。你難道看不出來嗎？法舍隊長今晚的任務是證明你涉案。他不馬上逮捕你的原因只有一個，就是他希望你的言行能露出更多馬腳。」

「沒錯。最大的馬腳是**潛逃**！」

蘇菲嘆氣。她轉身望向窗外，凝視樓下的路面。從這麼高的地方跳窗，蘭登勢必雙腿骨折。命大的話。

儘管如此，她做出決定了。

羅柏·蘭登即將逃離羅浮宮，由不得他作主。

15

「蘭登在哪裡?」法舍隊長質問。

「還在男廁裡面，隊長。」分隊長科列回答。

法舍嘟囔說，「閒工夫多的很嘛。」他從科列背後瞄一眼GPS的光點。理想而言，警方給觀察對象的空閒和自由是越多越好，以讓嫌犯滋生安全感。警方應該讓蘭登回來自投羅網。然而，蘭登已經走了將近十分鐘。

拖太久了。

「隊長，」刑事總局的一名部屬從辦公室另一邊高喊。「你最好來接這通電話。」

「誰打的?」法舍問。

部屬皺眉。「是局裡的符碼科長。」

「什麼事?」

「隊長，跟蘇菲·納佛有關。情況不太對勁……」

幾分鐘後，法舍結束通話，大步走向科列，要求他電召納佛。科列找不到人，法舍開始來回踱步。「她不接?什麼意思?你不是打她的手機嗎?我知道她的手機在她身上。」

「說不定沒電了。也可能鈴聲被她關掉了。」分隊長科列提心吊膽問，「符碼科爲什麼來電？」

法舍轉身。「告訴我們，他們查不出嚴苛惡魔和蹩腳聖人的指涉……也告訴我們，符碼科剛判定那組數字是費波那契數列，不過他們猜，這數列沒有意義。」

科列結巴說，「他們不是已經派納佛來通知了？」

法舍搖搖頭。「他們沒派納佛來。」

「什麼？」

「科長的說法是，我把陳屍照傳過去之後，科長找來所有科員一起研究。納佛到了之後，看了索尼耶赫和密碼的相片一眼，一聲不吭就離開辦公室。科長說，他當時沒有質疑納佛的行爲，是因爲他明白，納佛看了相片會難過是情有可原的。」

「難過？爲什麼？」

法舍沉默片刻。「我本來不知道。科長也是。聽說是同事告知，科長才知道的：蘇菲．納佛是賈克．索尼耶赫的孫女。」

法舍和科列還來不及深思這事實，空蕩的博物館就傳來警鈴聲，劃破寂靜。「大陳列館！」一名部屬以法文叫嚷著。「男廁！」

男廁的窗戶被打破？

法舍驟然轉身向科列。「蘭登的方位在哪裡？」

「還在廁所裡面。」科列指向筆電分布圖上的閃爍紅點。「不過……天啊，」他盯著螢幕驚呼，「男廁的窗戶被打破了？蘭登正朝著窗口移動中！」

法舍已經動作起來。他從肩帶拔槍，衝出辦公室。

科列看著閃光來到窗口，然後做出一件徹底出人意料的事。閃光移出博物館之外。

「天啊！」他跳了起來，慌忙操作控制器，調整GPS，瞄準獵物，看見訊號的確切方位。

訊號停在騎兵街中間，一動也不動。

蘭登跳窗了。

科列以無線電呼叫法舍，音量蓋過遠處傳來的警報聲。「他跳窗了！」科列嚷著。「訊號顯示他在騎兵大街上！」

法舍聽見了，卻搞不懂分隊長在講什麼。他繼續跑，走廊似乎永無止境。奔過索尼耶赫屍體時，他把視線對準德儂館盡頭的隔間板。

「咦……」科列再次以無線電呼叫。「他在動了！我的天啊，他還活著。蘭登正在動！……他正走在騎兵街上。咦……他速度加快了。他跑得太快了。」

法舍跑到隔間板，穿梭而過，直奔廁所門。

無線電被警報聲蓋過，幾乎聽不見。「他一定上車了！我想他一定上車了！我不能——」

科列的話被警報聲吞噬，法舍沒聽見，舉槍衝進男廁，蹙眉忍受著刺耳的警報，以目光掃描各角落。

空無一人。法舍的視線立即轉向破窗。他奔向窗口往外望。四處見不到蘭登的身影。

警報終於解除了，科列的呼叫才聽得見。「……往南移動中……速度加快……他在騎兵橋上，正要過塞納河！」

法舍看左邊。騎兵橋上只見一輛雙層大貨車，正往南駛離羅浮宮。大卡車的載貨區無頂，只用聚乙烯防水布覆蓋，大致上近似特大號吊床。一陣憂慮冷不防竄上心頭。那輛大卡車剛才可能被紅燈攔阻，停在男廁窗戶的正下方。

瘋子才會冒這種險，法舍自言自語。防水布遮的是什麼，蘭登不明不白就往下跳，墜落四十呎。瘋狂之舉。

「他向右轉了，進入聖父碼頭！」科列高呼。

果然，卡車過橋後減速，想右轉進入聖父碼頭。法舍暗暗稱奇，看著卡車轉彎不見。你完了，法舍心知。幾分鐘之內，卡車即將被包圍。他呼叫科列。「把我的車開過來。逮捕他的時候，我想在場。」

在大陳列館的長廊上，法舍往回跑，猜測著跳樓的蘭登活命的機率多渺茫。死活都無所謂了。

蘭登潛逃了。畏罪的企圖明顯。

近在男廁十五碼外，蘭登和蘇菲躲在大陳列館暗處站著，背靠大隔間板。隔間板的用途是防止欣賞藝術品的遊客一眼望穿洗手間，現在供蘭登和蘇菲躲追兵。法舍舉槍衝進男廁時，他們和他錯身而過，差點來不及迴避。

剛才的六十秒是十萬火急。

蘭登原本站在男廁裡，拒絕爲了他沒犯的罪逃亡，蘇菲則開始端詳窗戶，思索著如何利用強化玻璃裡面的防盜警報網線。

「只要稍微瞄準一點，你有可能逃出這裡，」她說。手機忽然響起，她不理會。

瞄準？蘭登心情七上八下，望向窗外。

街上有一輛十八輪的雙層大卡車，正駛向路口，即將被窗戶下方的紅燈攔住。蘭登的腦筋動到卡車上，蘇菲似乎也有同樣的念頭，但他希望蘇菲另有盤算。

「蘇菲，我絕對不可能跳——」

「追蹤器拿出來。」

蘭登滿頭霧水，手伸進口袋，慌忙摸到扁平的金屬小東西，被蘇菲從他手上拿走。蘇菲立刻大步走向洗手臺，拿起一塊厚厚的肥皀，用拇指把追蹤器用力摁進肥皀表層，深度夠了之後，再用被擠開的肥皂封住開口，把追蹤器牢牢卡進肥皂中。

她把肥皂交給蘭登，從洗手臺下面抱起一個圓筒狀的垃圾桶，蘭登來不及制止，她就帶著垃圾桶向窗戶衝刺，把沉重的垃圾桶舉在前面，當成是古代撞破城門用的攻城槌。垃圾桶的底部衝擊窗戶中間，玻璃應聲碎裂。

高分貝的警報聲爆發，震耳欲聾。

「肥皂給我！」蘇菲喊著，聲音幾乎被警報聲淹沒。

蘭登趕緊遞肥皂進她手裡。

她握著肥皂，從破窗向下看著等綠燈的大卡車。號誌燈即將變換時，蘇菲深吸一口氣，把肥皂拋進夜色中。

肥皂往卡車的方向直墜，掉在覆蓋貨物用的藍防水布的邊緣，接著，在紅燈變綠之際，肥皂滑進防水布下面。

「恭喜你，」蘇菲一面說，一面拉他往外走。「你剛逃出羅浮宮了。」

逃離男廁時，他們躲進陰影……法舍正好衝進來，漏看陰影裡的兩人。

16

「大陳列館裡有個緊急逃生樓梯，離這裡大概五十公尺，」蘇菲說。「既然羅浮宮的警衛全被支開了，我們可以逃出這裡。」

兩人離開陰影，躡腳走在空蕩的大陳列館長廊。蘭登邊走邊思考，覺得自己宛如正在摸黑玩拼圖遊戲。他低聲說，「地板上的那句話該不會是法舍自己寫的吧？妳認爲呢？」

蘇菲頭也不轉就說，「不可能。」

蘭登沒有她那麼篤定。「他好像下定決心，非讓我全身塗滿嫌疑不可。說不定他以爲，把我的姓名加進去，能讓罪證更確鑿？」

「遺言裡有費波那契數列，有P.S.，有那麼多達文西和女神的符號，你怎麼說？遺言百分之百是我爺爺留的。」

蘭登知道蘇菲說的對。遺言中的符號意義交織得太綿密了——五角星、〈維特魯威人〉、達文西、女神，甚至還有費波那契數列。明顯是自成一組的符號。

「何況，他今天下午打過電話找我，」蘇菲補充說。「爺爺說，他有事急著告訴我。我確定，他在羅浮宮留遺言，是在氣絕之前想向我透露大事，而他認爲你能幫我明白這大事是什麼。」

蘭登皺起眉頭。哦，嚴苛的惡魔！喔，蹩腳的聖人！到底是什麼意思？他但願能解謎，一來有利於安慰蘇菲，二來更能自救。不看含義深奧的遺言還好，看了之後，渾水踩得更深了。他佯裝從男廁跳窗而出，只會加重法舍對他的成見。法國警察隊長想追嫌犯卻逮到一塊肥皂，八成不會一笑置之吧。

「快到門口了，」蘇菲說。

「妳祖父留下一行數字，會不會是瞭解其他遺言的關鍵？妳認爲有沒有這可能？」蘭登曾鑽研過一組十七世紀的手稿，裡面藏有玄機，要先理解其中幾行的寓意，才能接著解開另外幾行的謎語。

「那些數字已經在我腦子裡打轉很久了，我就是看不出有什麼意義。從數學的角度看，它們是隨機排列。以解譯員的身分看，它們只代表胡言亂語。」

「不過，裡面全是費波那契數列的數目字，不太可能是巧合。」

「不是巧合。寫費波那契數列是我爺爺向我打旗號的一種方式——另外的方式是寫英文、擺成我最愛的藝術品的姿勢、在自己身上畫五角星，目的全在吸引我注意。」

「他畫的五角星對妳有含義嗎？」

「有。我剛沒機會告訴你。在我小時候，五角星是爺爺和我之間的一個特殊符號。我們以前常玩塔羅牌，我拿到的指引牌每次都是五角星牌組裡的一張。我敢說，他洗牌時動過手腳，不過，五角星漸漸成了祖孫之間的小玩笑。」

蘭登感覺脊背一陣涼意。這對祖孫玩塔羅牌？塔羅牌源於中世紀的義大利，設計的原意是傳遞被教會查禁的信仰，因此裡面飽含隱而不宣的符號。塔羅牌的二十二種牌的名稱包括女教皇、女皇、星星。

塔羅牌以五角星象徵女神，他想到。

兩人走到逃生樓梯間，蘇菲小心拉開門，帶蘭登步下一道緊湊的折梯，往一樓下去，越走越快。

「妳的祖父，」蘭登在她後面快步跟進，「教妳認識五角星的時候，有沒有提到女神崇拜或天主教會憎恨的其他東西？」

蘇菲搖搖頭。「我比較有興趣的是裡面有關數學的東西，例如黃金比例、PHI、費波那契數列等等。」

蘭登訝然說，「祖父教妳認識PHI這個數字？」

「當然。就是黃金比例。」她的表情變了，一副心虛的模樣。「其實，他以前常笑說，我是半人半神……呃，不就因爲我名字裡的字母嘛。」

蘭登思索幾秒，頓悟後悶哼一聲。

s-o-PHI-e。

樓梯仍未走完，蘭登的心思轉向PHI。他開始明瞭，索尼耶赫留下的提示甚至比他最初的想法更有連貫性。

達文西……費波那契數列……五角星。

不可思議的是，三者全和藝術史的一個基本概念有關。蘭登常以這主題發表一系列的演說。

PHI。1.618。

蘭登不知不覺想起他在哈佛大學開的「藝術裡的符號」課程。「白板上的這個數字是什麼，誰知道？」他問全班。

坐後面主修數學的男生舉手。「是數字PHI。」母音埃被他誤念爲一。

「很好，史戴特納，」蘭登說。「各位同學，好好認識PHI一下。」

「可不要跟圓周率pi混爲一談喔，」史戴特納說。

「PHI，」蘭登繼續，「代表1.618，在藝術裡是個非常重要的數字，一般認爲是全宇宙最美的數字。」

蘭登一面置入幻燈片，一面解釋，PHI是從費波那契數列演算出的數字。舉凡植物界、動物界、甚至人類的規格特徵，都找得到1.618：1的比例，出奇嚴謹。

「在大自然裡，到處都找得到PHI的存在，」蘭登說著熄燈。「因此，古人假想，這數字一定是宇宙造物者設定的，是神意中的**黃金比例**。」

「不會吧，」前排有個女生說，「我在生物學裡，從來沒讀到這個黃金比例。」

「沒有嗎？」蘭登奸笑說。「一窩蜜蜂裡的雌雄對應關係，妳有沒有研究過？」

「當然有。每窩的雌蜂數一定多於雄蜂。」

「答對了。在世上隨便找一窩蜜蜂，雌蜂數除以雄蜂數，導出的數字每一窩都相同，妳知道嗎？就是**PHI**。」蘭登的幻燈片換成螺旋狀的海螺殼相片。「認得出來嗎？」

「一種軟體動物，」右邊有個學生回答。

「對。每一圈的直徑和鄰圈的直徑比例是多少，你猜得到嗎？沒錯，就是PHI。黃金比例。1.618：1。」

現在，蘭登的幻燈片一張接一張急著換——向日葵的花心、松果瓣、植物莖上的葉序、昆蟲的身體結構——全照黃金比例成形，令人訝異。

「太奇妙了！」有人驚呼。

「對啊，」另有同學說，「可是，這跟**藝術**有啥關係？」

「啊哈！」蘭登說。「幸好你問了。」下一張幻燈片是達文西的名作，裸男〈維特魯威人〉。維特魯威是聰明絕頂的羅馬建築師，曾寫過黃金比例和建築學的關聯。

「在那時代，對人體結構理解最透徹的人莫過於達文西。他竟然把屍體挖出來解剖，以測量人骨結構的確切比例。人體很多部位的比例**總是**等於PHI，率先證明這一點的人就是他。」蘭登微笑一下。「在這課程裡，我們和達文西見面的機會多得是……有很多符號，隱藏在你做夢也想不到的地方。」

「動作快一點，」蘇菲低聲催。「怎麼了？我們快到了。快啊！」

蘭登的視線向上，心生頓悟的他渾身麻痺了。

哦，嚴苛的惡魔！喔，蹩腳的聖人！

蘇菲回頭看他。

不可能這麼簡單吧，他心想。

但他知道，當然有可能。

置身羅浮宮的腑臟中……PHI和達文西的影像在他腦海裡縈繞著，蘭登無意間突然破解索尼耶赫的謎語。

「『哦，嚴苛的惡魔！』」他說。「『喔，蹩腳的聖人！』這兩句是最簡單的一種密碼！」

蘇菲在他下方的樓梯上站住，抬頭望他，一臉不解。

「妳剛不是才說過？」蘭登的語調迴盪著興奮。「費波那契數列只在順序對的時候才有意義，否則，從數學的角度來看，就是一堆胡言亂語。」

蘇菲不明白他在講什麼。

「亂排一通的費波那契數列是一個提示，」蘭登拿著列印出來的相片說。「第一行是數字，暗示著下面幾行遺言的破解法。妳祖父把數列的排序搞亂，意思是叫我們把相同的概念應用在下面的文字。從『哦嚴苛的惡魔，喔蹩腳的聖人』字面上看，這兩行無意義，全是顛三倒四排列的一堆字母。」

「你認爲，這兩句是……一種變位字謎？」她盯著他看。

蘭登不多說，從外套口袋掏筆，重新排列每一行的字母。

O, Draconian devil!

Oh, lame saint!

字母異位重組之後，一字不漏，可排成……

Leonardo da Vinci!（李奧納多．達文西！）

The Mona Lisa！（蒙娜麗莎！）

17

〈蒙娜麗莎〉。

蘇菲愣在逃生樓梯間，逃出羅浮宮的念頭霎時被拋向九霄雲外。

變位字謎的謎底固然令她錯愕，同時令她慚愧的是，解謎人竟然不是她自己。蘭登凝視相片說，「妳祖父死前幾分鐘，怎麼構思得出這麼複雜的變位字謎，我難以想像。」

蘇菲知道原因，一想到這裡，她更覺得慚愧不已。*我早該發現才對！*她回想爺爺年輕時，常以藝術名作的名稱玩變位字謎。蘇菲幼年時，有一次，爺爺就因變位字謎玩過火而鬧風波。那次，索尼耶赫接受美國一家藝術雜誌社專訪，不屑二十世紀初立體派畫風的他表示，畢卡索的傑作〈亞維儂的少女〉（*Les Demoiselles d'Avignon*），字母異位之後恰巧是「粗俗無意義的鬼畫符」（vile meaningless doodles），惹得畢卡索的粉絲不太高興。

「我爺爺可能很早就想到〈蒙娜麗莎〉的變位字謎了。」蘇菲說著，抬頭看蘭登。*今夜他被*迫用字謎充當密碼。陰間的爺爺呼喚著，訊息之確切令人不寒而慄。

達文西！

蒙娜麗莎！

蘇菲不解，爺爺的遺言為何直指這幅名畫？她只想得出一種可能性。令人苦惱的可能性。

地板上的字不是最後的遺言……。

爺爺是叫她去看〈蒙娜麗莎〉嗎？難道，爺爺在名畫那裡留了另一句話？確實不無可能。畢竟，〈蒙娜麗莎〉掛在專廳裡，只能從大陳列館進出。蘇菲這時想到，那一間的門只離爺爺陳屍地點二十公尺。

蘇菲回頭，向上望著逃生樓梯間，拿不定主意。她知道，她應即刻帶蘭登離開羅浮宮，然而，直覺卻催促她去找〈蒙娜麗莎〉。如果爺爺有祕密想交代她，地球上很難找到更合適的密會場所。

蘇菲六歲時，第一次進德儂館參觀，聽爺爺悄悄說，「她就在那邊，再走幾步就到了。」爺爺握著小手，在博物館關閉期間牽她穿越無人的陳列室。

當時，蘇菲抬頭望巨大的天花板，低頭看令人暈眩的地板，覺得自己好渺小。空曠的博物館令她害怕，但她才不肯讓爺爺知道。她咬緊牙關，鬆開爺爺的手。

小蘇菲在書上看過〈蒙娜麗莎〉的圖片，一點也不喜歡，無法理解大家讚嘆她的原因何在。進入展示〈蒙娜麗莎〉的國事廳後，她環視狹長的展示廳，定睛在明顯的主位——右牆的正中央。這裡只掛一幅作品，以防彈玻璃和外界隔絕。爺爺指向〈蒙娜麗莎〉。「去吧，蘇菲，有機會獨享她的人不多。」

小蘇菲嚥下憂慮，緩緩走向她。有關這幅名畫的事聽多了，她覺得自己正要拜見皇室成員。她屏息向上看，一眼看遍整幅畫。

她不太知道原本預期有何感想，但感想絕對不是現在這個：既沒有驚艷心動，也沒有瞬間被煞到。名畫裡的這張臉和印在書本的臉長得沒兩樣。蘇菲無言佇立許久，等了再等，等著自己的反應。

「妳覺得怎樣啊？」爺爺來到她背後，悄悄說。「漂亮吧？」

「她太小了。」

索尼耶赫微笑。「妳不也很小，不也很漂亮？」

我才不漂亮咧，她暗嗆。蘇菲討厭自己的紅髮和雀斑，她的個頭也比班上所有男生高大。她轉頭再看〈蒙娜麗莎〉，甩甩頭。「看起來像她懂什麼東西……像同學有祕密不肯講的樣子。」

爺爺呵呵一笑。「她紅得發紫，跟這一點也有關係。大家喜歡猜她在笑什麼。」

「她在笑什麼，你知道嗎？」

「也許喲。」爺爺調皮眨眨眼。「我改天再告訴妳。」

蘇菲踱一腳抗議。「早告訴過你了，我不喜歡祕密啦！」

「公主。」爺爺微笑說，「人生充滿了祕密。妳不能一次得知全部。」

「我想回樓上，」蘇菲提高嗓門說，語音在樓梯間顯得虛空。

「去找〈蒙娜麗莎〉？」蘭登畏縮一下。「現在？」

蘇菲考量著風險。「我沒有涉嫌凶殺案。我願意冒冒險。我有必要查清爺爺到底想告訴我什麼事。」

「不去美國大使館了嗎？」

勸蘭登逃脫的人是她，逃到一半卻又想甩掉他，她覺得過意不去，但她想不出其他辦法。她指向樓下的金屬門。「走那門出去，照出口燈的指示走，最後會通往一道旋轉柵門，你可以從那裡離開。」她把自己的鑰匙交給蘭登。「我的車是紅色的Smart車，停在員工停車區。從這裡去大使館，你認得路嗎？」

蘭登點頭，看著手中的鑰匙。

「是這樣的，」蘇菲語調緩和下來，「我覺得爺爺可能在〈蒙娜麗莎〉那裡留言給我，大概是尋凶手的線索之類的，不然就是我爲何有危險。」或者是我家人的眞相。「我想去看一看。」

「可是，如果妳有危險，他想警告妳，死前直接寫在地上不就行了嗎？何必玩這麼複雜的字謎？」

「爺爺想告訴我的事不管是什麼，我猜他不願被外人知道，連警方都不行。我有個怪怪的直覺，總認爲他要我趕在別人之前快去找〈蒙娜麗莎〉。」

「我陪妳去。」

「不行！趁大陳列館現在沒人，你趕快走吧。」她以感恩的微笑面對。「我會去大使館找你的，蘭登先生。」

蘭登一臉不悅。「想約我在大使館見面，我可要開一個條件，」他以強硬的口吻回應。

蘇菲愣了一愣。「什麼條件？」

「不准妳再喊蘭登先生。」

蘭登臉上泛起若有似無的淺笑，嘴角一邊高一邊低，蘇菲看到了，不由得也以微笑回敬。

「祝你好運了，羅柏。」

蘭登下到樓梯底，肯定是亞麻籽油和水泥灰的臭味撲鼻而來。前方有一個英法雙語的出口燈，箭頭指向一道長廊。

索尼耶赫的變位字謎構思巧妙，仍盤旋在蘭登的心頭。蘇菲會在〈蒙娜麗莎〉發現什麼？他也想知道。該不會撲空吧？她似乎很篤定，爺爺要她再去看〈蒙娜麗莎〉一眼。這似乎說得通，然而，蘭登心裡有個擾人的疑問。

P.S. 找羅柏・蘭登。

索尼耶赫在地板上指名道姓，叫蘇菲找他。為什麼？只盼他幫孫女破解變位字謎？似乎不太可能。畢竟，索尼耶赫沒理由相信蘭登對變位字謎特別拿手。

變位字謎應該由蘇菲獨自破解才對。蘭登忽然對這一點更加篤定，而這結論反過來讓索尼耶赫行爲不太合邏輯。

進走廊後，他邊走邊納悶著，爲什麼指定我？

索尼耶赫認爲我一定懂的東西是什麼？

不期然而來的一陣心驚陡然停住他的腳步。他瞪大眼睛，伸手進口袋，扯出從電腦列印的陳屍圖。他凝視最後一行遺言。

P.S. 找羅柏．蘭登。

他執著於兩個字母。

P.S.

剎那間，索尼耶赫混搭成謎的符號豁然明朗化。蘭登畢生累積的符號和歷史知識化爲一道閃電，朝他的腦門直劈而來。索尼耶赫今夜的所有行爲頓時出現完全合理的解釋。

蘭登的思緒奔馳著，極力拼湊其中的含義，暈頭轉向的他往後望來時路。

來得及嗎？

管不了那麼多了，他知道。

他毫不遲疑，回頭直奔樓梯間。

18

蘇菲上氣不接下氣，來到〈蒙娜麗莎〉廳外，面對著雙扉大木門。進門之前，她望向二十幾碼外的走廊，爺爺的遺體仍躺在聚光燈下。

一陣強烈的遺憾扣住她心頭，深切的哀傷混雜著歉疚。十年來，爺爺多次想聯絡她，信件和包裹連番寄來，她卻一封也不拆，拒絕祖孫重逢。他騙我！竟然守著駭人聽聞的祕密！我又能怎麼辦？

如今，爺爺橫死，正從地下對她說話。

〈蒙娜麗莎〉。

她伸手推開大木門。門咿呀打開。蘇菲在門口駐足幾秒，放眼看這間長方形的大廳。這裡也沐浴在柔和的紅光裡。

然而，在進門前，蘇菲就覺得自己少帶一個東西。螢光燈。假使爺爺在這裡留言，蘇菲幾乎能確定他也用浮水印筆。

她深吸一口氣，急忙走向亮晃晃的刑案現場。她無法正視遺體，目光只投向蒐證器材。找到一支短小的紫外線筆。她把筆收進毛衣口袋，趕緊往回走。一具鬼影忽然從紅光裡冒出來。蘇菲被嚇得往後跳。

「原來妳在這裡！」蘭登沙啞沉聲說，語音劃破寂靜，身影飄到她面前停下。

她的心情只緩和了幾秒。「羅柏，我不是叫你快走嘛！如果法舍隊長——」

「妳剛剛去哪裡了？」

「我去找螢光燈，」她低聲說，舉筆給他看。「如果爺爺留言給我——」

「蘇菲，我問妳一件事。」蘭登喘著氣，藍眼緊緊鎖定她。「P.S. 這個縮寫……對妳有沒有其他含義？隨便什麼含義都行。」

蘇菲唯恐交談聲傳遍長廊，趕緊把他拉進〈蒙娜麗莎〉廳，靜靜闔上雙扉巨門。「我不是說過了嗎？P.S. 代表蘇菲公主。」

「我知道，不過，妳有沒有在其他地方見過這兩個字母？妳祖父有沒有在其他地方用這縮寫？例如用在信紙上或私人物件上？」

這問題令她暗暗稱奇。羅柏怎麼會知道？有一次，蘇菲確實見過這縮寫，是在她九歲生日的前一天。那天，她偷偷搜遍全家上下，想找爺爺藏的生日禮物。即使年紀那麼小，她就受不了被蒙在鼓裏的滋味。爺爺今年買什麼東西送我？她翻遍了餐具櫃和抽屜。

最後，她鼓起勇氣，偷偷溜進爺爺的臥房。爺爺禁止她進入這裡，但他這時躺在樓下沙發呼呼大睡。

我看一下下就好！

小蘇菲踮腳尖，走在吱吱嘎嘎的木頭地板上，朝衣櫃前進。她翻開衣架上的衣褲，檢查後面的架子。沒有。接著，她找床下。依然撲空。她走向抽屜櫃，逐一打開抽屜，仔細翻找。禮物一定藏在這裡！垂頭喪氣，她打開最後一個抽屜，推開幾件她從沒看過他穿的黑衣，找不到禮物，正要關抽屜的當兒，抽屜深處有金光一閃，她看見了。

項鍊嗎？

蘇菲謹慎從抽屜拉出一條鏈子。她驚訝的是，串在鏈子上的是一支晶亮的金鑰匙，沉甸甸，閃閃發光。她看得出神，拿起金鑰。她從未見過這一款式的鑰匙。多數鑰匙是扁的，有鋸齒，這一支卻呈三角柱狀，布滿小小的凹痕。鑰匙頭很大，也是金色，近似十字架，更接近加號＋。十字中間刻印著一個怪符號——兩個字母交纏成某種花樣。

「P.S.，」小蘇菲臭著臉，低聲說。什麼跟什麼嘛？

「蘇菲？」爺爺從門口喊。

她嚇一跳，轉身，金鑰掉在地上，敲出響亮的鏗鏘聲。「我……我在找生日禮物，」她說，頭抬不起來，因爲她自知辜負了爺爺對她的信任。

爺爺無言，站在門口，似乎站了一世紀之久。最後，他長嘆一聲，語帶苦惱。「鑰匙撿起來，蘇菲。」

小蘇菲照他的意思做。

「蘇菲，妳應該尊重別人的隱私。」他輕輕跪下，拿走金鑰。「這支鑰匙非常特別。萬一被妳搞丟了……」

爺爺的語調低緩，令小蘇菲加倍難堪。「對不起，爺爺。眞的。」她停頓一下。「我還以為是我的慶生項鍊。」

他凝視小蘇菲幾秒。「我再叮嚀妳一次，蘇菲，因為這很重要。妳應該學著尊重別人的隱私。」

「是的，爺爺。」

「我們改天再溝通這件事吧。現在呢，花園正等人去除草。」

小蘇菲趕緊出去做家事。

隔天早晨，她沒收到爺爺送的生日禮物。昨天做錯事，她本來就不指望有禮物可拿。可是，一整天下來，爺爺居然連一聲生日快樂都不說。就寢時間到了，她拖著難過的步伐上床，還沒躺下，就發現枕頭壓著一張卡片，上面寫著簡單的謎語。喔，我知道了！是尋寶遊戲！

她興沖沖，左右推敲著謎題，終於破解了。她循謎底來到家裡另一區，又發現一張謎語卡。解開這一道謎語後，她衝去找下一張謎語卡，在家裡上上下下狂亂飛奔，一個線索通往另一個線索，最後的謎底指向她臥房。小蘇菲三步併兩步上樓，奪門進房間，呆住了。臥房中間多了一輛亮晶晶的紅色腳踏車，握把上面綁著緞帶。小蘇菲樂得尖叫。

「我知道妳要的是洋娃娃，」爺爺在角落裡微笑說。「不過我認為，妳收到這個會更高興。」

「爺爺，」小蘇菲抱住他說。「謝謝你……鑰匙的事，我眞的很抱歉。」

「我知道，甜心。我原諒妳。我總不能一直生妳的氣吧。爺爺和孫女彼此原諒是天經地義的事。」

小蘇菲明知不應該，卻還是忍不住問。「那鑰匙能開哪裡的鎖？我從沒看過那種鑰匙。做得好漂亮喔。」

爺爺沉默半晌，小蘇菲看得出他不知如何回答。爺爺從來不說謊。「那鑰匙能開一口箱子，」他終於說，「我很多的祕密藏在裡面。」

小蘇菲噘嘴。「人家討厭祕密啦！」

「我知道，不過，我藏的是很重大的機密。總有一天，妳會懂得和我一樣珍惜它們。」

「我在鑰匙上看到兩個字母，另外有一朵花。」

「對，那是我最愛的花，法文叫做白色鳶尾花（fleur-de-lis）。我們家的花園裡就有。英文屬於百合科（lily）。」

「我知道種在花園的哪裡！它們也是我的最愛！」

「那我跟妳打一個約定。」爺爺翹高眉毛。「如果妳能守住鑰匙的祕密，永遠不再提，對我或對其他人都不講，那麼，我總有一天會把鑰匙送給妳。」

小蘇菲不敢相信自己的耳朵。「眞的嗎？」

「我保證。等時機一到，鑰匙就歸妳擁有。妳的名字就在鑰匙上。」

小蘇菲變臉了。「才怪咧，哪有。鑰匙上寫的是P.S.。人家的姓名才不是P.S.！」

爺爺壓低嗓門，左看右看，彷彿想確定沒有旁人。「好吧，蘇菲，既然妳問到底，我就告訴妳。P.S.是個密碼。是妳的祕密縮寫。」

小蘇菲的眼睛睜得圓滾滾。「我的名字有祕密縮寫？」

「當然有。孫女向來都有唯獨爺爺知道的祕密縮寫。」他搔癢逗孫女。「意思是蘇菲公主。」

她嘻嘻笑著。「人家又不是公主！」

他調皮眨眨眼。「在我心目中妳是。」

從那一天起，祖孫絕口不提金鑰的事，她也成了爺爺的蘇菲公主。

「那兩個字母，」蘭登再問，「妳以前看過嗎？」

爺爺的話語幽幽迴盪在博物館長廊上，蘇菲能意識到。永遠不准再提這支鑰匙的事，蘇菲，對我或對任何人都不能講。她能再辜負爺爺的信任嗎？

P.S.找羅柏．蘭登。爺爺指名要蘭登協助……

蘇菲點頭。「有，我有一次見到這縮寫。我那時候年紀很小。P.S.出現在他認爲非常重要的東西上。」

蘭登的目光緊扣她雙眼。「蘇菲，這是一條關鍵線索。告訴我，在這縮寫出現的地方，是不是也有一個符號？圖形是白色鳶尾花？」

蘇菲不禁赫然向後踉蹌一步。「可是……你怎麼可能知道？」

蘭登吐出一口氣，壓低音量說，「我敢確定，妳祖父生前是一個祕密社團的成員。一個非常古老的祕密兄弟會。」

蘇菲覺得腸胃打結了。蘭登確定的事，她也確定。十年以來，她努力忘掉令她深信祖父是祕密社團成員的那一幕。她撞見的一幕難以想像。無可原諒。

「白色鳶尾花的圖形，」蘭登說，「加上P.S.的縮寫，就是那社團的正式徽印，他們的紋章。他們的標誌。」

「你怎麼知道？」蘇菲正祈禱著，希望蘭登不要說他也是會員。

「我針對這個社團寫過文章，」他說，亢奮得出現顫音。「他們的法文名稱是Prieure de Sion，意思是錫安會。他們是地球上流傳至今最古老的祕密社團之一。」

蘇菲從沒聽過。

蘭登像機關槍似地劈里啪啦講。「錫安會的會員包括文化史上大師級人物，例如波提且利、牛頓、雨果。」他的語氣充滿學院派狂熱。「達文西也是。」

蘇菲瞪大眼睛。「達文西也加入祕密社團？」

「他不但是會員，更從一五一〇到一五一九年擔任錫安會的盟主，難怪妳祖父那麼熱衷達文西的作品。兩人有一段共同的歷史淵源。而且，這也能解釋兩人沉迷於女神聖像和女性神祇，蔑視教會。自古以來，錫安會就尊崇神聖女性。」

「你是說，這個社團是一個異教女神的崇拜會？」

「權力最大的異教女神崇拜會，這樣形容更貼切。不過，更重要的是，據說他們捍衛著一個遠古流傳下來的機密，所以才力大無窮。」

儘管蘭登的眼神是堅信不移，蘇菲的直覺卻是徹底不相信。地下異教崇拜會？達文西一度是會長？聽起來是通篇鬼扯。話說回來，即使在她拒絕聽信的同時，卻也任思緒回溯到十年前，重返撞見爺爺的那一夜。她至今仍無法接受她見到的一幕。那種行爲能不能解釋——？

「錫安會的會員當中，在世的會員身分被維護得密不透風，」蘭登說。「不過，妳童年看見的P.S.和白色鳶尾花能證明他是會員。這些證據合起來，只有一個可能，就是錫安會。」

蘇菲這時才明瞭，她需要蘭登協助，否則無法猜透爺爺的所作所爲。「羅柏，這麼一來，你如果被逮捕，我的損失就大了。我們該討論的東西很多。你非走不可！」

蘭登聽不進去。他哪裡都不肯去。他變得魂不守舍。彷彿泡在水裡動作似地，他慢慢轉頭，望穿紅紅的微光，視線直鑽〈蒙娜麗莎〉。

白色鳶尾花……麗莎之花……〈蒙娜麗莎〉。

所有關鍵點交互連接，匯聚成無聲的交響樂章，呼應著錫安會和達文西最深沉的祕密。

19

聖許畢斯教堂如同多數教堂，格局揣摩平躺地面的羅馬十字架，比較長的一段稱爲中殿，直通最大的祭壇，交叉的一段較短，稱爲耳堂。

西拉跪在最前排，假裝在祈禱，其實兩眼掃描著教堂內的配置。他轉頭向右，望進南耳堂，座位盡頭有一片空地。

找到了。

在灰色花崗岩地板上，一道纖細的銅條嵌進石板，擦得雪亮……一條金線在教堂地面傾斜而過。

玫瑰線。

西拉的眼球順著銅條遊走，從他的右邊移到左邊，在地面的斜角不太自然，和對稱有致的教堂配置格格不入。他的視線最後來到一個極爲突兀的建築。

一座高聳的埃及方尖碑。

玫瑰線來到底部，向上轉彎九十度繼續直走，穿越方尖碑的正面，上升三十三呎，直達尖錐頂。

玫瑰線，西拉想著。那個兄弟會把拱心石藏在玫瑰線。

今夜稍早前，西拉向老師報告，錫安會把拱心石藏進聖許畢斯教堂，老師聽了半信半疑。然而，西拉接著說，四人在死前全提到一道貫穿教堂的銅條，老師頓時明瞭，倒抽一口氣。「你指的是玫瑰線！」

老師趕緊告訴西拉，聖許畢斯教堂的建築有個特點，就是地板上有一道銅條，以南北縱貫教堂，銅條上有像尺一樣的刻度。老師解釋，這條玫瑰線很有名，在古代的用途近似日晷。幾世紀以來，玫瑰的符號常應用在地圖上，以羅盤玫瑰的圖形呈現，幾乎每幅地圖都有，能指明北東南西。直到今日，這種最基本的導航工具仍被稱爲羅盤玫瑰，最北端以箭頭表示……更常見的圖形是白色鳶尾花。

在地球儀上，玫瑰線另名子午線或經線，是從連接南北兩極的任何一條假想線，因此玫瑰線當然有無限多條。對早期的航海人而言，問題是哪一條才配被稱爲玫瑰線。這條線也可稱爲零度經線或本初子午線，可用來劃分地球上所有經線。

現代，這條線位於英國格林威治，制定於一八八八年。

但在制定之前，全球的零度經線穿越巴黎，貫穿聖許畢斯教堂而過。聖許畢斯教堂地上的銅條是最原始的玫瑰線，因此是全球第一條本初子午線。

「這麼說來，傳說是眞的，」老師在當時告訴西拉。「錫安會的拱心石據說藏在『玫瑰標誌底下』。」

現在，教堂裡的西拉站起來，面對祭壇，屈膝跪拜三次，然後向左轉，循著銅條走向方尖碑，欣喜得步伐僵硬。他在碑前下跪，並非表示崇敬，而是非跪不可。

拱心石藏在玫瑰線底下。

藏在教堂方尖碑的底部。

四人臨死前全吐露同一件事。

西拉跪著，雙手在花崗岩地面摸索，然後以指關節輕輕敲銅條兩旁的每一片地磚。終於，其中一片被敲出異樣的聲音。

地板底下有個洞！

西拉微笑。被害人講的是實話。

祭壇的正上方是唱詩班樓臺，桑德琳修女彎腰躲在陰影裡，隔著欄杆，默默監看樓下穿著斗篷的修士。她最恐怖的想法剛獲得證實了。來人表裡不一。神祕的主業會修士夜訪聖許畢斯，目的不在於參觀教堂。

他另有所圖。

然而，桑德琳修女不只在教堂裡打雜。她也是衛兵。今夜，陌生人找到了方尖碑底部，對她而言是個訊號——採取行動的時候到了。

20

〈蒙娜麗莎〉仍在二十碼的前方，蘇菲開螢光燈，藍藍的光在兩人前面的地上灑出新月形。她拿著光筆，對著地上左右搖，動作像在偵測地雷，尋找著發螢光的筆墨。

所有關鍵點交互連接了——錫安會、達文西、白色鳶尾花……以及〈蒙娜麗莎〉。現在，他們只需研究這些關聯究竟有多深。

〈蒙娜麗莎〉之所以是全球知名度最高的藝術品，完全和她的神祕笑容無關，這一點蘭登知道。〈蒙娜麗莎〉成名的原因很簡單——因爲達文西自稱這幅畫是他的頂尖作品。每次出遠門，達文西一定帶她同行，被人問時，他總回答說，這幅畫是他傳達女性美的登峰造極之作，所以他和〈蒙娜麗莎〉難分難捨。

即便如此，許多藝術史學者懷疑，達文西推崇〈蒙娜麗莎〉其實另有蹊蹺，和這幅畫的優劣無關，可能在顏料下面暗藏玄機。

事實上，〈蒙娜麗莎〉是世界上文獻最豐富的圈內人笑話之一，飽含雙重意義和捉狹的隱喻，多數藝術史書都探討過，然而，不可思議的是，一般民眾仍把她的微笑視爲一大謎題。

完全不是謎，蘭登想著，往前走，看著朦朧的名畫輪廓逐漸成形。完全不是謎。

他記得曾和一群人分享過〈蒙娜麗莎〉的祕密。那群人和藝術圈有點距離，是十幾個正在坐牢的囚犯。蘭登進監獄演講是因爲大學有意把教育推廣到監獄體系。

蘭登把〈蒙娜麗莎〉投影在監獄圖書室的牆上，對他們說，「各位可能會注意到，她的臉後面的背景一邊高一邊低。」他指著醒目的落差。「在達文西的筆下，左邊的地平線明顯比右邊低。」

「他畫錯了吧？」一名囚犯問。

蘭登嘿嘿一笑。「不是。達文西不常畫錯。這其實是達文西搞的小把戲。把左邊的鄉野畫矮一點，從左邊看蒙娜麗莎，她會顯得比從右邊看更大。這是達文西開的一個小玩笑。從歷史的角度看，左邊屬於女性，右邊屬於男性。達文西很推崇女性，所以他把蒙娜麗莎畫成左看比右看更富麗。」

「喂，蘭福先生，」一個筋肉糾結的囚犯喊錯他的姓說，「我聽說〈蒙娜麗莎〉其實是達文西男扮女裝的自畫像。」

「相當有可能，」蘭登等大家笑夠後才說。「達文西喜歡惡作劇。不過，更值得注意的是，他注重男女均衡。他相信，除非男女的成分兼具，否則人心難以獲得啓蒙。他的蒙娜麗莎非男非女，而是兩者的混合體。」語氣暫停。「埃及有個叫做阿蒙（Amon）的神，在座有誰聽過？」

全場靜悄悄。

蘭登拿起馬克筆，走向白板。「在埃及，阿蒙是男神，專司傳宗接代。」他寫下來。「另外有個名叫伊西絲（Isis）的女神，象形文字以前寫做麗莎（L'Isa）。」

他後退幾步，讓聽眾看個清楚。

AMON L'ISA（阿蒙　麗莎）

「有印象嗎？」

「蒙娜麗莎……」有人驚呼。

蘭登點頭。「各位，蒙娜麗莎不只是臉半男半女，連名字都是男女神融合的結果。就因爲這樣，朋友們，蒙娜麗莎才會露出會意的微笑。」

「爺爺剛來過這裡，」蘇菲說，忽然跪下去，離〈蒙娜麗莎〉只十呎遠。她拿著螢光燈，遲疑地指向鑲木地板。

起初蘭登什麼也沒看見。接著，他在蘇菲身旁跪下，才見到發螢光的一小滴乾掉的液體。筆墨？忽然間，他想到刑事光筆的正當用途。血跡。他的感官麻癢起來。蘇菲說的對。索尼耶赫臨死前確實來參觀〈蒙娜麗莎〉。

「他不會平白無故來這裡，」蘇菲低聲說。她站起來。「他在這裡留言給我，我知道。」她朝〈蒙娜麗莎〉匆匆跨出幾步，照亮名畫正前方的地上，光筆在空無一物的地板上來回掃射。

「什麼也沒有！」

就在這時候，蘭登看見〈蒙娜麗莎〉的防護罩上出現微微紫光。他伸手握住蘇菲的手腕，徐徐把光筆指向名畫的防護罩。

兩人都呆住了。

防彈玻璃上寫著一行紫色的英文字，和〈蒙娜麗莎〉的臉重疊。

21

在幾哩外的巴黎河岸，雙層卡車的運將看著警方，越看越糊塗，最後見刑事總局的隊長發出淒厲的怒吼，把一塊肥皀拋進高漲的塞納河。

法舍隊長皺著眉頭，掏出手機。

電話鈴聲響起時，美國大使館的夜班接線生正在讀雜誌。

「美國大使館。」她說。

「晚安。」來電者講英文，帶有法國腔。「我需要一點協助。」他的語氣粗魯，官腔十足。「有人告訴我，你們的自動語音系統裡面有給我的留言。我姓蘭登。很遺憾，我忘了我的三位數密碼。妳能幫個忙的話，我感激不盡。」

接線生愣了一下，迷糊了。「抱歉，先生，你的留言一定是很久以前的事了。我們的語音系統兩年前就撤掉了。」

「你們沒有電話留言系統？」

「沒有，先生。現在留言都由服務部門的人員用筆寫下來。麻煩你，貴姓大名請再說一遍。」

對方早已掛電話了。

法舍隊長在塞納河畔踱步。他剛才明明看到蘭登撥的是市內號碼，然後輸入密碼，接著聆聽錄音。如果蘭登打的不是大使館號碼，他打的是誰的電話？

他倏然明瞭了。答案就在掌心。蘭登用的是這支手機。

法舍查看這支手機撥過的號碼，選最近的一通，撥號。

終於有人接聽了，對方是女聲。「您好，這裡是蘇菲．納佛家，」應答語播放著，「我目前無法接聽，請……」

幾分鐘後，科列分隊長坐在索尼耶赫館長的辦公桌前，聽筒緊貼耳朵，滿臉錯愕。來電者是法舍隊長。

「一塊肥皂？可是，蘭登哪可能知道身上有GPS追蹤器？」

「蘇菲．納佛。」

「可是，隊長……如果是她告訴蘭登的，那麼蘭登現在人在哪裡？」

「羅浮宮的消防警報有沒有被觸動？」

「沒有，隊長。」

「有沒有人從大陳列館鐵門下面鑽出去？」

「沒有。我們照你的要求，派了一個羅浮宮警衛看守，也沒有人見到他們離開。」

「好，那麼，蘭登一定還在大陳列館裡面。」

22

防彈玻璃罩的表面亮著一句英文，蘭登看得目瞪口呆。這句文字似乎飄浮在太空中，爲蒙娜麗莎神祕的笑容蒙上一道參差不齊的影子。

「錫安會，」蘭登沉聲說。「這能證明妳祖父是會員！」

困惑的蘇菲看著他。「你懂這句話的意思？」

蘭登點頭，思緒奔騰著。「這句是錫安會最基本的哲理之一。」

蘇菲不解，看著映在〈蒙娜麗莎〉臉上的這句話。

世人之詐何其黑暗。

「蘇菲，」蘭登說，「錫安會崇拜女神的傳統源於他們堅信的一個道理。他們認定，早期基督教會的大老散播謠言，抹黑崇拜女神和女性的民間信仰，成功把天下變成信基督的世界，變得獨尊男性，差不多把神聖女性的概念妖魔化了，永遠把女神從現代宗教革除，可以說是『詐騙』了全世界。」

蘇菲的表情依舊不確定。「爺爺叫我來這裡找這句話。他想告訴我的事情一定不只這個。」

蘭登瞭解她的意思。她猜這又是一道謎語。蘭登當下無法判斷這句是否另有寓意。索尼耶赫的遺言寫得大膽而明確，他一時不知如何解讀。

世人之詐何其黑暗，他思索著。的確太黑暗了。

世界充滿亂象，現代基督教會對亂世的貢獻多麼宏大，這一點無人能否認，但是，教會一路走來，在歷史上留下不少暴力和欺瞞的腳印。面對民間信仰和女性崇拜教，教會祭出殘暴的手段，發動「再教育」運動，延續三世紀，駭人聽聞的事件層出不窮。神職人員聽命於上級，處心積慮想揪出被教會認定是「女巫」的人，凌虐、燒殺她們。所謂的女巫包括女學者、女祭師、吉普賽人、祕教徒、大自然的愛好者、採藥人，總之，「和自然界契合到啓人疑竇者」，全被扣上巫婆的帽子。爲了減輕分娩的陣痛，接生婆給產婦服用止痛藥，卻因此招來殺身之禍，爲什麼？因爲教會聲稱，夏娃在伊甸園偷嚐知識樹上的蘋果，身負原罪，所以上帝懲罰產婦是理所當然的事。向巫婆宣戰的結果，總計有多達五百萬女性被綁上柱子奪命。

宣傳攻勢和血腥戰術奏效了。當前的社會是活生生的例證。

「羅柏！」蘇菲低聲說，拉他回現實。「有人來了！」

蘭登聽見走廊傳來腳步聲，步步接近。

「快來這裡！」蘇菲關掉光筆，她似乎在蘭登眼前蒸發。

他頓時覺得雙眼全盲。叫我去哪裡？視力恢復後，他見蘇菲的身影衝向大廳中間，彎腰消失在八角形的閱覽椅後面。他正想衝過去，不料背後冒出吼音，他僵住了。

「不許動！」有個男人從門口以法文喝斥。

不過幾秒的光景，蘭登趴下，警衛快步過來，踹開他的雙腿。

蘭登悶悶想，擺這姿勢，不正像維特魯威人嗎？差別只在於他的臉朝下。好冷的笑話。

23

在聖許畢斯教堂裡，西拉從祭壇取來一座許願燭臺，再走回方尖碑。燭臺很適合用來敲擊衝撞地磚，只不過，他也顧慮到，敲敲打打的聲響一定很吵。

鐵敲大理石，一定會在挑高的圓頂天花板下產生回音。

會被修女聽見嗎？現在她應該睡著了吧。就算她呼呼大睡，西拉也不願冒險吵醒她。西拉想找布裹燭臺頭，四下張望，只見祭壇有亞麻罩巾，但他不想褻瀆教堂物品。我身上的斗篷，他想到了。他解開束繩，脫掉斗篷的同時感到刺痛，因為羊毛纖維搔到他背部的新傷。

西拉渾身僅剩一條小小的丁字褲。他以斗篷裹住鐵燭臺的一端，對準地磚的正中央戳下去。悶悶的一響。地磚敲不破。他再試一次。又是悶悶的一響，但這次伴隨著碎裂聲。戳第三次時，地磚總算裂開了，破片掉進地下的一個空洞。

有密室！

他趕緊扯掉開口邊緣的碎片，往裡面看。他跪在開口，血脈砰砰砰，伸手進裡面。

起初，他什麼也沒摸到。地板下面的洞以平滑的石板鋪設。他再往下探，伸向玫瑰線的正下方，摸到東西了！一片厚石板。他緊緊握住，輕輕拿出來，直起身子一看，才知道手裡的東西是粗製石板，表面刻著字。頓時之間，他覺得自己成了現代摩西。

西拉讀石板上的字，不禁吃驚。他本以爲拱心石是一面地圖，或一連串複雜的指令，甚至有可能以密碼呈現。然而，他手裡的拱心石卻只有再簡單不過的幾句。

〈約伯記〉裡的一段。第三十八章。第十一節。

雖然西拉不記得十一節確切寫什麼，他仍知道《聖經》〈約伯記〉的故事。〈約伯記〉記載著一個人對上帝的信念屢遭試煉卻堅信不移。很貼切，他心想，幾乎按捺不住喜滋滋的情緒。

桑德琳修女憋著氣，悄然離開唱詩班樓臺，從走廊直奔臥房。進房間後，她手腳著地，伸手進木床框架下，取出她藏了好幾年的一份封緊的信封。

她撕開信封，發現裡面有四組巴黎的電話號碼。她抖著手，開始撥號。

樓下的西拉把石板放在祭壇上，以急切的雙手翻閱皮裝版的《舊約聖經》，修長的白手指現在流著汗，翻到〈約伯記〉，找到三十八章，順著節數往下看，期待著即將讀到的字句：

其文將指向正道！

找到第十一節了。西拉開始閱讀。怎麼只有短短一句？西拉感到疑惑，再讀一次，隱隱覺得事情錯得離譜。《聖經》的這一節只寫著：

你可行至此地，不宜再前進。

24

羅浮宮警衛克勞德．古魯阿壓抑著怒火，站在〈蒙娜麗莎〉前面，嫌犯趴在地上。他從腰帶扯下對講機，試圖用無線電呼叫援手——卻只聽見沙沙聲。

他開始慢慢退向門口，這時見到一位女子從黑暗中走過來，他陡然站住。女子拿著光筆，邊走邊以紫光左右照著地板，好像拿著帶色的手電筒尋找東西。

「刑案現場。」女子鎮定說，仍拿著光筆掃瞄地上。

「報上姓名來！」警衛以法文喊。

「是我，」女子以鎮定的法文回答。「蘇菲．納佛。」

警衛遲疑著，對講機依然只發出沙沙聲。

「你認識我，」女子大聲說。「而且，羅柏．蘭登也沒有殺害我爺爺。相信我。」

警衛持續寸步後退，看得見自稱館長孫女的女子在〈蒙娜麗莎〉廳另一邊抬起光筆，指向掛在〈蒙娜麗莎〉正對面的一幅大型作品。

蘇菲・納佛和警衛隔空對峙，拿著光筆檢查這幅畫的周圍，額頭冒著冷汗。這幅也是達文西的傑作。她自信破解了爺爺的「世人」留言。不然爺爺指的是什麼？

她正在檢查的油畫是五呎高的〈岩間聖母〉（*Madonna of the Rocks*），圖中的聖母坐著，身旁有小耶穌、施洗約翰和天使烏列爾，置身危岩陣當中。蘇菲童年時，每次爺爺帶她去參觀〈蒙娜麗莎〉，總不忘拖著小孫女到另一邊，再欣賞這一幅名畫。

動一動腦筋啊！眼前的這幅畫沒有防護罩，無法在上面寫字，而蘇菲也知道爺爺死也不肯毀損這幅名畫。她愣一愣。不肯寫在前面而已。她猛然抬頭看上面。長長的纜線從天花板固定著這幅畫。

有可能嗎？

她握住雕刻木框的左邊，連畫帶框拉過來。這幅畫很大，畫框的背板被拉扯之下凸起。蘇菲伸頭往背面看，連肩膀也伸進去，拿著光筆檢查。

幾秒後，她黯然明白自己的直覺有誤。這幅畫的背面一片灰白，沒有字，紫光照不出東西，只見古老的畫布背面出現褐斑。

咦？

她瞄到一個突兀的金屬光點。有個光滑的金屬物體卡在畫框背面接近最下面的地方。一條亮晶晶的金鏈。令蘇菲目瞪口呆的是，連在金鏈上的是一支她眼熟的金鑰。那支鑰匙。鑰匙頭寬大，塑造成十字架形狀，上面刻印著一個圖案——白色鳶尾花和P.S.。她九歲見過一次，之後就沒再見到了。

在那一瞬間，蘇菲覺得爺爺的靈魂對著她耳朵悄悄說，等時機一到，鑰匙就歸妳擁有。她覺得咽喉緊縮一下，明瞭到爺爺至死仍信守承諾。爺爺彷彿在說，鑰匙能開一口箱子，我的很多祕密藏在裡面。

此時蘇菲明瞭，今夜的字謎一個接一個，目的全在交代這支金鑰。爺爺落難前，身上一定帶著這把鑰匙，遇害後，把鑰匙藏進名畫背面，然後構思一套高難度的尋寶遊戲，以確保只有她才找得到。

她從名畫背面拿走金鑰，連同光筆，放進口袋深處。她從名畫後面偷瞄，看見警衛仍急著用對講機呼叫援手。

他還呼叫不到人，蘇菲明白，因爲她記得這廳的牆壁多裝了幾道防盜線路，訊號幾乎不可能穿牆而過，出門進走廊才能通訊。但是，警衛就快走到門口，蘇菲知道自己非立即行動不可。

今夜，達文西必定要再幫她一個忙。

「站住！不然別怪我毀了它！」女子以法文喝斥，聲音從〈蒙娜麗莎〉廳另一邊傳來。

警衛望過去，駭然止步。「我的天，不行！」藉著暗暗的紅光裡，警衛見到女子已拆掉纜線，把〈岩間聖母〉拿下來，杵在地上，她站在後面。接著，警衛看見，名畫的中間漸漸凸起來，聖母、小耶穌、施洗約翰的脆弱線條也隨之扭曲。

「不行！」警衛以法文驚叫，看著達文西的無價之寶屈服在女子的膝蓋下，畫布從背面被頂出一個包！「不行！」

「放下槍和無線電，」女子以鎮定的法文說，「否則，我就用膝蓋捅破這幅畫。我爺爺地下有知，會有什麼感想，你應該知道。」

警衛照指示做，高舉雙手投降。

「謝謝你，」女子說。「接下來，繼續照我的話動作，一切都會順順利利。」

片刻之後，蘭登和蘇菲並肩狂奔下樓，蘭登的血脈仍在耳朵裡噗噗打鼓。自從剛才的警衛嚇得發抖繳械後，蘇菲和蘭登就沒空交談。警衛的手槍如今落進蘭登的手。兩階併作一階，他邊跑邊說，「妳很會挑選人質嘛。」

「〈岩間聖母〉，」她說。「不過，選中它的不是我，而是我爺爺。他在畫框背面留給我一個小東西。」

心驚的蘭登猛然看她。「什麼？妳怎麼知道是哪一幅？為什麼是〈岩間聖母〉？」

「『世人之詐何其黑暗。』（So dark the con of man.）」她得意一笑。「頭兩題變位字謎難倒我了，羅柏，我豈能敗在第三個謎題手下？」

25

「死了！他們全死了！」教堂臥室裡的桑德琳修女結巴對著話筒說，對方是答錄機。「接聽啊，拜託！其他人全死了！」

她剛打完三通名單上的電話，聽到的全是噩耗：接聽第一通的人是哭得歇斯底里的寡婦，第二通是半夜在凶殺案現場蒐證的警探，第三通是語氣凝重的神父，正在安慰哀慟的家屬。她現在撥的是第四通，也是最後一通電話。她接到的指示是，前三通都找不到人，才可以撥這一通。然而，她卻只聽見答錄機叫她留言。

「地磚被敲破了！」她以請求的語氣留言，「其他三人都死了！」

修女不知道她奉命保護的這四人是誰，只知這四組電話號碼被床墊壓著，萬不得已才打電話。有聲無臉的傳話人曾命令她：如果地磚被敲破了，表示防護措施已經失靈，表示我們四人之一生命受威脅，被迫在走投無路時撒謊，這時妳才打電話，警告其他人。切勿令我們失望。

這種作法是無聲警報，機制簡單卻萬無一失，弟兄之一如果遇到危險，可以用謊言塘塞，啓動警告機制，以通知其他人。然而，由今晚的狀況看來，被制伏的弟兄不只一人。

「快接聽啊，拜託，」她心慌低語著。「跑去哪裡了？」

「掛掉電話，」門口傳來低沉的嗓音。

受驚的修女轉頭，看到主業會派來的白化症壯漢修士，見他手持沉重的鐵燭臺。修女抖著手，掛上電話。

「他們死了，」修士說。「四個全死了。他們竟敢把我當成傻瓜來耍。拱心石在哪裡，快說。」

「我不知道！」修女照實說。

修士朝她逼近，白手握緊燭臺。「妳是教會的修女，居然爲那種人服務？」

「耶穌的眞理只有一個，」修女叛逆地說。「我在主業會裡看不到。」

修士的眼裡驟然爆發怒火。他以燭臺爲棍棒，猛然向前揮下去。修女倒地之際，最後的想法是一股排山倒海而來的不祥預感。

四人全死了。

寶貴的眞相永遠失傳了。

26

德儂館西端警報聲大作，吵得附近杜勒麗花園裡的鴿群飛竄，蘭登和蘇菲這時也衝出羅浮宮，進入巴黎的夜幕，奔向廣場另一邊的停車區。蘭登聽得見警笛聲在遠處狂嘯。

「我的車就停在那邊，」蘇菲高聲說，指向停在廣場上的一輛短鼻子雙人座小紅車。

*在尋我開心嗎？*蘭登心想。這車絕對是他見過最小的一輛。

「Smart車，」她說。「一公升汽油能跑一百公里。」

蘭登衝上車，還沒坐穩，蘇菲已經催足油門，橫越人行道，蹦跳著駛進羅浮宮正對面的圓環。

一時之間，蘭登以爲蘇菲想想衝進大圓環周圍的樹叢，從圓環中間的草地抄捷徑而過。

「不行啊！」蘭登高喊。他剛才進羅浮宮，曾見倒立金字塔形成的天窗，知道圓環周圍的樹叢隱藏的就是這個危機。假如這輛小車強行駛進圓環，肯定會被一口吞噬。所幸蘇菲決定走較合乎常理的路線，緊急右轉彎，乖乖繞行圓環，離開圓環後向左轉，然後踩油門離去。

咿嗚咿嗚的警笛聲在背後，越叫越嘹亮，坐在前座的蘭登伸長脖子，盡量往後望向羅浮宮。警車似乎不是在追他們。一大片藍燈聚集在博物館前。

他把頭轉回去。「剛才很有意思嘛。」

蘇菲似乎沒聽見，雙眼定睛向前看。座椅上的蘭登鬆懈下來。

世人之詐何其黑暗。

蘇菲腦筋動得快，令人欽佩。

〈岩間聖母〉。

蘇菲曾說，爺爺在名畫後面留東西給她。最後一句遺言嗎？蘭登忍不住佩服索尼耶赫高超的隱藏術。索尼耶赫喜愛達文西作品，似乎每一道謎語都強調自己的興趣。

蘇菲把車子駛上香榭麗舍大道後，他說，「那幅畫的後面藏了什麼？」

蘇菲的兩眼仍直視前方路況。「等我們平安進大使館，我再拿出來給你看。」

「拿出來給我看？」蘭登感到驚訝。「他留給妳的是一個物品？」

蘇菲匆匆點頭。「刻印著白色鳶尾花和P.S.。」

蘭登不敢相信自己的耳朵。

快到了，蘇菲心想。大使館近在不到一哩外。她終於覺得自己能恢復正常呼吸了。

她即使在飆車，念頭仍繞著口袋裡的金鑰轉來轉去，回憶著童年第一次見到它的情景，想著鑰匙頭四臂等長的十字、三角柱狀的鑰匙身、一點一點的凹痕、刻印的花樣、P.S.。

這些年來，蘇菲鮮少想到這支金鑰，但現在，上面的刻印已不再顯得神祕。雷射刻印。複製的機率近乎零。這支鑰匙上的六角形凹痕是雷射光的傑作，刻得複雜而精密，電眼能判讀出間隔、排序、角度，如果一切無誤，鎖才能打開。

鑰匙頭的十字暗示著，主人是某個基督教組織，但蘇菲從沒聽過哪間教會用這種鑰匙。

更何況，爺爺才不是基督徒。

十年前，蘇菲曾親眼見到爺爺非教徒的證據。說來也諷刺，暴露爺爺眞面目的是另一把鑰匙，一支再尋常不過的鑰匙……。

記得那天下午天氣熱，她降落在巴黎戴高樂機場，坐上計程車回家，心想，爺爺見到我，一定會很訝異。蘇菲當時在英國讀大學放春假，提前幾天回家，等不及當面向爺爺報告學習心得。

沒想到，她進家門，卻發現爺爺不在家，好失望。她知道，爺爺沒料到她會提早回家，大概還在羅浮宮忙。可是，現在是禮拜六下午，她想到。爺爺很少在週末上班。週末的話，爺爺通常會——

蘇菲咧嘴笑著，衝去車庫看，果然，爺爺的車不見了。賈克·索尼耶赫討厭在市區開車，買車的用意唯有一個，就是開車向西脫離巴黎，前往他在諾曼第的城堡別墅。蘇菲在人車擁擠的倫敦住了幾個月，迫切想呼吸大自然的氣息。趁著天色還沒暗，她決定立刻啓程，去別墅給爺爺一個驚喜。於是，她向朋友借車西行，駛進蜿蜒的月光丘陵區，抵達別墅時十點剛過。別墅的專用車道很長，足足有一哩多，她把車子開進去，半路才見到被樹林遮住的別墅。這座宏偉的岩造古堡座落在山腰。

蘇菲本以爲，時間不早了，爺爺可能早就睡著。但她見到別墅裡仍亮著火光，不禁雀躍。然而，她的喜悅轉爲詫異，因爲她接著看到門前停滿了轎車，有賓士、寶馬、奧迪，更有一輛勞斯萊斯。

蘇菲愣了一愣，然後噗哧笑出來。爺爺是人盡皆知的隱士啊！看樣子，賈克．索尼耶赫戴著隱士的面具，其實日子過得一點也不孤單，顯然是趁蘇菲去英國唸大學，自己在家辦聚會。從客人的座車來判斷，今晚的嘉賓不乏巴黎大人物。

她急忙來到前門，卻發現門鎖著。她敲一敲門。沒人應。她想不通原因，只好繞到後門試試看。後門也鎖著。沒人應。

她不知如何是好，呆立一會兒，聆聽，只聽見諾曼第涼風掠過山谷，發出沉沉嗚咽聲。

沒有音樂。

沒有人聲。

什麼也沒有。

在寂靜的樹林裡，蘇菲快步來到別墅側院，爬上一堆柴薪，臉湊近客廳窗戶向內看。客廳裡的景象怎麼看也不合理。

「一個人也沒有！」

整棟別墅的人似乎無影蹤。

全躲到哪裡去了？

蘇菲心跳加速，衝進柴棚，從火種箱下找出爺爺藏的備用鑰匙，然後衝到前門，自行開門入內。她一踏進無人的玄關，警報系統的控制器亮起紅色閃光，警告進門的人在十秒內輸入正確密碼，否則防盜警鈴將啓動。

辦趴還啓動警報？

蘇菲趕緊輸入密碼，解除防盜措施。

進別墅後，她發現整個一樓不見人影。樓上也一樣。下樓回到無人無聲的客廳時，她駐足片刻，揣測著各種可能的狀況。

就在這時候，她聽見了。

隱隱約約的人聲。好像從腳下傳上來……。她蹲下去，耳貼地板仔細聽。對，聲音絕對是從下面傳上來的。好像有幾個人在唱歌，或是在……誦經？她怕了。誦經聲固然恐怖，更令她顫慄的是，這棟別墅根本沒有地下室。

就算有，我也沒見過。

她轉身，環視客廳，視線落在整棟房子唯一位置不對的物體——爺爺最愛的古董織錦。這面寬廣的奧比松織錦掛毯平常掛在壁爐旁東牆上的銅桿子上，現在卻被拉到桿子的一邊，露出一面沒有裝飾的木牆。

蘇菲走過去，覺得吟唱聲越來越大。她猶豫著，耳朵貼向木牆，聲音變得比較清楚了。絕對有一群人在誦經……她聽不出內容。

這面木牆裡面有個密室！

她在木板的周圍摸索，找到一個可供手指伸進去的凹洞，造得隱密。是一道側滑門。她心跳如鼓，伸手指進凹洞，拉門。沉重的牆壁靜靜往旁邊移開了，動作毫不馬虎。裡面黑漆漆，人聲從下面迴盪上來。

蘇菲鑽進門，發現這裡有一道下樓的迴旋梯，四面是粗鑿的岩壁。她從小來過這棟別墅不下幾百次，竟渾然不知道這座樓梯的存在！

踩著迴旋梯下樓，涼意跟著加重。人聲越來越清晰。他聽得出其中有男有女。由於樓梯呈螺旋形，她的視野受阻，但最後一階終於看得見了。她見到樓梯前面的一小片地下室地板，藉閃爍的橙色火光可知是岩地。

蘇菲暫停呼吸，寸步往前移一小段，蹲下來看。

看了幾秒，她才看懂。這地窖是個洞室，看似是從花崗岩壁開鑿出來的石窟，毫無裝潢，唯一的光線來自牆上的火把。在火光照耀下，大約三十人在中間站成一圈。

我正在做夢，蘇菲告訴自己。全是一場夢。不然怎麼會有這一幕？

所有人全戴著面具，外表宛如一圈巨大的西洋棋子。女人穿著白色薄紗長袍和金鞋，面具也是白色，手捧金球。男人穿古羅馬束腰外衣，黑色，下襬長，面具也是黑色。圍圈的男女全以崇敬的語調誦經，身體前後搖晃，圓圈裡的地上有個東西，蘇菲看不見。

誦經聲再度轉為沉穩，接著加速，音量變成隆隆巨響，速度更快了。參與者全向內走一步，下跪——就在這一刻，蘇菲總算見到中間是什麼……。

她赫然蹣跚退後，但她見到的景象已深深烙印在記憶中，永難抹滅。她難忍暈眩感，轉身扶著岩壁爬上迴旋梯。上樓後，她把暗門關上，逃出別墅，哭成淚人兒，茫然開車回巴黎。

那一夜，受到夢碎和背叛打擊的她，相信人生被擊垮了，於是收拾行李離家。在飯廳桌上，她留下字條：

我去過也看到了。別想再來找我。

在紙條旁邊，她留下別墅柴棚裡的備用舊鑰匙。

「蘇菲！」蘭登的叫聲打斷她的思緒。「停車！停車！」

蘇菲掙脫往事，猛踩煞車，車子滑了一下停住。蘭登指向前方的長街，她看清後，心頭涼了半截。在一百碼的前方，路口斜停著兩輛刑事總局的車，意圖明顯。路被他們擋住了！

蘭登黯然嘆一口氣。「今晚是休想進美國大使館了，對吧？」

「算了，蘇菲，掉頭走，慢慢來，別急。」

她換成倒車檔，以鎮定的態度進行三段式迴轉，掉頭一百八十度。她才把車子開走，就聽見後方傳來輪胎磨地的吱聲，警笛大作。

她暗罵著，一腳把油門踩到底。

27

蘇菲駕車奔騰街頭，副駕駛座上的蘭登緊張得指關節發白，突然後悔剛才逃亡的決定。儘管蘇菲似乎暫時擺脫了警車，他仍懷疑好運能維持多久。

蘇菲一手握著方向盤，另一手在毛衣口袋裡摸索，取出一個金屬小物體，遞給蘭登。「羅柏，你最好看一下。這是我爺爺藏在〈岩間聖母〉背面的東西，是雷射刻印的鑰匙。」

蘭登的手因期待而顫抖，接下金鑰仔細看。鑰匙？他從未見過類似的東西。

「翻過來看背面，」蘇菲說。她換車道，奔馳過一個路口。

蘭登把鑰匙翻過來，看得合不攏嘴。他見到十字的中央壓印著一個精緻的圖樣——一個美化的白色鳶尾花和P.S.。「蘇菲，」他說，「我告訴妳的就是這個！這是錫安會的官方圖案。」

她點頭。「爺爺叫我絕對不能再提起這東西。」

蘭登的目光仍無法從金鑰上移開。這支鑰匙既有高科技刻印，更有古老的標識，揉合古今時空，令人產生一股違和感。

「他只說，這鑰匙能打開一個他藏了很多祕密的箱子。」

一陣涼意襲上蘭登心頭。錫安會的立會宗旨只有一個，就是維護一項機密。一項威力大得驚人的祕密。

「哪裡的箱子，妳知道嗎？」他問。

蘇菲面露失望狀。「我以爲你知道。」

鑰匙在手裡轉來轉去，蘭登無言。

「看起來像基督教的東西，」蘇菲再問。

蘭登認爲未必是。鑰匙頭的十字四臂等長，早在基督教成立前一千五百年，這種圖形就存在了。古羅馬人設計的是橫短豎長的拉丁十字架，用來虐待和行刑……。

「蘇菲，」他說，「我只能告訴妳，一般認爲，像這種橫豎等長的十字是和平十字。橫豎兩槓相等，意味著雌雄自然結合。以符號來說，四臂等長的十字非常符合錫安會的理念。」

「好，我們該找個地方停車了。」蘇菲看後照鏡。「我們有必要找個安全的地方，好好討論這鑰匙能打開什麼東西。」

蘭登嚮往著他在麗思大飯店舒適的房間，可惜飯店顯然不安全。「妳住巴黎，一定認識很多本地人吧。」

「法舍隊長會搜遍我的電話和電郵，向我的同事打聽，所以不能去投靠他們。投宿旅館也不是辦法，因爲旅館全要求看證件。」

「不如打電話去美國大使館，」蘭登建議。「我能解釋情況，請他們派人到哪個地方見我們。」

「見我們？」蘇菲轉頭凝視他，好像他講的是瘋話似的。「羅柏，你在做夢嗎？」她搖搖頭。「假如你現在打電話到大使館，他們會叫你去向法舍投案，然後他們會保證你，大使館會循外交管道，協助你獲得公道的審判。」她凝望香榭大道一整排光鮮亮麗的店面。「你身上有多少錢？」

蘭登查看皮夾。「一百美元。幾歐元。問這做什麼？」

「信用卡有沒有？」

「當然有。」

蘇菲再看後照鏡。「我們暫時擺脫他們了，」她說，「不過，如果繼續開這輛車，一定不到五分鐘就被追上。」她歇口幾秒，然後黯然點頭，把車子開進一個圓環。「相信我。」

蘭登不回應。信任兩字在今晚整得他好慘。他拉起外套袖子看錶。這支是典藏版的米老鼠手錶，是父母在他十歲時送的生日禮物。儘管錶盤常引來異樣的眼光，蘭登卻始終不肯換錶，因爲迪士尼卡通教他認識圖形和顏色的神奇，而米老鼠的圖案現在能每天提醒他，隨時保持一顆年輕的心。但在這時候，米老鼠的雙臂伸得彆扭，指著同等彆扭的時分。

凌晨兩點五十一分。

「這錶很有意思嘛，」蘇菲說。

「說來話長，」他說著，讓袖子恢復原位。

「我想也是。」她匆匆對他微笑，駛出圓環，離開市中心，把樹木夾道、富庶的使館區拋在後方，不久衝進比夜色更暗的工業區。片刻之後，蘭登認得這地方是哪裡了。

聖拉札。**火車站**。

在歐洲，火車站整夜不打烊，即使在凌晨，大門口仍有六七輛計程車等著載客，也有攤販兜售三明治和礦泉水，邋遢的年輕背包客邊揉眼睛邊步出車站，左看右看，好像記不清楚置身哪一座城市。蘇菲把車開到計程車的隊尾停車。蘭登還來不及問她想做什麼，她已經下車，快步走到前面的計程車，開始對司機講話。

蘭登下車，見蘇菲給司機一大疊鈔票。計程車司機點點頭，然後做出令蘭登疑惑的動作——不等客人上車就開走了。

「怎麼一回事？」蘭登問。他走向站在路邊的蘇菲，看著計程車揚長而去。

蘇菲已開始往火車站大門走。「快來。我們去買兩張車票，越快離開巴黎越好。」

28

在羅馬機場，一輛不起眼的黑色飛雅特小車來接艾林葛若薩主教。主教撩起黑袍，坐進後座，讓司機載他去岡道夫堡。五個月前，他跑過同樣的一趟。

去年的羅馬之行，他嘆氣想著，是我這輩子最漫長的一夜。

五個月前，教廷電請艾林葛若薩主教即刻前來羅馬——完全不說明用意。他不得已答應，來得心不甘情不願，因爲艾林葛若薩和許多保守派的神職人員一樣，不滿新任教宗的作風。身爲破天荒第一位自由派教宗，他就職第一年就宣布立志推動「復興梵蒂岡教義，引領天主教進入第三個千禧。」

艾林葛若薩憂心，這表示新教宗傲慢到自以爲能重寫上帝律法，期望藉此贏回信徒的心——許多教徒認爲，在現代社會中，正統天主教的要求太嚴格而礙事。艾林葛若薩並不認同。人民需要教會的紀律和指引，他堅稱。仗著主業會的規模和財力，他卯足影響力，盼望教宗和群臣能改變方針。

在五個月前的那一夜，艾林葛若薩赫然發現，車子並非朝梵蒂岡城前進，而是往東行駛，開上曲折的山路。他當時質問司機，「你要載我去哪裡？」

「阿爾班山，」司機回答。「您的開會地點在岡道夫堡。」

教宗的夏宮？艾林葛若薩不曾去過，也沒有前去的念頭。岡道夫堡興建於十六世紀，不僅是教宗的避暑別墅，更是梵蒂岡天文臺的所在地，擁有全歐數一數二的先進天文觀測站。教廷有意涉足科學，艾林葛若薩總認爲不妥：何必把科學和信仰硬湊成一對呢？

岡道夫堡座落於懸崖邊緣，氣勢不凡，層次分明的結構兼具防禦功能，是建築學上的優秀範本，能和壯麗的峭壁景觀相互呼應。令艾林葛若薩遺憾的是，教廷在屋頂加了兩座望遠鏡，鋁質的大圓頂破壞莊嚴感，彷彿爲昂然挺立的戰士戴上兩頂尖頭派對帽。

下車時，一名耶穌會教士趕緊上前迎接他。「主教，歡迎光臨。我是曼岡諾神父，在這裡從事天文工作。」

艾林葛若薩嘟噥一聲哈囉，跟隨接待員進入岡道夫堡的前廳。寬敞的前廳以文藝復興時期藝術品和天文圖裝飾。在接待員的帶領下，艾林葛若薩踏上寬大的大理石樓梯，見到路標指向會議中心、科學演講廳、遊客服務站。教廷瘋了，艾林葛若薩暗罵。教會的路線越走越軟性。

頂樓的走廊只有一個方向可走，目的地是雙扉橡木巨門，上面掛著銅牌：

天文圖書館

艾林葛若薩聽過這地方。傳說中，這圖書館的館藏超過兩萬五千本，其中不乏十五到十八世紀稀有的哲學、科學古書，作者包括哥白尼、伽利略、克普勒、牛頓、十九世紀義大利天文學家塞奇等人。根據傳聞，教宗的親信大臣也在這裡祕密會商……以迴避梵蒂岡城內的眼耳。

當時，艾林葛若薩主教走向大木門，做夢也不曾想過，他即將在門內得知天大的消息，更料想不到即將發生的致命的連鎖事件。一小時之後，會議結束，他搖搖晃晃走出來，瞭解到此事件的後果可能是山崩地裂。

*再過六個月！*他當時想著。*願上帝拯救我們！*

現在，離期限只剩一個月，艾林葛若薩主教重返岡道夫堡，回想起當時會晤的情境，不禁握拳。他多麼希望手機趕快響起，帶來他迫切想聽的消息。

老師爲什麼還不來電？西拉早該弄到拱心石才對啊。

在巴黎的主業會所，西拉在清寒的房間裡，蹲在地上，苦悶無處發洩。全砸了。

那群人全都撒謊，寧死不願吐露祕密的眞相。世上知道拱心石藏匿處的人只有四個，如今，西拉不僅奪走他們的性命，更殺害一名修女。他使不出氣力打電話給老師，不敢承認自己失敗。

桑德琳修女死了，狀況加倍複雜化。西拉能夜訪聖許畢斯教堂，全靠艾林葛若薩主教給院長的一通電話。院長一發現修女被殺害，會有何感想？何況，教堂地磚也破損。

我陷主教於不義。

西拉茫然凝視地板，考慮自我了斷。畢竟，賦予西拉新生命的人是艾林葛若薩……當初在西班牙，艾林葛若薩在小小的神父住所裡，教育他，給了他人生目標。

「我的朋友，」艾林葛若薩當時告訴他，「你天生是白子，不能因此讓別人羞辱你。你有多麼特別，你難道不曉得嗎？你難道不知道，諾亞也是白子？」

「諾亞方舟裡的諾亞？」西拉沒聽過。

艾林葛若薩微笑說，「沒錯，就是方舟上的諾亞。他是白子。他像你，皮膚雪白如天使。你想想看，諾亞拯救了全地球的生物。你天生註定做大事啊，西拉。主讓你重獲自由，不是沒有理由的。祂需要你的協助，代主行事。」

現在，西拉跪在木地板上，跪求寬恕。接著，他脫下斗篷，伸手拿起苦修鞭……

29

巴黎火車站裡面一如歐洲各地火車站。蘇菲抬頭看巨幅時刻表，最上面的一條出發時間是：

里爾市——快車——3:06

「但願能早一點出發，」她說，「不過，里爾就行了。」

早一點？蘭登看手錶：凌晨兩點五十九分。火車在七分鐘之後離站，他們卻連車票都沒有。

蘇菲帶蘭登走向售票亭，對他說，「用你的信用卡，幫我們買兩張票。」

「刷卡不是會被追查——」

「沒錯。」

蘇菲的腦筋動得太快，蘭登決定不多問。他拿出Visa卡，買兩張前往里爾的車票，交給蘇菲。

蘇菲非但不往月臺走，反而挽起蘭登的手臂，帶他朝反方向前進，穿越側廳，經過一間通宵不打烊的快餐店，最後從側門出站，來到火車站西邊的僻靜街道。

只有一輛計程車在門口不熄火等候。

司機一見蘇菲就亮車燈。

蘭登和蘇菲坐進後座。計程車一駛離車站，蘇菲就取出剛買的兩張車票撕掉。

蘭登嘆氣。白刷了七十美元。

計程車開到巴黎市邊緣時，蘭登開始有眞的擺脫警方的感覺。

「不合理吧？」他慢條斯理說。「妳祖父費了那麼大的功夫，把鑰匙交給妳，居然沒交代這鑰匙能開什麼鎖。妳確定他沒在〈岩間聖母〉背面留言嗎？」

「我找遍了。就只有這支鑰匙而已，夾在背面的畫框。我見到錫安會的標誌，趕緊把鑰匙放進口袋就走。」

蘭登皺眉頭，審視著三角柱身較鈍的一端。沒線索。他瞇眼，把鑰匙拿到眼前，檢查鑰匙頭的邊緣。也沒線索。他嗅一嗅鑰匙上的氣味。「這鑰匙最近好像被擦過……像有人用過清潔劑。」

他把鑰匙翻轉過來。「對，這清潔劑有揮發性，就像──」他愣住了。

「像什麼？」

他把鑰匙轉向光源，檢查平滑的十字臂面。寬寬的十字臂表面有些地方似乎閃閃發光……像被弄濕了。「妳把鑰匙放進口袋之前，有沒有仔細檢查鑰匙背面？」

「什麼？我急著走，沒仔細看。」

蘭登轉向她。「妳身上還有沒有光筆？」

蘇菲伸進口袋，取出紫外線光筆。蘭登按開關，照在鑰匙背面。背面立刻發出螢光。有人在鑰匙背面寫字，行筆匆忙但還可以辨識。

「哇，」蘭登微笑說，「揮發性氣味從哪裡來，我們大概知道了。」

蘇菲訝然凝視鑰匙背面的螢光字：

阿克索街二十四號。

地址！爺爺留的是地址！

「是什麼地方？」蘭登問。

蘇菲沒概念。她轉頭靠向司機，興奮地問同一個問題。

司機思考一陣，點點頭，告訴蘇菲，這地址在巴黎西郊，附近是網球體育場。她請司機即刻載他們去，然後恢復剛才的坐姿，再看鑰匙，揣測會在阿克索街二十四號找到什麼。

一間教堂嗎？錫安會總部之類的地方？

她的心思再度充斥著十年前目睹的祕密儀式，長嘆一口氣。「羅柏，我有很多東西要告訴你。」她停頓一下，目光緊鎖著蘭登眼睛，計程車則往西飛奔。「不過，我想先請你完整介紹你對錫安會的瞭解。」

30

蘭登整理思緒的同時，計程車駛進一座茂密的公園——布洛涅森林，開始在圓石大道上西行。他不知從何說起。錫安會的歷史跨時一千多年，史上有數不清的祕密、勒索、背叛，甚至曾慘遭某一位教宗的毒手。

「錫安會在一〇九九年成立，」他說，「地點在耶路撒冷，創辦人是法蘭西君主布雍，當時他剛攻下耶路撒冷不久。」

蘇菲點頭，定睛注視著他。

「據說，布雍擁有一個強大的祕密，是從基督的時代祖傳下來的一個祕密。他擔心死後祕密失傳，所以創辦一個地下社團，也就是錫安會，賦予他們維護這機密的使命，命令他們悄悄把機密一代傳一代。後來，錫安會得知，耶路撒冷的希律王聖殿廢墟地下埋藏一些文獻。希律王聖殿的所在地是所羅門聖殿的原址。他們相信，這些文獻能證明錫安會宣誓捍衛的機密是眞的，而且文獻的內涵具爆炸性，教會爲了取得文獻，勢必無所不用其極。」

蘇菲面露半信半疑的神態。

「錫安會誓言，這些文獻必須從廢墟底下挖出來，生生世世維護，以確保眞相不死。爲了達成這目標，錫安會成立一支九人軍。這九位騎士名爲『基督與所羅門聖殿之貧窮騎士團』。」蘭登停半拍。「比較常見的名稱是聖殿騎士團。」

蘇菲聽見熟悉的名稱，赫然看他一眼。「聖殿騎士團的成立宗旨不是保護聖地嗎？」

「那是一般人的誤解。保護朝聖者是個幌子，暗地裡，聖殿騎士團在聖地執行眞正的任務是挖出廢墟底下的文獻。」

「結果呢？有沒有找到？」

蘭登奸笑說。「沒人能確定，不過，學術界一致的共識是，聖殿騎士團的確在廢墟裡找到某個東西……能讓他們有錢有勢，任何人都意想不到。」

他快速簡述公認的聖殿騎士團歷史，說明在十二世紀中葉第二次十字軍期間，聖殿騎士團來到聖地，告訴耶路撒冷國王鮑德溫二世——十字軍元帥——他們前來聖地是爲了保護基督教朝聖者，想找個地方住，寒酸一點也無所謂。國王准許他們住進廢墟的馬廄。選擇住馬廄很奇怪，卻不是隨隨便便的決定。聖殿騎士團相信，錫安會想找的文獻深藏在廢墟下面，藏在「至聖所」，也就是一般人相信上帝住過的一個聖室。那地方可以說是猶太信仰的心臟地帶。神殿騎士在廢墟一住將近十年，暗中開鑿堅實的岩層。

蘇菲望向他。「你說他們找到東西了？」

「絕對是，」蘭登說。「聖殿騎士團挖了九年，總算找到他們要的東西。他們帶著寶物，從聖地來到歐洲，當時的教宗諾森二世立刻頒布前所未有的詔書，賜予聖殿騎士團無限大的權勢，宣布他們是「自治自主自律」的組織。在這麼自由的條件之下，聖殿騎士團極速擴展，人數和政治力都變得強勢，在十幾國累積龐大的物業，甚至有錢借給破產的皇族，收取利息，後來演變成現代銀行業。

到了十四世紀，聖殿騎士團權勢如日中天，當時的教宗克勉五世決定反制。教宗和法蘭西國王串通，設計一套策略擊垮聖殿騎士團，奪取寶物。教宗下密令給旗下歐洲各地的士兵，命令所有人到了一三〇七年十月十三日星期五，才准同時拆封看諭令。

當天破曉時分，士兵打開教宗的信封，讀到聳動的內容。教宗克勉在信裡指稱，上帝託夢警告他，聖殿騎士全是無惡不作的異端，罪行包括崇拜惡魔、搞同性戀、褻瀆十字架等等。教宗也寫說，他奉上帝之令進行大掃除，逮捕所有聖殿騎士，嚴刑拷打他們，直到他們坦承背叛上帝的罪行。

攻擊發起日當天，情況順利無比，無數聖殿騎士遭逮捕，被無情凌虐，最後被綁上木柱，當成異端活活燒死。那一天的慘劇仍在現代文化殘留陰影；很多人依然迷信十三日星期五不吉利。

蘇菲面露疑惑。「聖殿騎士團被趕盡殺絕了？我還以為，他們存留到現代。」

「對，只不過名稱變了。儘管克勉教宗誣衊他們，想盡辦法斬草除根，聖殿騎士多的是夠力的盟友，有些騎士設法逃過一劫。寶貴的文獻據信是聖殿騎士團威震教會的關鍵，奪取文獻才是教宗的眞正意圖，可惜文獻從教宗手指間溜走了，因爲文獻早就被騎士託付給錫安會保管，而錫安會是地下社團，教廷在打擊聖殿騎士時獨漏錫安會，錫安會才有辦法把文獻偷渡上船運走。」

「文獻哪裡去了？」

蘭登聳聳肩。「只有錫安會知道，不過據說，藏文獻的地點已經變動多次。目前據猜測，文獻藏在英國。」

蘇菲露出不安的神色。

「一千年來，」蘭登繼續，「這件祕密的傳說世代相傳。全部文獻所蘊藏的威力和其中的機密，後來有了一個簡稱——Sangreal，探討它的書有好幾百本。」

「Sangreal？這字和法文的sang、西班牙文的sangre有關聯嗎？意思是血，對吧？」

蘭登點頭。血是Sangreal的主軸，卻有別於蘇菲的想法。「這份傳說很複雜，不過，重點在於，錫安會護著這項祕密的證明，據說他們等著歷史上的關鍵時刻來臨，才對外宣布眞相。」

「什麼眞相？什麼樣的祕密，威力那麼強？」

蘭登深吸一口氣，凝望車窗外的黑樹林。「蘇菲，Sangreal是個古字，傳到近代，演變成另一個字……比較現代化。」他停頓一下。「等我一說出現代名稱，妳會馬上瞭解，妳其實已經對它耳熟能詳了。事實上，幾乎全世界每一個人都聽過Sangreal的故事。」

蘇菲露出懷疑的眼色。「我就沒聽說過。」

「怎麼沒有？」蘭登微笑著。「另一個名稱妳聽多了——聖杯。」

31

蘇菲凝視蘭登。開什麼玩笑？「聖杯？」

蘭登點頭，表情轉爲嚴肅。蘇菲仍聽不懂他的說法。

「我還以爲，聖杯是個杯子，怎麼會是一批文獻？」

「對，不過聖杯文獻只是聖杯寶物的一半。文獻全和聖杯埋在一起……能揭發聖杯的眞正意義。那些文獻之所以給了聖殿騎士團超強的勢力，是因爲字裏行間透露聖杯的眞實內涵。」

聖杯的眞實內涵？蘇菲越聽越迷惘。她原以爲，聖杯是耶穌在最後晚餐用的酒杯，晚餐後，他就被羅馬人押走，被套上莫須有的罪名，最後被釘上十字架。「聖杯就是基督用的杯子，」她說，「再簡單不過了。」

「蘇菲，」蘭登挨向她，低聲說，「根據錫安會，聖杯根本不是一個杯子。他們聲稱，聖杯是一個餐杯的傳說是個巧妙的象徵語，換句話說，聖杯的故事以餐杯爲隱喻，其實另有所指，威力遠比杯子更強大。」他語氣暫停。「這和妳祖父今晚想告訴我們的事完全吻合，也包含了他對神聖女性的所有指涉。」

「住手！」蘇菲忽然以法文喊，打斷他的思緒，嚇他一跳，只見蘇菲靠向駕駛座，對著司機大罵。蘭登看得見司機正拿著無線電話筒講話。

蘇菲轉身，伸手進蘭登的外套口袋，蘭登來不及反應，羅浮宮警衛的手槍就被蘇菲掏出來，抵住司機的後腦勺。司機立即放下無線電，高舉不握方向盤的一手。

「蘇菲！」蘭登差點講不出話。「搞什麼——」

「停車！」蘇菲以法文命令司機。

司機發著抖，照她的意思踩煞車。

就在這時候，蘭登聽見計程車公司派車無線電的語音從儀表板傳來，突然提到蘭登和蘇菲的姓名，令他渾身肌肉凍結。警方已經追蹤到我們了？

蘇菲揮手趕司機下車，發抖的司機高舉雙手下車，後退幾步。蘇菲已搖下車窗，槍口繼續對準司機。「羅柏，」她輕聲說，「坐駕駛座。你負責開車。」

蘭登哪敢爭論。他下車，跳進駕駛座。

「羅柏，」蘇菲從後座說，「開車載我走。」

蘭登低頭看車子的排檔桿，遲疑不決。慘了！他握一握排檔桿，猶豫地踩離合器。「蘇菲，還是由妳來——」

「快開車啊！」她吼叫。

蘭登踩離合器，把排檔推至希望是一檔的位置，接著輕踩油門試試看，然後才鬆開離合器。

計程車往前蹦蹦跳，搖頭甩尾，輪胎磨得呼呼響。

車子向前猛衝，蘇菲先以法文喊，「輕一點！」接著再改用英文，「輕一點！你怎麼了？」

「我本來想警告妳啊！」他在排檔打架的聲響裡高喊。「我只會開自排車！」

32

蘭登被排檔整得手忙腳亂，總算把劫到手的計程車開到公園出口，緊急煞車。「妳來開吧！」

蘇菲坐進駕駛座，面露如釋重負的神情。她把手槍交還給蘭登。不到幾秒，在她駕馭下，車子平穩上路，向西奔馳。

「阿克索街在哪個方向？」蘭登問。

蘇菲兩眼固定在前方路面。「司機說在網球體育場附近。我熟悉那一帶。」

蘭登從口袋取出沉甸甸的金鑰匙，感受著它的分量。他意識到，這鑰匙是個事關重大的物品。剛才，他向蘇菲介紹聖殿騎士時，明瞭到橫豎等長的十字符號也是聖殿騎士團的標誌，騎士的白制服表面也有個兩臂等長的紅色十字。*正十字形。和這支鑰匙頭一樣。*

他遐想著即將發現的東西可能是什麼，想像力不知不覺開始天馬行空。*聖杯。*多荒唐，他想到這裡差點笑出聲。多數歷史學者相信，聖杯藏在英國，埋在眾多聖殿騎士教堂之一的地穴裡，至少從西元一五〇〇年起就藏在同一地。

達文西盟主的年代。

無論聖杯藏在何方，兩個重要的事實不變：

達文西在世期間知道聖杯在哪裡。

藏寶地極可能至今不曾變動。

正因如此，熱衷於追求聖杯的人至今仍在達文西的藝術品和日記裡抽絲剝繭，希望挖掘出隱性線索，以研判聖杯的現址。

人人都愛陰謀論。

蘭登連想都不太敢想像的東西被蘇菲說出口。她問，「你手裡的那支鑰匙，有沒有可能打開藏著聖杯的地方？」

蘭登呵呵一笑，連自己聽起來都覺得有點勉強。「我實在無法想像。更何況，聖杯最有可能藏在英國，而非法國。」他對蘇菲簡述歷史淵源。

「不過，唯一說得通的結論好像只有聖杯，」她堅稱。「我們找到一支超精密的鑰匙，上面有錫安會的標誌，而你剛才也告訴我，錫安會是聖杯的護衛。」

蘭登知道她的推論合乎邏輯，但本能上他仍無法接受。「鑰匙怎麼扯得上聖杯？我眞的看不出來。」

「因爲照理說，聖杯藏在英國？」

「不只是這樣。聖杯的地點是史上最嚴守的機密之一。儘管錫安會的規模非常大，一次只准四人知道聖杯藏在哪裡。這四人是盟主和三位大長老。妳祖父位居高層的機率是微乎其微。」

「爺爺確實是高層，」蘇菲說，催一催油門。深映腦海的一幕往事能證實爺爺在密教的地位，毫無疑問。

「而且，即使妳祖父眞的位居高層，其他高官也不會准許他向外界透露機密。他怎麼可能把妳帶進核心？沒有道理嘛。到了！」蘭登突然說，指向輪廓漸漸在前方成形的大體育場。

蘇菲左轉右轉，向體育場前進。經過幾個路口後，他們找到阿克索街，轉彎駛進去。

我們要找的是二十四號，蘭登自言自語，同時發現自己暗中想找的是教堂的尖塔。少驢了。被時光遺忘的聖殿騎士教堂會出現在這一區才怪。

「有了，在那邊！」蘇菲驚呼指著。

怎麼會？

蘭登順著她注視的方向望去，見到前方的建築物式樣摩登，是一座矮胖的堡壘式樓房，門面上方亮著橫豎等長的十字霓虹燈，十字下面是：

蘇黎世存託銀行

蘭登這時才想起來，等長十字符號象徵和平，如今被中立國瑞士用在國旗上。

至少，謎底揭曉了。

蘇菲和蘭登掌握到的鑰匙能打開瑞士銀行的一個保險箱。

33

岡道夫堡外，一陣風從山下吹來，颼過懸崖頂，掠過高聳的峭壁，艾林葛若薩主教下車頓時覺得冷颼颼。早知道就在教士袍裡面多加一件，他暗想，強忍著打寒顫的反射動作。今夜他最不願顯露的是軟弱或恐懼的一面。

岡道夫堡漆黑一片，只見頂樓窗戶透著不祥的光。圖書室，艾林葛若薩知道。他們熬夜等候中。他縮頭避風，一眼也不看圓頂天文館，繼續往前走。

在門口接待的教士一臉睡意。五個月前迎接艾林葛若薩的是同一位。「主教，我們剛還在擔心您。」教士邊看錶邊說，表情是心慌多於擔憂。「他們在樓上等您。我帶您上樓。」

圖書室是個正方形的大房間，從地板到天花板是清一色的黑木，四面全是高高的書架，被巨冊壓得唉聲嘆氣。地板鋪著琥珀色大理石，以黑色玄武岩鑲邊，式樣莊重，提醒今人這棟建築曾貴爲宮殿。

「歡迎，主教。」圖書室另一邊傳來男音。

艾林葛若薩想看清楚對方是誰，無奈燈光昏暗得沒道理，不如他首次造訪時那麼燈火通明。那次是陡然覺醒的一夜。今夜，開會的幾人坐在陰影裡，彷彿爲了即將發生的事感到丟臉。

艾林葛若薩緩步入內，姿態甚至稱得上尊貴。他看得出長桌的另一端坐著三人的身影，中間是胖子，他從輪廓一眼就認得出是教廷國的國務卿，包辦梵蒂岡城內的法律事務，而梵蒂岡是天主教會的核心。另外兩人是高階樞機主教。

艾林葛若薩走向他們。「來晚了，容我致上謙卑的歉意。我們的時區不同，各位一定累了吧。」

「一點也不累，」國務卿說，雙手交握在便便大腹上。「你遠道而來，我們感激都來不及了，熬夜恭候是舉手之勞。要不要來一點咖啡或點心？」

「我倒寧願雙方不要假意噓寒問暖。我趕著搭另一班飛機。不如開門見山談正事吧。」

「那當然，」國務卿說。「你的行動比我們料想得快。」

「是嗎？」

「離期限還有一個月。」

「五個月前，你已經告知你的憂慮何在，」艾林葛若薩說。「我何必拖時間？」

「的確。」

艾林葛若薩的視線順著長桌走，落在桌上一個黑色大公事包。「是我要求的東西嗎？」

「是的。」國務卿的語氣不安。「不過我不得不承認，我們對你的要求有所顧忌。你的要求似乎相當……」

「危險？」樞機主教之一接應。「匯款到哪裡給你，不是比較方便？你確定嗎？這數目大得令人嘖舌。」

自由的代價高昂。「我不顧慮個人的安危。上帝與我同在。」

樞機主教竟露出不太贊同的神色。

「這款項和我要求的一樣嗎？」

國務卿點頭。「梵蒂岡銀行的大面額無記名債券，全球通用，可視同現金轉讓。」

艾林葛若薩走向長桌另一端，打開公事包，裡面有厚厚兩疊債券。

國務卿顯得緊張。「主教，我不得不提，如果這數目能以現金轉手，所有人都能少一分憂慮。」

兩千萬歐元哪！我可提不動，艾林葛若薩心想，闔上公事包。「債券和現金一樣可以轉讓。你自己說過。」

「是的，只不過，這些債券和梵蒂岡銀行有直接關聯。」

這下子，你我同在一艘船上了。「這樁交易在法律上找不到瑕疵，」主教自我辯護。「教宗能依個人意志發放款項，絲毫沒有觸犯任何一條法律。」

「說的對，不過呢……」國務卿上身向前傾，椅子被他壓得吱嘎叫。「我們無從得知你如何運用這筆錢，萬一不慎觸法……」

「以你們對我的要求來說，」艾林葛若薩反駁，「我如何處置這筆錢，你們沒必要煩惱。」

「接下來，你大概有文件需要我簽名吧？」

所有人突然動起來，積極把文件推給他，好像急著送客似的。

艾林葛若薩看著桌上的一張紙，上面有教宗牧徽。簽名時，他訝異自己多麼心平氣和。然而，對方三人卻顯得卸下心頭重擔。

「謝謝你，主教，」國務卿說。「教會永難忘記你的服務。」

艾林葛若薩拎起公事包，轉身走向門口。

「主教？」樞機主教之一呼喚，艾林葛若薩的前腳即將跨出門。

「什麼事？」

「你接下來要去哪裡？」

「巴黎。」艾林葛若薩說著走出門外。

34

蘇黎世存託銀行是日夜無休的保險箱銀行，依照瑞士銀行帳戶的傳統，辦事只認帳號不看姓名，提供徹底匿名的服務。

來到目的地，蘇菲把計程車停靠在門口，蘭登仰望這棟剛毅不屈的建築，長方體，無窗，似乎裡外全以沉悶的鋼鐵鍛造。

銀行的車道有一道雄偉的門。水泥車道深入地下，來人的正上方有監視器，駕駛座的一邊有一座電子操作器，附液晶顯示幕，底下有個三角形的小孔，以七種語言提示，第一行是英文。

插入鑰匙。

「起跑了。」蘇菲把鑰匙伸進三角孔，門嗡嗡低鳴，向內打開。蘇菲和蘭登互看一眼，進去之後，門砰的一聲關上。

蘇黎世存託銀行的前廳冷若冰霜。多數銀行鋪的是磨光大理石和花崗石，這一間卻選用全面金屬加鉚釘，無論是地板、牆壁、櫃檯、門，甚至賓客椅，四面八方全是灰色的金屬，材質看似鑄鐵。

櫃檯裡面坐著虎背熊腰的壯漢，見兩人上前，他抬頭看，關掉他正在看的小電視機，以和善的笑容迎接。儘管肌肉發達，配槍明顯，他的語氣卻熟練的周到。

「您好，」他以法文打招呼。「能爲兩位服務嗎？」

蘇菲直接把金鑰放在警衛面前的櫃檯上。

警衛一見鑰匙，站姿立刻打直。「沒問題。電梯就在這條走廊盡頭。我會通知相關人員你們即將過去。」

蘇菲點頭，帶走鑰匙。「哪一樓？」

警衛投以異樣的眼光。「您的鑰匙能指示電梯去哪一樓。」

她微笑。「啊，說的對。」

電梯下了幾樓，蘭登沒概念。電梯門打開時，已有接待員在門外等候。接待員上了年紀，態度和藹，法蘭絨西裝熨燙平整，給人的第一印象突兀，像舊世界的銀行員置身於高科技環境。

「晚安，」西裝男說。「麻煩請兩位跟我來，好嗎？」他不等回應就原地向後轉，快步走進一道窄窄的金屬走廊。

兩人跟著走，經過幾個擺滿電腦的大房間，最後來到一道鋼鐵門。「就是這裡，」他開門說。「請進。」

蘭登和蘇菲踏進另一個世界。鉚釘和金屬一掃而空，取而代之的是東方地毯掛毯、黑橡木傢俱、軟墊舒適的座椅。這房間很小，中間擺著一張寬桌子，上面有一瓶開著的沛綠氣泡水，另有兩個水晶杯，杯中的氣泡仍滋滋響，旁邊擺著一個冒蒸汽的白鑞咖啡壺。

西裝男露出善解人意的笑容。「妳以前不曾來過，對吧？」

蘇菲遲疑一陣，隨即點頭。

「瞭解。鑰匙通常以遺產的方式傳承，新用戶幾乎總是不太確定使用規章。」他指向桌上的飲料。「這間可供兩位盡情使用，多久都無所謂。需要我介紹存取保險箱的程序嗎？」

蘇菲點頭。「麻煩你。」

西裝男一手揮向這間舒適的休閒室。「這一間供兩位使用。我離開後，兩位可慢慢在這裡檢視、存取保險箱裡的物件。保險箱從……那邊送過來。」他帶兩人走向最裡面的牆邊，見到一條寬寬的輸送帶入房內，弧形優雅，有點近似機場的提領行李轉盤。「鑰匙從那個孔插進去。」西裝男指向面對著輸送帶的一大座電子器材，上面也有一個三角孔。「然後輸入帳號，機械爪會從下面的金庫送上您的保險箱。存取完畢後，把保險箱放上輸送帶，再插鑰匙進三角孔，整個程序反過來。這能徹底保障您的隱私。如果兩位需要幫忙，儘管按鈴吩咐，按鈕就在房間中間的桌上。」

蘇菲正想發問，不巧電話鈴響。西裝男顯得疑惑尷尬。「對不起。」他走過去接，電話就在咖啡和氣泡水旁邊的桌上。「喂？」他說。聆聽著對方，他的眉毛深鎖。「是的……是的……」掛電話後，他對兩人露出不安的笑容。「恕我不敬，我不得不離開兩位了。」他匆忙走向門口。

「請教一下，」蘇菲對著他的背影呼喚。「你走之前，能爲我解釋一件事嗎？你剛提到，我們要輸入一個帳號？」

西裝男在門口站住，臉色蒼白。「喔，當然可以。如同多數瑞士籍銀行，辨識本行保險箱的是一組號碼，不是姓名。您有一把鑰匙，也有一組只有您知道的帳號。鑰匙只是識別步驟的一半。另一半是您的個人帳號。不然，鑰匙搞丟了，任何人都能開保險箱。」

蘇菲猶豫著。「但是，如果贈與人沒給我帳號，那怎麼辦？」

西裝男以鎮定的笑容面對。「我這就去找人來幫您。他馬上就過來。」

西裝男說完走人，隨手關門，同時扭轉重鎖，把兩人鎖進裡面。

遠在巴黎另一頭，科列分隊長正在火車站協調警方辦案，手機響起。是法舍隊長。「國際刑警組織接到通報，」隊長說。「別查火車站了。蘭登和蘇菲剛走進蘇黎世存託銀行的巴黎分行，阿克索街二十四號。你趕快派人趕過去。」

科列瞭解。「是的，隊長，我立刻派人。」

羅浮宮的倒立金字塔，從地面看

巴黎子午線銅牌

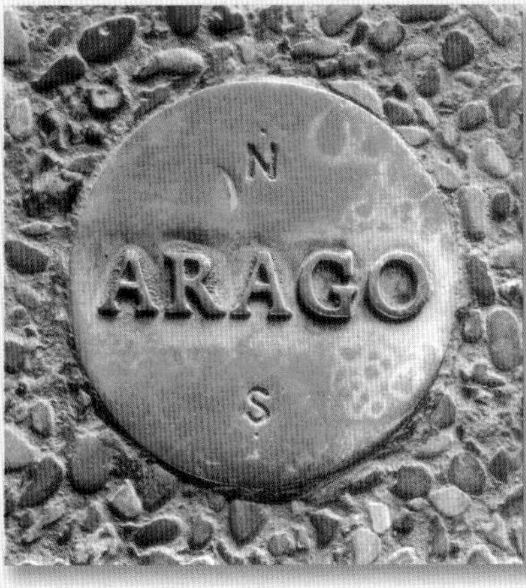

左：
李奥納多·達文西的
〈蒙娜麗莎〉

左下：
李奥納多·達文西的
〈岩間聖母〉

右下：
李奥納多·達文西的
〈岩窟中的聖母〉

波希（Hieronymus Bosch）的〈塵世樂園〉（*Garden of Earthly Delights*）

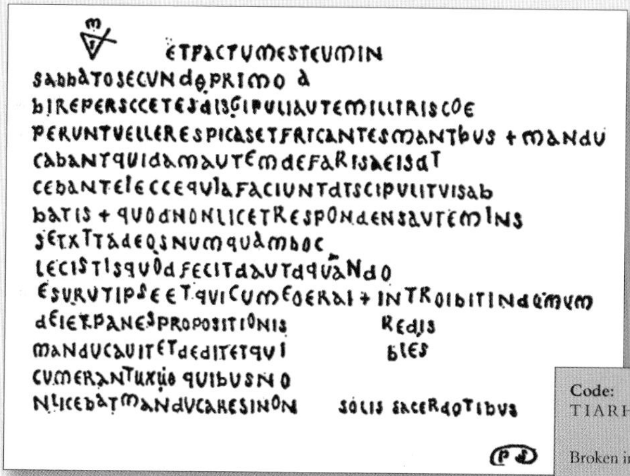

ETPACTUMESTEUMIN
SABBATOSECUNDOPRIMO A
BIREPERSCCETESDISCIPULIAUTEMILLIRISCOE
PERUNTUELLERESPICASETFRICANTESMANIBUS + MANDU
CABANTQUIDAMAUTEMDEFARISAEISDT
CEBANTELECCEQULAFACIUNTDISCIPULIITUISAB
BATIS + QUODNONLICETRESPONDENSAUTEMINS
SETXTTADEOSNUMQUAMHOC
LECISTISQUODFECITDAUTDQUANDO
ESURUTIPSEETQUICUMEOERAT + INTROIBITINDOMUM
DEIETPANESPROPOSITIONIS REDIS
MANDUCAUITETDEDITETQUI BIES
CUMERANTUNUS QUIBUSNO
NLICEBATMANDUCARESINON SOLIS SACERDOTIBUS

《祕密檔案》

Code:
TIARHSEBIASOSCAX

Broken into four equal lines:

T	I	A	R
H	S	E	B
I	A	S	O
S	C	A	X

Each column read vertically:

T	I	A	R
H	S	E	B
I	A	S	O
S	C	A	X

Deciphered code:
THIS IS A CAESAR BOX

凱撒宮格密碼

聖殿教堂裡的〈騎士肖像〉

希伯來語字母表

א	ALEPH
ב	BEYT
ג	GIMEL
ד	DALET
ה	HEY
ו	VAV
ז	ZAYIN
ח	HHET
ט	TET
י	YUD
כ,ך	KAPH
ל	LAMED
מ,ם	MEM
נ,ן	NUN
ס	SAMECH
ע	AYIN
פ,ף	PEY
צ,ץ	TSADEY
ק	QUPH
ר	RESH
שׁ,שׂ	SHIN,SIN
ת	TAV

威雷特堡

李奧納多・達文西的〈最後的晚餐〉

祭壇，聖許畢斯教堂

玫瑰線，聖許畢斯教堂

方尖碑，聖許畢斯教堂

西敏寺

牛頓爵士紀念碑

羅絲林禮拜堂

天花板密碼，羅絲林禮拜堂

學徒之柱與石匠之柱，羅絲林禮拜堂

35

「晚安，」安德烈．維賀內說。他是蘇黎世存託銀行巴黎分行的總裁，視線轉到兩位客戶臉上。「我是安德烈．維賀內，能爲兩位效勞——」話沒講完，句尾好像哽在他的喉結下面。

「抱歉，我們彼此認識嗎？」蘇菲問。她不認得維賀內，但他一刹那間露出見鬼的表情。

「不認識……」他支支吾吾說。「我認爲……不認識。本行的服務採匿名方式。」他徐徐吐氣，以笑容強裝鎭定。「助理通知我，您有金鑰卻不知帳號？恕我不敬，這支鑰匙是哪裡來的？」

「我爺爺給我的。」蘇菲回答，細看著對方。他不安的神色變得更顯著了。

「眞的嗎？祖父給您鑰匙，卻沒有交代帳號？」

「他大概來不及交代，」蘇菲說。「他今天晚上被人謀殺了。」

他一聽，立刻向後踉蹌。「賈克．索尼耶赫死了？」他問，眼神驚恐萬狀。「可是……怎麼會？」

震驚的人換成蘇菲了。她麻木地說，「你認識我爺爺？」

維賀內的表情是同樣錯愕，斜倚著桌子，以免腿軟。「賈克和我是好朋友。命案是什麼時候的事？」

「今天晚上。在羅浮宮裡面。」

維賀內沉沉坐進皮椅，抬頭看蘭登，然後轉向蘇菲。「兩位跟他的命案有沒有關聯？」

「沒有！」蘇菲高聲說。「絕對沒有。」

維賀內的臉色陰沉，停頓一下，思忖著。「兩位的相片被國際刑警公布了。你們涉嫌命案被通緝中。」

蘇菲垂頭喪氣。法舍隊長已經發國際刑警組織通報了？隊長的企圖心似乎超出蘇菲的預期。她趕緊向維賀內介紹蘭登，訴說羅浮宮今晚的情況。

維賀內顯得驚訝。「妳祖父嚥下最後一口氣時，留遺言給妳，要妳去找蘭登先生？」

「對。還留下這支鑰匙。」蘇菲把金鑰放在維賀內前面的咖啡桌上，錫安會的標誌朝下。

維賀內看鑰匙一眼，沒有伸手拿的意思。「他只留這把鑰匙給妳嗎？沒交代其他東西？連紙條也沒有？」

蘇菲知道剛才離開羅浮宮太匆忙，但她確定在〈岩間聖母〉背面沒見到其他東西。「沒有。只有這支鑰匙。」

維賀內無奈地歎一口氣。「遺憾的是，每一把鑰匙都搭配十位數帳號，由電子儀器判讀，帳號具有密碼的作用。沒有帳號，空有鑰匙也是白搭……我著實愛莫能助。帳號由客戶自己用一臺加密終端機設定，只有客戶和電腦知道，以確保匿名性，也能保障本行職員的安全。」

蘇菲瞭解。日夜無休的商家也有同樣的機制。

她在蘭登旁坐下，看桌上的鑰匙一眼，然後抬眼看維賀內。「維賀內先生，」她不肯就此放棄，「我爺爺今晚曾經打電話給我，我和他面臨重大危機。他說他要交給我一個東西，結果是銀行保險箱的這支鑰匙。現在他死了。請你儘可能協助我們。」

維賀內冒冷汗。「我只知道，最好送兩位離開銀行。我擔心警方就快趕到了。本行警衛爲了盡本分，已經通知國際刑警組織。」話才說完，他掛在腰帶上的手機響起，他取下接聽。「喂？」聽了幾秒，他的表情是詫異，附帶越來越濃的憂慮。「警察？這麼快啊？」他對著手機說法文，接著急促指示來電者，然後掛電話，轉回去面對蘇菲。「警方比平常反應快多了，就快趕到了。」

蘇菲無意空手而歸。「騙他們說，我們已經走了。如果警察想搜銀行，你可以要求他們出示搜索令──警察申請搜索令需要一點時間。」

「聽著，」維賀內說，「賈克和我朋友一場，我的銀行也不想鬧出新聞事件。基於這兩個理由，我無意讓警方在銀行裡逮捕嫌犯。給我一分鐘，我去想想辦法，看能不能幫兩位從銀行溜走。除此之外，恕我無法介入。」他站起來，快步走向門口。「待在這裡，我馬上回來。」

「可是，保險箱呢？」蘇菲高聲問。「我們不能空手就走。」

「這我實在幫不上忙，」維賀內說著急忙走出門，「對不起。」

蘇菲凝視他背影片刻，思忖著，爺爺這幾年寄來無數信件和包裹，她一律原封不動，帳號該不會藏在裡面吧？

蘭登忽然起身，蘇菲從他眼神看出一道突如其來的興奮之光。

「羅柏，你笑什麼？」

「妳祖父是個天才。」

「什麼？」

「十位數。」

蘇菲不懂他的意思。

「帳號，」他說著，臉上泛起他慣有的歪嘴笑容。「我敢說，他把帳號留給我們了。」

「在哪裡？」

蘭登掏出刑案現場照的列印圖，在咖啡桌上攤開。蘇菲只讀第一行，就明白蘭登說的對。

13-3-2-21-1-1-8-5

哦，嚴苛的惡魔！

喔，蹩腳的聖人！

P.S. 找羅柏．蘭登

36

蘭登已經來到輸送帶旁的電子操作臺。蘇菲拿起刑案現場圖跟進。操作臺有個類似提款機的數字鍵盤，旁邊有個三角孔，蘇菲馬上把鑰匙插進孔內。

螢幕立刻顯示：

帳號：

——————

游標閃動著，等待著。

十位數字。蘇菲唸出遺言裡的數字，由蘭登輸入。

帳號：1332211185

按下最後一個數字，螢幕以多種語言顯示訊息，最上面是英文。

注意：

在您按「送出」鍵之前，請檢查帳號是否正確。

如果電腦查無您輸入的帳號，

為了您的安全，本系統將自動關閉。

「看樣子只能試一次。」蘇菲皺眉說。

「這帳號看起來沒錯。」蘭登確認。他拿著圖，仔細比對輸入的每一位數。他指著「送出」鍵。「按吧。」

蘇菲伸出食指，向鍵盤移動，卻又遲疑一下。一個怪念頭浮現她的腦海。

「快按啊，」蘭登催促。「維賀內快回來了。」

「不對。」她縮手。「這個帳號不正確。」

「錯不了啊！十位數。不然會是什麼？」

「太隨機了。」蘇菲刪除剛輸入的所有數字，望著蘭登，眼神充滿自信。「這組隨機號碼能排成費波那契數列，未免太巧合了吧。」她似乎憑記憶，輸入另一組號碼。「何況，我相信爺爺會選一個容易記、對他有意義的號碼。」輸入完畢，她露出狡猾的微笑。「這號碼表面上顯得隨機……其實不是。」

蘭登看著螢幕。

帳號：

1123581321

蘭登的腦筋一時轉不過來。他再看，總算看出端倪，知道蘇菲說的對。

費波那契數列。

1-1-2-3-5-8-13-21

拿掉數字間的間隔，費波那契數列變成長長的十位數，乍看之下幾乎認不出來。容易記，卻又顯得隨機。索尼耶赫永遠不會忘記的高段術十位數密碼。

蘇菲伸手按「送出」鍵。

機器沒反應。

就算有，他們也看不見。

同一時刻，在兩人的位置正下方，在銀行龐大的地下金庫中，一支機械爪活過來，順著貼附在天花板的雙軸傳輸系統，前去搜尋正確的座標。機械爪下面的水泥地上有數百個一模一樣的塑膠箱，以棋盤隊形整齊放置……猶如墓穴裡成排的小棺材。

機械爪來到正確座標，垂直下降，以電眼掃瞄塑膠箱上的條碼，確認無誤。接著，電腦操縱的機械爪對準沉重的提把，扣住，垂直吊起箱子，另一組齒輪啓動，讓機械爪把箱子吊向金庫最遠的一邊。機械爪停下時，下面是靜止不動的輸送帶。

接著，機械爪輕輕降下箱子，縮回天花板。

機械爪離開後，輸送帶嗚嗚運轉起來……。

見輸送帶有反應了，蘇菲和蘭登鬆了一口氣。輸送帶從他們右邊的窄縫進來，洞口有一道金屬升降門。門向上開啓時，由地底延伸上來的輸送帶載來一個大黑箱。箱子的材質是高密度模塑料。黑箱送到兩人的正前方停下。

蘭登和蘇菲站著，講不出話，直盯這口神祕的箱子。蘇菲暗想，這箱子外表像特大號工具箱。時間寶貴，她解開離她最近的兩個扣環，然後望向蘭登，兩人協力掀開沉重的箱蓋，讓蓋子往後落，然後彎腰看箱內。

箱底只擺著一件物體──一個拋光的木盒，大小如鞋盒，鉸鏈的式樣精美。深紫色木盒表面光滑，紋理鮮明。蘇菲明白這是玫瑰木。是爺爺最愛的材質。盒蓋鑲飾著華麗的玫瑰圖形。她彎腰進箱子，捧木盒出來。「天啊，好重！」她輕手輕腳捧著木盒，來到一張大接待桌，放在桌上。

「五瓣玫瑰，」蘭登低聲說，「在錫安會代表聖杯。」

「照這尺寸來看，」蘭登又低聲說，「恰好能容納一個……餐杯。」

不過，不可能是餐杯，他想著。

蘇菲把桌上的木盒拉過來，準備開盒蓋。然後，就在木盒移動時，一件不期然的事情發生了。盒內傳出咕嚕嚕的怪聲響。

蘇菲愣一愣。「你剛有沒有聽見……？」

蘭登點頭。「裡面有液體。妳認為呢？」

蘇菲伸手解開扣環，掀開蓋子。

裡面的物品是蘭登從來沒見過的東西。然而，兩人霎時明瞭一件事。這東西絕非基督用過的杯子。

37

「整條街被警方封鎖了，」銀行總裁維賀內說著走進房間，「很難送你們走。」

蘇菲和蘭登正在桌前彎腰，看著桌上一個近似大珠寶盒的東西，這時聽見總裁的聲音從門口傳來，蘇菲急忙蓋上盒蓋，抬頭看他。「我們總算想出帳號了。」她說。

「納佛小姐，妳想帶這東西走嗎？或者想在走之前放回金庫？」

蘇菲瞥向蘭登，視線再轉回總裁。「我們最好帶走它。」

維賀內點頭。「也好。那麼，我建議妳，用外套包住盒子，我才帶兩位從走廊離開。最好不要讓閒人看到它。」

蘭登脫下外套，維賀內快步走向輸送帶，闔上空塑膠箱，按下一連串簡單指令，輸送帶又動起來，載著塑膠箱回金庫。他從操作臺拔出金鑰，交還給蘇菲。

「請往這裡走。動作快一點。」

來到後面的運貨區，蘇菲看見地下停車場閃現警燈。停車場進出口八成被警方封鎖了。維賀內指向銀行的一輛小運鈔車。「躲後面。」他說著，吃力地掀開偌大的後門，指著閃亮的鋼鐵運貨艙。

維賀內小跑步穿越運貨區，去辦公室找運鈔車鑰匙，換上司機制服夾克和小帽，夾帶一支手槍，回到運鈔車後面，關閉沉重的後門，把蘇菲和蘭登鎖在裡面，然後坐上駕駛座，啓動引擎。

運鈔車駛上出口的斜坡時，停車場的內門向內旋開來，讓車子通行。出口正向他們招手。在封鎖線幾公尺外，一名高瘦的警察站出來，揮手攔車。外面停著四輛巡邏車。

維賀內停車。

「我是傑侯姆．科列，」警察報上姓名，指著運鈔車的後面，以法文問，「裡面載什麼？」

「老子哪曉得？」總裁以粗鄙的法文回答。「我不過是個司機。」

科列不買帳。「我們正在查兩個罪犯。」他舉起蘭登的護照相片。「今天晚上，這人有沒有進過銀行？」

維賀內聳聳肩。「沒概念。我們算哪根蔥，上級哪准我們接近客戶？要問就進去問櫃檯。」

「你們銀行要求警方申請搜索令再說。」

維賀內裝出嫌惡的表情。「主管階級啊。一提起他們，老子就一肚子火。」

「麻煩你打開後門。」科列指向運貨艙。

維賀內瞪著分隊長看，強擠出惡劣的笑聲。「開後門？你以爲老子有鑰匙啊？你以爲上級信得過我們？老子領的是啥狗屁薪水，你曉得嗎？」

科列歪著頭問，「你是說，你開車竟然連鑰匙也沒有？」

維賀內搖頭。「沒有後門的鑰匙，只有發動車子的鑰匙。這種運鈔車在關後門之前，都有人在運貨區監督。後門一關上，有人會開車把後門鑰匙送去目的地。鑰匙送到了，我們接到電話通知，上級才准我開車過去，不能提前出發。運的是什麼鳥東西，老子知道才怪。」

「你這一輛是什麼時候關門的？」

「大概好幾個鐘頭了。我今晚開夜車，一路北上到聖杜西亞鎮。後門鑰匙已經到那邊了。」一滴冷汗正準備從總裁鼻頭滑落。「行行好，」他用袖子擦鼻說，指向擋路的警車，「我在趕時間。」

「司機全戴勞力士嗎？」科列指著維賀內的手腕問。

維賀內向下看一眼，見夾克袖口露出亮晶晶的錶帶，貴得不像話的名錶若隱若現。「這個便宜貨嗎？才二十歐元，在市場跟一個臺灣攤販買的。你要，四十歐元就賣你。」

科列停頓一下，終於站開。「謝了，我不要。祝你一路順風。」

38

兩千萬歐元。

以這筆錢換來的權勢，能遠遠超出鈔票的價值。

車子載艾林葛若薩回羅馬的路上，他再次納悶，爲何老師遲遲不聯絡他。他從教士袍口袋取出手機，查看訊號。微弱到極點。

「山上的這裡收訊很爛，」司機對著後照進說。「再過差不多五分鐘，離開山區，收訊就會改善。」

「謝謝你。」艾林葛若薩忽然感到憂慮。山上收訊不良？說不定老師一直打不進來。老師反覆撥號卻沒人接聽，不知他會不會想歪了？

在巴黎，西拉趴在臥房裡的帆布墊上。今夜的第二次苦修令他暈眩虛脫。即使如此，他仍自覺罪有應得。

我讓教會失望了。

更糟的是，我讓主教失望了。

今晚原本是艾林葛若薩主教的逆轉之夜。五個月前，主教赴梵蒂岡天文館開會得知一件事，內心掀起巨浪。回來後，他把消息轉告給西拉。

「不可能吧！」西拉驚叫。「我不能接受！」

「是眞的，」艾林葛若薩說。「無法想像，不過是眞的。再過六個月就到了。」

西拉祈求解放。即使在那段黑暗時期，他對上帝和《道路》的信仰一刻也不曾動搖。事隔一個月，烏雲總算奇蹟似的打開一道縫，讓希望之光照進來。

神意干涉，艾林葛若薩當時如此認爲。他低聲告訴西拉，「上帝賜予你我一個保護《道路》的良機。我們的戰役如同所有戰役，難免會有犧牲。你願意擔任上帝的勇士嗎？」

爲西拉再創新生命的人是艾林葛若薩。他在艾林葛若薩面前跪下說，「我是上帝的羔羊。請照你心意放牧我。」

自稱老師的男子提出對策，艾林葛若薩派西拉和他聯絡。儘管西拉和老師從未見過面，兩人每次通電話，西拉總覺得老師信念深切，權力觸角廣，對老師百般敬畏。主教告訴西拉，「照老師的命令去做，我們必定勝利在望。」

勝利在望。西拉現在呆望著空地板，擔心已和勝利絕緣。老師上當了。拱心石是一條迂迴的死巷。遇到騙局，希望全泡湯了。

他但願能打電話警告主教，但老師今晚斷絕直接通訊。爲了我們的安全起見。

最後，西拉克服巨大的恐懼，知道今晚的事件非報告不可。他扶地站起來，在地上找到斗篷，從口袋掏出手機。他羞愧得抬不起頭，撥號。

「老師，」他細聲說，「全砸了。」他訴說誤入圈套的過程。

「你的信念喪失得太急了，」老師回應。「我剛接到消息。那機密活下來了。賈克・索尼耶赫臨死前把機密傳給別人了。我很快會再打給你——我們今晚還沒忙完。」

39

坐在晦暗的運鈔車後面，感覺像關在單人幽禁室裡被載著跑。蘭登盤腿坐在金屬板上，坐到兩腿發麻，一動就覺得血往下半身回流，不禁蹙眉。他仍緊抱剛才從銀行提領出的寶物。

他把外套包著的寶物放在地上，取出木盒，蘇菲改變坐姿，兩人並肩坐。蘭登覺得兩人好像正在鑑賞耶誕禮物的小孩。

玫瑰木的盒子採用的是暖色系，鑲飾的玫瑰卻成對比，以淡色的木料製成，可能是梣木，在黯淡的環境裡顯得清晰可見。玫瑰花圖形。有些軍隊和宗教以玫瑰爲標誌，奉玫瑰爲宗的更不乏地下社團。玫瑰十字會，玫瑰十字騎士團。

「打開吧。」蘇菲說。

蘭登深吸一口氣。手伸向盒蓋，讚賞地瞄一眼精緻的木工，然後解開扣環，掀開蓋子。

盒內的物體佔滿整個空間，是一個蘭登猜不透的東西。這物品呈圓筒狀，大小如網球筒，主要材料是拋光白色大理石，但構造比單純的石柱複雜多了。整個圓筒的組合成分眾多。五個扁平的圓形大理石彼此重疊連結，個別的尺寸如甜甜圈，以精緻的銅框架固定，看似多環節的管狀萬花筒，兩端也以大理石套住，所以無法看穿裡面。由於剛才聽過裡面有咕嚕嚕的液體聲，蘭登認爲圓筒是中空的。

圓筒的構造固然玄奇，筒身表面的雕刻才是蘭登目光的焦點。筒身的每一環都有一長串精心雕刻的字母——從A到Z的二十六個字母。

「很奇妙，對不對？」蘇菲低語。

蘭登看她。「不知道。這是什麼鬼東西？」

蘇菲的眼神這時發出光彩。「爺爺以前的嗜好是做這種東西。發明人是達文西。」

即使在黯淡的車廂裡，她仍看得出蘭登的訝異。「達文西？」他喃喃說，再看圓筒。

「對。這叫做「藏密筒」（cryptex）。根據爺爺的說法，這東西的藍圖出自達文西祕密日記。」

「用途是什麼？」

「像保險箱，」她說。「用來儲存機密。」

蘭登的眼睛瞪得更圓了。

蘇菲解釋，爺爺最大的興趣之一是照達文西的發明製作模型藝術品。

「我小時候，他做過這種東西送我，」她說。「不過，這麼大這麼精緻的東西，我倒是第一次見到。」

蘭登的視線始終沒脫離寶盒。「我怎麼沒聽過藏密筒？」

蘇菲並不訝異。「達文西發明過一些東西，卻從沒實地做出來，這些東西多數沒有被研究過，甚至連名稱也沒有。藏密筒這名稱可能是我爺爺自己取的，運用**密碼學**來保護寫在**捲軸**上的訊息。這稱呼很貼切。」運鈔車在公路上奔馳之際，蘇菲告訴蘭登，達文西發明藏密筒以解決長途寄送機密的難題。

「知道密語才打得開，」蘇菲指著字母轉盤說。「藏密筒的運作方式和腳踏車的號碼鎖差不多，把正確的五個字母全轉到定位，就能開鎖，整個藏密筒就會打開，中間空心，能藏一捲紙張，機密可以寫在裡面。」

蘭登露出狐疑的神色。「妳是說，妳小時候，祖父做這東西給妳？」

「對，他做過幾個，比這一個小。有兩三年，我過生日的時候，他會給我一個藏密筒，附帶一個謎題，謎底能打開藏密筒，我才能把生日卡拿出來。」

「收個生日卡這麼麻煩？」

「在生日卡裡面，每次都有另一道謎題或線索。爺爺喜歡和我在家裡玩尋寶遊戲，叫我循著一連串的線索去找眞正的禮物。每次玩尋寶遊戲，都是對我的一項考驗，努力才有收穫。而且，他每次出的考題都不簡單。」

蘭登再看藏密筒，不改懷疑的表情。「可是，直接撬開不是更省事嗎？敲破也行啊。這上面的金屬看起來不太堅固，大理石也屬於軟質岩。」

蘇菲微笑。「達文西的設想很周到。照他的設計，假如有人用蠻力打開藏密筒，裡面的資訊會自我銷毀。」她伸手進木盒，謹慎取出藏密筒。「把機密塞進去之前，要先寫在莎草紙上。」

她傾斜藏密筒一下，裡面的液體跟著咕嚕響。「一小瓶液體。」

「什麼液體？」

蘇菲微笑。「醋。」

蘭登遲疑片刻，想通了，點點頭。「聰明。」醋和莎草紙。假如有人強行打開藏密筒，裡面的小瓶子會破裂，醋會立刻腐蝕莎草紙，最後搶救出的只是一團毫無意義的紙糊。

「所以，」蘇菲告訴他，「想取得裡面的機密，方法只有一個，就是先搞清楚五個字母的密語是什麼。這裡有五個環節，每一圈各有二十六個字母，能拼成的單字多的是，大概有一千兩百萬個可能性。」她語氣暫停，蓋上盒蓋，看著鑲飾在蓋子上的五瓣玫。「你剛不是說，玫瑰代表聖杯？」

「沒錯。在錫安會的象徵符號裡，玫瑰和聖杯指的是同一回事。」

蘇菲皺緊眉頭。「這就怪了，因爲以前爺爺總告訴我，玫瑰代表**祕密**。以前在家，每次他打電話談機密，不想被我打擾時，一定在工作室門外掛一朵玫瑰花。他也鼓勵我照著做。」

「保密（sub rosa），」蘭登說。「古羅馬人開會時掛玫瑰，意思是這場會議談的是機密。sub rosa字面的解釋是玫瑰之下。換言之，在玫瑰花下面講的話都必須保密。」他的表情忽然僵住。「玫瑰……之下，」他哽了一下。「不會吧。」

「什麼？」

蘭登緩緩抬高視線。「在玫瑰的標誌下面，」他低聲說。「這個藏密筒……我大概知道它其實是什麼了。」

他幾乎不敢相信自己的推測，但話說回來，以這圓筒的主人身分來看，以索尼耶赫交付給他們的手法來看，再看看盒蓋上鑲飾的玫瑰，他只能演繹出一條結論。

我手裡拿的是錫安會的拱心石。

聖杯傳奇講得很明確。

拱心石是一塊刻著謎語的石頭，藏在玫瑰記號底下。

「羅柏？」蘇菲觀察著他。「怎麼了？」

蘭登需要借幾秒來整理思緒。「妳祖父有沒有提過一個法文叫做la clef de voûte的東西？」

「地窖鑰匙？」蘇菲翻譯成英文。

「照字面翻譯是這樣，沒錯，不過，穹頂石是常見的建築用語，voûte指的是拱門的屋頂，例如圓頂天花板。」

「可是，圓頂天花板用不著鑰匙（key）啊。」

「其實有。每一座石造的拱門，最上面的中間都有一塊楔形的石磚，作用是承擔全部的重量，固定拱門的所有石磚。以建築概念來說，這一塊石磚是整個圓頂的關鍵（key），英文裡就稱作拱心石（keystone）。」蘭登觀察著她的眼睛，看她有無領悟的神色。

蘇菲聳聳肩，再看藏密筒一眼。「可是，這東西顯然不是拱心石。」

蘭登不知從何講起。以楔形拱心石來建造圓頂，是早期共濟會最嚴守的機密之一。正因擁有這一類的巧思，共濟會裡的工匠才富翁百出。然而，玫瑰木盒裡的這圓筒顯然有別於拱心石。如果這東西眞是錫安會的拱心石，這種拱心石和蘭登的想像截然不同。

「錫安會的拱心石不是我的專長，」他坦承。「我對聖杯之所以感興趣，最主要是和聖杯相關的符號，所以尋找聖杯的課題往往被我略過。」

蘇菲拱起眉毛。「尋找聖杯？」

蘭登感到不安，點一點頭，接下來的言語字字審愼。「蘇菲，根據錫安會的傳說，拱心石是一張有謎題的地圖……能指出聖杯藏在哪裡。」

蘇菲表情茫然。「你認爲，這是聖杯地圖？」

蘭登不知道如何回答。連他也覺得聽起來難以置信，但是，在他想得到的結論當中，唯有拱心石合邏輯。*一塊含謎語的石頭，藏在玫瑰記號底下。*

藏密筒的構想來自達文西，而達文西曾任錫安會盟主，更令人忍不住聯想這的確是錫安會的拱心石。*古代盟主的藍圖……幾世紀後，在會員手中重獲生機。*

近十年來，歷史學者一直在法國教堂尋找拱心石。尋聖杯者認定，穹頂石顧名思義，就是建築用的楔形石磚，是一塊雕刻過、加密過的岩石，被安插在教堂拱頂裡。*藏在玫瑰記號底下。*

「這藏密筒不可能是拱心石，」蘇菲反對。「因爲年代不夠久遠。我敢說，這是我爺爺親手做的，不可能是遠古聖杯傳奇流傳下來的。」

「不太對，」蘭登說，心湖蕩漾起刺刺麻麻的興奮。「據說，拱心石是錫安會在過去二十年間做出來的東西。」

蘇菲的眼神閃現質疑的意味。「可是，如果藏密筒裡眞的記載聖杯藏在哪裡，爺爺爲什麼把藏密筒傳給我？我既打不開，也不知道打開後有什麼用處。我甚至不清楚聖杯到底是什麼東西！」

蘭登赫然明白，她說的有道理。他仍無機會向蘇菲解釋聖杯的眞諦。有機會再說吧。現階段，先把焦點放在拱心石上。

如果這東西眞的是拱心石的話……

運鈔車的防彈車輪在下面嗡嗡轉著，蘭登儘快把他對拱心石的知識傳授給蘇菲。據說，幾世紀以來，爲了保密起見，錫安會的最高機密——聖杯的方位——從不寫下來，而是舉行祕密儀式，以口語交棒給新任長老。後來，在二十世紀的某一年，據說錫安會的保密政策變了，發誓連口語都不准透露藏聖杯的地點。

「不說不寫，他們怎麼把祕密傳下去？」蘇菲問。

「拱心石的妙用就在這裡，」蘭登解釋。「四位大老如果死了一個，由剩下的三個拔擢一位候選人，出考題來考驗他夠不夠格繼任，合格的繼任人選自然會知道聖杯藏在哪裡。」

「所以說，拱心石能考驗實力，」蘇菲說。

蘭登點頭。「蘇菲，如果這眞的是拱心石，表示妳祖父是錫安會的四位大老之一。」

蘇菲嘆氣。「他在祕密社團裡的權位很高，這一點我很確定。我現在只能假設他參加的地下社團是錫安會。」

蘭登不敢相信自己的耳朵。「妳知道他參加地下社團？」

「十年前，我見過一些我不該看到的事情。之後我和他就沒再講過一句話。」她停頓一下。「爺爺不只是那社團的高層……我相信他是會長。」

蘭登不敢相信她剛說的話。「盟主？可是……妳怎麼可能知道！」

「這件事，我覺得還是暫時不講比較好。」蘇菲把視線移開，表情既堅決又痛苦。

蘭登震驚得無法言語，呆呆坐著。賈克．索尼耶赫？盟主？蘭登原本還和索尼耶赫約見。錫安會盟主來電約我見面。爲什麼？爲的只是聊一聊藝術經？轉眼間，這種可能性變得非常小。長老另有三位，同樣掌握天機，能確保錫安會的安全，更何況祖孫已經好幾年沒聯絡，把拱心石傳給孫女，風險未免太高了吧？我和他素昧平生……爲什麼拉我進來？

疑問接踵而來，卻不得不稍後再解。車子的引擎聲減弱，兩人因而警覺起來。運鈔車輪胎輾壓著砂石路面，減慢成龜速，在出奇顛簸的地形上東倒西歪。蘇菲忐忑不安，猛然向蘭登使眼色，急忙把藏密筒收回木盒裡扣住。蘭登穿回外套。

運鈔車不再前進，引擎未熄火，後門的鎖轉動起來了。門打開時，蘭登赫然發現，車子停在樹林裡，見不到路。維賀內走進視線，眼神多了一絲緊張。

維賀內握著一把手槍。

40

維賀內手握槍，神態不自然，但目光散發堅決的意志，蘭登意識到這時挑釁他是不智之舉。

「對不起，我不得不堅持，」維賀內說著，舉槍瞄準後車廂裡的兩人。「放下盒子。」

蘇菲把木盒緊抱在胸前。「你不是說，你和我爺爺是朋友？」

「我的職責是保護妳祖父的資產，」維賀內回答。「所以我才做出現在的動作。快放下盒子。」他轉頭，蘭登看著槍口跟著移過來。「蘭登先生，」維賀內說，「現在，你把盒子拿起來，交給我。請注意，照我的話做，否則，我會毫不猶豫對你開槍。」

蘭登瞪著維賀內，滿臉錯愕。「你爲什麼要這麼做？」

「你以爲呢？」維賀內的口氣衝起來，法文腔的英語變得唐突。「爲了保護本行客戶的資產。」

「**我們**現在是你的客戶啊。」蘇菲說。

維賀內的神態轉爲冰霜。「納佛小姐，今夜妳是如何取得鑰匙和帳號的，我不清楚，但是，假如剛才我知道你們另外犯了什麼罪，我絕不會救你們離開銀行。」

「我不是告訴過你了嗎？」蘇菲說，「我們和爺爺的命案完全無關！」

維賀內望向蘭登。「電臺報導說，你們被通緝的罪嫌不只是賈克·索尼耶赫的命案，你們也涉嫌殺害另外三個人。」

「什麼？」蘭登的語氣像被雷電劈中。另外三人？三位大長老嗎？他的目光移向木盒。如果三位大長老被殺死，索尼耶赫別無選擇——逼不得已，才把拱心石傳給別人……。

「少囉嗦了，等我把你們交給警方，再讓警方去傷腦筋吧，」維賀內說。「我已經讓本銀行涉入太深了。不管盒子裡面有什麼，我不願讓它被檢調歸類爲證物。蘭登先生，把盒子交給我。」

突然間，一顆子彈射進兩人上方的鐵板，空彈殼叮噹掉在運貨艙地板上。蘭登捧著木盒，一時傻成木頭人，隨後才走向敞開的後門。快想對策啊！他暗忖著。「不能平白交出錫安會的拱心石！」

維賀內後退幾步，在六呎外立定。「把盒子放在門邊，」他命令。

蘭登想不出辦法，只好跪下，把木盒放在貨車廂的邊緣，在後門開口的中間。

「好了，站起來。」

蘭登正要起立，這時瞥見彈殼掉在門框旁邊。他的動作停頓一下。他偷瞄一眼後門的金屬框。然後，在他直起腰桿的瞬間，他偷偷把彈殼撥向窄小的門框。

「退回裡面，然後面壁。」

蘭登照做。

維賀內覺得心跳如鼓，將手槍放在擋泥板上，雙手捧起木盒，移到地上，立刻再握槍，瞄準貨車廂深處，裡面的兩人都不敢動作。

太好了。接下來只需鎖門即可。他開始拉厚重的金屬門，門砰然關上。維賀內趕緊抓住門閂向左推，不料門閂和門閂洞沒對齊，門閂進不去。門沒有關緊！維賀內心慌了，側身想用肩膀推門，沒想到門轟然向外開，正中他的臉，打得他暈頭轉向，向後跌在地上，被粉碎的鼻梁劇痛難忍，手槍飛出他的掌握。

片刻之後，維賀內覺得一股煙塵席捲而來，聽見車輪碾壓砂石的聲響，急忙坐起，只見寬軸距的運鈔車轉彎不靈，前擋泥板轟然擦撞一棵樹，半邊鬆脫。運鈔車向前猛衝，前擋泥板垂在地上。車子開上產業道路後，擋泥板和柏油路面磨擦，迸出火花，照亮夜色，在急行的運鈔車後面留下點點火星。

維賀內把視線轉回剛才停車的地方。即使在朦朧的月色裡，他仍能看到木盒不見了。

41

在荒涼的郊區道路上，運鈔車時速才六十公里，即將脫落的擋泥板仍在路面刮出巨響，火花被激盪到引擎蓋上。

最好離開柏油路，蘭登盤算著。車頭燈一個不亮，另一個被撞歪，燈光斜照路旁的樹林，因此蘭登幾乎看不見前方。

蘇菲坐在副駕駛座，茫然凝視著大腿上的木盒。

「妳還好吧？」蘭登問。

蘇菲顯得驚魂未定。「你相信他嗎？」

「另外三人也遇害的事？絕對相信。照他這麼說，很多疑問都有解答——妳祖父爲何用盡苦心把拱心石傳下去，法舍隊長爲何追我追得這麼凶。」

「不對，我指的是維賀內。他說他是想維護銀行聲譽。」

蘭登瞄她一眼。「不然，他的目的是……？」

「把拱心石占爲己有。他認識我爺爺。他可能決定把聖杯據爲己有。」

蘭登搖頭。「以我的經驗，只有兩種人想找聖杯。其中一種人自信找的是失落已久的耶穌餐杯……」

「另一種呢？」

「另一種人知道眞相，感受到聖杯的威脅性。古今歷史上，很多族群都想找出聖杯，摧毀聖杯。」

兩人無言以對，擋泥板刮地聲更顯刺耳。車子已經開了幾公里，蘭登看著陣陣火星從車頭迸發，下定決心了。

「我想下車，看看能不能把擋泥板扳正。」

車子在路肩停下，終於安靜了。

蘭登走向車頭，異常警覺。另外三起命案的消息含有嚴重的暗示。錫安會被滲透了，被制伏了。這似乎能解釋索尼耶赫爲何把拱心石交給不是會員的蘇菲和蘭登。他檢查車子。車頭毀損的程度超出他的意料，左頭燈不見了，右頭燈看似眼球脫眶垂掛著。他把車燈扶正，燈卻又掉出來。唯一的好現象是，前擋泥板幾乎快被扯斷了，蘭登的大腳一踹，瞬間整個轟然脫離車頭。

最好找人幫忙，他決定。專業的人。

以鑽研聖杯和錫安會的人來說，在他認識的專家裡，唯有一個能……

在運鈔車的副駕駛座上，蘇菲打開木盒，看著藏密筒的轉盤。動腦筋啊，蘇菲！用力想想看啊。爺爺正想告訴妳一件事！

考驗實力。她能體會到爺爺的手在冥冥之中運作。她取出藏密筒，摸著轉盤。五個字母。環節一個接一個被她轉動，運轉流暢。藏密筒的頭尾各有一個銅箭頭，指向中間，五個字母在兩箭頭之間對齊，才能打開藏密筒。蘇菲這時猜的字是明顯到離譜，她自己也知道。

G—R—A—I—L。（聖杯）

她握住圓筒兩端，輕輕向外拉，藏密筒毫無反應。她聽見裡面的醋咕咕流動，不敢再拉。隨後，她再試一次。

V—I—N—C—I。（文西）

依然沒動靜。

V—O—U—T—E。（圓頂）

沒反應。藏密筒依舊緊鎖。

運鈔車再度加速，行駛起來順暢許多，蘭登感到高興。「從這裡怎麼去凡爾賽宮，妳知道路嗎？」

蘇菲瞄他一眼。「去觀光？」

「不是，我想到一個辦法。我認識一個宗教史專家，他住在那附近。我不太清楚詳細地址，不過找一找就有。我去過他家幾次。他名叫李伊·提賓，以前是英國皇家歷史學者。」

「他目前住在巴黎？」

「提賓一生熱衷聖杯，大約十五年前搬來法國研究本地的教堂，希望把聖杯找出來。說不定他能幫我們解開藏密筒的謎題，協助我們瞭解裡面的東西。」

蘇菲的目光變得警覺。「你信得過他嗎？」

「擔心什麼？怕資訊被他偷走嗎？」

「怕他報警抓我們。」

「我不打算說出被通緝的事。我希望他能接待我們，等我們把疑雲撥開再說。」

「羅柏，你難道沒考慮到，我們的大頭照可能已經登上全法國家家戶戶的電視？」蘇菲問。「這人和你的交情夠深嗎？法舍隊長絕對會以懸賞徵求線索。」

蘭登笑笑。「相信我，用錢最砸不動這傢伙。」李伊．提賓富可敵小國。他是英國蘭卡斯特公爵一世的後裔，循傳統管道致富——繼承祖產。他的大宅邸位於巴黎郊外，是一座十七世紀的宮殿，坐擁兩座私家湖。

幾年前，蘭登透過BBC電視臺和提賓結緣。當時BBC正在拍聖杯的紀錄片，訪問到提賓，另外找三位歷史專家來佐證提賓尋找聖杯的方式，蘭登是其中之一。BBC安排他飛來提賓在巴黎的大宅邸受訪。

「羅柏，」蘇菲問，「我們能信任這人嗎？你確定？」

「絕對信得過。我們合作過，而且他不會被錢收買，何況我碰巧知道他討厭法國政府，因爲他買的房子是古蹟，被國稅局課徵天價房屋稅。他一定不會急著和法舍合作。」

蘇菲凝視漆黑的路面。「如果我們去找他，你想對他坦承到什麼程度？」

「相信我，李伊．提賓對錫安會和聖杯的認識比世上任何人都豐富。」

蘇菲斜眼瞧他。「勝過我爺爺？」

「我指的是，勝過錫安會以外的任何人。」

「你怎麼知道提賓不是錫安會的會員？」

「提賓畢生宣傳聖杯的眞相。錫安會的入會誓詞是隱瞞聖杯的眞諦。」

「我怎麼聽都覺得矛盾。」

蘭登明白她的顧忌何在。「我們沒必要開門見山對他講拱心石，甚至根本不必提。他家可以讓我們暫時避一避風頭，靜靜思考。另外，我們找他聊聖杯時，妳聽了或許能靈機一動，領悟爺爺爲何把這東西交給妳。」

「給你和我。」蘇菲提醒他。

蘭登微微感到光榮，再次納悶爲何索尼耶赫要他參與其中。

「你知道提賓先生大概住哪裡嗎？」蘇菲問。

「他的大宅邸叫做威雷特堡。」

蘇菲轉頭，滿臉不敢置信。「鼎鼎大名的威雷特堡嗎？」

「正是。妳對他家熟嗎？」

「我曾經路過。離這裡差不多二十分鐘——你可以利用這段時間，向我說明聖杯到底是什麼。請解釋給我聽。」

蘭登慢一拍才說，「到提賓家之後，我再告訴妳。以聖杯傳奇來說，他和我專精的領域不相同，可以互補有無，所以妳聽我們兩人解釋時，能聽得比較完整。」他微笑。「更何況，李伊·提賓一生研究聖杯，聽他談聖杯，就像是聽愛因斯坦談相對論。」

「半夜去拜訪，希望李伊不會介意才好。」

「我先聲明，他被英國女王冊封為騎士，應該尊稱他李伊爵士。」這個錯，蘭登只犯過一次。

蘇菲看著他。「你在開玩笑，對吧？」

蘭登露出彆扭的笑容。「我們不是想找聖杯嗎，蘇菲？找個有騎士爵位的人幫忙找，豈不是更好？」

42

威雷特堡於一六六八年竣工，占地一百八十五英畝，是巴黎最重要的古堡之一。與其說它是豪宅，不如說是小城堡，法國人對它的暱稱正是小凡爾賽宮。

車道有一哩長。蘭登把運鈔車開來車道的入口，踩煞車，車子抖幾下停住。從森嚴的警衛門外看，李伊．提賓爵士寓所矗立在遠方青草地上。大門上以英文警告：私人物業。切勿擅入。蘭登上身倚向蘇菲，從副駕駛座的車窗按對講機，小小對講機響起電話鈴聲，總算有人接聽了，對方有法國腔，語氣煩躁。「威雷特堡。請問貴姓大名？」

「我是羅柏．蘭登，」蘭登大聲說。「我是李伊．提賓爵士的朋友，有事請他協助。」

「主人正在睡覺。你找他有什麼事？」

「私事。他會很感興趣的事。相當重要。」

「李伊爵士的睡眠也很重要。如果你夠朋友，就應該體諒他健康欠佳。」

李伊．提賓爵士幼年罹患小兒麻痺症，不良於行，現在穿鐵鞋，走路拄拐杖，但上次見到他時，他態度活潑，有說有笑，蘭登幾乎沒注意到他肢體上的障礙。「麻煩請你轉告他，我發現有關聖杯的新資訊，有時效性，不能拖到早上。」

蘭登和蘇菲等著，運鈔車怠速聲很吵。

整整一分鐘過了。

終於，對講機又傳來人聲。「好兄弟，我敢說你的生理時鐘還停留在哈佛標準時間。」這人的語調乾脆而輕快。

蘭登咧嘴笑一笑，因爲他認得提賓濃濃的英國腔。「李伊，很抱歉三更半夜吵醒你。」

「我的僕人通知我，你不但人在巴黎，還提起聖杯。」

「我就知道聖杯有辦法讓你起床。」

「的確如此。」

「看在老友的面子上，可以開個門吧？」

「追尋眞理者不只是朋友，而是兄弟。我確實可以開門迎賓，」提賓宣布。「但是，我首先必須驗證你心是否眞誠，考驗你的榮譽感。我想問你三個問題。」

蘭登悶哼，悄悄對蘇菲說，「忍一忍，李伊爵士愛耍個性。」

「第一個問題是，」提賓高聲說，口吻激昂，「我將請你喝咖啡或茶？」

美國人愛咖啡，蘭登明瞭提賓對這現象的見解。「茶，」他回答。「伯爵茶。」

「不錯。第二個問題，添牛奶或加糖？」

蘭登猶豫著。

「牛奶，」蘇菲湊近他耳邊細語。「英國人好像喜歡在茶裡加牛奶。」

「牛奶，」蘭登說。

無聲。

等一下！蘭登想起上次作客喝的飲料，才明白這問題有陷阱。「**檸檬**！」他高聲說。「伯爵茶加**檸檬**。」

「正確。」提賓的語調現在帶有濃厚的興味。「最後一題也是最鄭重的一題。」提賓語氣暫停，改以嚴肅的口吻問，「在亨里國際賽艇大會中，上次哈佛隊力克牛津隊是哪一年？」

蘭登不知道，但提賓問這問題的原因只可能一個。「如此荒誕不經之事，斷無發生之前例。」

大門喀答敞開。「朋友，你心眞誠。你可以進來了。」

43

蘭登把車子駛進大環形的車道，蘇菲覺得肌肉鬆懈下來。

蜿蜒車道兩旁種著白楊樹，右邊的威雷特堡映入眼簾。城堡三層樓高，至少有六十公尺長，戶外聚光燈照在房子正面的灰岩飾面上，周圍是整理得毫不馬虎的造景庭園，屋內的燈火才剛開始亮。

來到停車區，蘭登把車開進有常綠灌木叢遮掩的地方。「停這裡可以迴避外面的眼線，」他說，「也能避免提賓懷疑我們爲什麼開著出過車禍的運鈔車。」

蘇菲點點頭。「藏密筒怎麼辦？如果被提賓看見，他絕對會問到底。」

「用不著擔心，」蘭登說著，一邊下車一邊脫外套，把木盒裹好，像抱娃娃一樣雙手捧著。

蘇菲一副不敢苟同的表情。「太招搖了吧。」

「開門的人一定不是提賓自己。待會兒進屋子裡，我會趁他來之前找地方藏起來。」

通往正門的步道是人工鋪設的鵝卵石彎道。正門以橡木和櫻桃木雕刻而成，銅門環大如葡萄柚。蘇菲還來不及敲，門就開了，出現在眼前的是一名拘謹而優雅的管家，顯然剛穿上燕尾服、繫好白領結，開門時再趕緊調整。他看起來年約五十歲，表情嚴峻，無疑是被深夜訪客惹惱。

「李伊爵士稍後下樓，」他高聲說，法國腔濃重。「他正在著裝。他不願以睡衣見客。需要我為您拿外套嗎？」管家臭著臉，看著蘭登懷裡裹成一團的西裝外套。

「不用了，謝謝你。」

「悉聽尊便。請往這裡走。」

管家帶他們穿越豪華的大理石前廳，進入裝飾美侖美奐的大客廳，維多利亞風格的檯燈掛著流蘇，光線柔和。壁爐在最遠的一面牆，兩旁各立著一套閃亮的鎖子甲，壁爐本身以粗礬岩設置，爐裡大到能烤一條牛。管家走到壁爐前跪下，擦亮一根火柴，點燃事先擺好的橡木柴薪和火種，爐火迅速劈啪旺起來。管家站好，把外套拉整齊。「主人要求兩位別客氣。」話一說完，管家轉身離開，留下蘭登和蘇菲兩人。

蘭登打開外套包著的木盒，走向一張無背長沙發，把盒子深深塞進沙發下面，以免被看見。然後，他甩一甩外套穿上，對蘇菲微笑，在寶物的正上方坐下。

蘇菲在他旁邊坐下，凝視著熊熊爐火，享受著暖意，想到爺爺在世一定會喜愛這客廳。她想著塞進沙發下面的藏密筒，懷疑李伊．提賓能不能打開。該不該提這事都成問題。

「羅柏爵士！」背後傳來低呼聲。「原來你有淑女同行。」

蘭登起身，蘇菲也跟著一躍而起。聲音來自弧形梯上面，樓梯向上蜿蜒至二樓暗處。「晚安，」蘭登向上喊。「李伊爵士，容我介紹蘇菲．納佛給你認識。」

「榮幸之至。」提賓走出暗處。

「謝謝你招待我們，」蘇菲說，這才看見提賓穿鐵鞋、拄拐杖，下樓梯一次走一階。「尤其是夜這麼深。」

李伊爵士體形福態，面色紅潤，紅髮濃密，榛子色的眼珠愉悅，講話時似乎會跟著亮閃閃。他穿著打褶長褲，寬鬆絲質襯衫，外面加一件變形蟲花紋的西裝背心。他走過來，對蘭登伸出手。「羅柏，你瘦了。」

蘭登咧嘴笑說，「你呢，你倒是胖了。」

提賓開懷大笑，拍拍圓滾滾的肚皮。他轉向蘇菲，輕握小手，微微低頭，輕輕對著她的手指呼吸，視線偏向一旁。「幸會幸會。」

蘇菲向蘭登瞥一眼，感覺自己莫名其妙踏進舊時代。

剛才應門的管家端著茶回來，在壁爐前的桌上擺好。

「這位是黑密．勒加呂戴克，」提賓說，「是我的僕人。」

纖瘦的管家僵硬點個頭，然後又不見人影。

「黑密是里昂人，」提賓低聲說。「不過，他調製的醬汁相當可口。」

蘭登覺得有意思。「咦，你怎麼不直接從英國帶僕人過來？」

「什麼話！誰用得著英國主廚？最好丟給法國國稅局。」提賓看著蘭登。「事情不對勁。兩位看起來驚魂未定。」

蘭登點頭。「李伊，我們今晚的確過得很有趣。」

「無疑是。你說來聽聽，此事是否眞和聖杯有關，或者聖杯只是誘餌，因爲你知道半夜只有聖杯能驚動我？」

都有一點，蘇菲暗想，沙發下的藏密筒浮現腦海。

「李伊，」蘭登說，「我們想找你討論錫安會的事。」

提賓拱起濃眉表示好奇。「那群護衛者？這麼說來，你來的用意確實和聖杯有關。你說你掌握到新資訊，是嗎，羅柏？」

「也許吧。我們不太確定。先向你請教一下，說不定可以整理頭緒。」

提賓豎起一指，左右搖一搖。「你這個美國人，心機很重。無所謂。有問題儘管問。」

蘭登嘆氣。「我希望你能行行好，向納佛小姐解釋聖杯的眞諦。」

提賓一臉震驚。「她竟然不知道？」他以急切的態度轉向蘇菲。「親愛的，妳的瞭解有多少？」

蘇菲簡明介紹蘭登解釋過的概要——錫安會、聖殿騎士團、聖杯文獻、聖杯非杯論……眞聖杯的威力無窮。

「這樣而已？」提賓瞪蘭登一眼，糗他，然後以亮閃閃的目光直視蘇菲的眼睛。「相信我，我即將爲妳上的這堂課，妳將永生難忘……。」

三十秒後，在四十公里外，在威雷特堡外，藏進運鈔車底盤的小型訊號收發器亮燈啓動了。

44

李伊・提賓爵士在壁爐前踱足踱步，鐵鞋在石地上喀答響，目光炯亮。

「聖杯啊，」他說，語調近似牧師在布道。「多數人問我，只想知道聖杯在何方。這問題，我恐怕永遠無法回答。」他轉頭，正眼看著蘇菲。「然而……更為適切的問法應該是：聖杯是何物？想明白如此問的奧祕何在，我們必須先瞭解《聖經》。妳對《新約聖經》的瞭解多深？」

蘇菲聳聳肩。「不深，其實是一竅不通。撫養我長大的那男人最崇拜達文西。」

提賓的表情是又驚又喜。「知識分子啊。好極了！那麼，妳必然知道，達文西是聖杯機密的捍衛者之一，而且他把線索藏在作品裡面。」

「羅柏也是這麼說。」

「達文西對《新約聖經》的觀點呢？」

「我沒概念。」

提賓指向客廳另一邊的書架，眼神多了一份喜色。「羅柏，勞駕你，書放在最下面一層。」

蘭登走向書架，找出一大本藝術書，抱著走回來，放在大家中間的桌子上。提賓翻開這本厚重的巨冊，指向封底的幾行引述語。「摘自達文西的一本筆記，」提賓說，特別指出其中一句。

「我想妳稍後將發現，這句與我們的討論息息相關。」

蘇菲閱讀這一句。

諸多人等矇騙愚民，以散播妄想與偽奇蹟為業。——李奧納多．達文西

「另一句也讀讀看。」提賓說，再指不同的一句。

蒙昧無知誤導吾人。
唉！可憐的凡俗，快睜開眼睛！——李奧納多．達文西

蘇菲感受到一小陣寒意。「達文西談的是《聖經》？」

提賓點頭。「達文西對《聖經》的觀感和《聖經》有直接的關聯。事實上，達文西把眞聖杯畫出來了，我待會兒再拿給妳看。現在，我們先探討《聖經》本身。」他微笑。「妳對《聖經》的須知，全部可一言以蔽之：《聖經》是凡人的產物，不是上帝。《聖經》不是神奇從雲端墜地的東西，是凡人創作的，經過無數次轉譯、增訂、修改而成。歷史上從未出現『著毋庸議版』的《聖經》。」

「瞭解。」

提賓停一下，喝一小口茶，把茶杯放在壁爐架上。「新約匯集成書之前，共有超過八十章福音被列入考量，最後只採用少數幾章節，例如〈馬太福音〉、〈馬可福音〉、〈路加福音〉、〈約翰福音〉等等。」

「取捨由誰決定？」蘇菲問。

「啊哈！」提賓講到興頭上了。「基督教的一大諷刺！今人所知的《聖經》，校勘者其實是信奉異教的羅馬君士坦丁大帝。」

「咦，君士坦丁不是基督教徒嗎？」蘇菲說。

「稱不上是，」提賓訕笑說。「他從小到大都是異教徒，臨終虛弱到無力推卻了，才接受洗禮。在君士坦丁大帝的時代，羅馬帝國的欽定宗教是太陽教，君士坦丁是首席祭師。對他而言，不巧的是，當時羅馬宗教界出現日益嚴重的亂象。那時候是基督受難後三世紀，追隨基督教誨的信徒人數激增，基督徒和異教徒的衝突也大到無法收拾，眼看著羅馬帝國即將分裂。君士坦丁決定拿出對策，於是在西元三二五年，決定以單一宗教統一羅馬。基督教。」

蘇菲感到訝異。「他是異教徒皇帝，爲什麼欽定基督教是官方宗教？」

提賓低聲笑了。「君士坦丁的生意頭腦非常敏銳。他知道基督教後勢看漲，賭注當然要算準一馬當先的宗教。欽定基督教之後，崇拜太陽的異教徒那麼多，怎麼辦？君士坦丁想出一套高明的對策，歷史學者至今仍讚嘆不已。他把異教徒的符號、假日、儀式融入茁壯中的基督教傳統裡，另創一種東拼西湊的宗教，皆大歡喜。」

「牛頭配馬尾，」蘭登說。「在基督教的符號裡面，異教留下的遺跡是無可否認的。埃及的日盤變成天主教聖人頭上的光環。伊西絲奇蹟懷孕生子，撫育兒子何露斯的圖形演變成聖母撫育小耶穌的範本。天主教儀式裡，幾乎所有元素全是直接從早期異教儀式承接而來的，例如法冠、祭壇、以麵包爲基督肉身、以葡萄酒爲基督血的聖餐禮。」

提賓嘟噥著。「符號專家一講到這事就沒完沒了。基督教從頭到腳沒有一個是原創的。即使是基督教每星期一次的禮拜，都是從異教剽竊而來。」

「什麼意思？」

「最早期，」蘭登說，「基督教遵從星期六的猶太安息日，經君士坦丁一改，之後就向崇拜太陽的異教看齊。」他停頓一下，咧嘴笑著。「直到現在，星期日上去教堂做禮拜的人當中，多數不曉得他們其實是向異教徒太陽神致敬。他們『禮拜』的是『日』。」

蘇菲覺得暈頭轉向。「這全和聖杯有關聯？」

「的確，」提賓說。「基督教和異教融合的這段期間，君士坦丁決定，有必要爲新的基督教鞏固傳統，於是召開一場知名的會議，稱爲尼西亞大公會議，會中針對基督教許多方面辯論表決，包括復活節的日期、主教的角色、洗禮等儀式，最重要的是討論耶穌的神性。」

「我不懂。耶穌本來就是神啊。」

「親愛的，」提賓高聲說，「在史上那次會議之前，耶穌在追隨者的眼裡，一直是個有血有肉的先知……一個影響力遠大的偉人，卻是一個不折不扣的凡人。血肉之軀。」

「他不是上帝之子？」

「對，」提賓說。「耶穌獲定位爲上帝之子，就是在尼西亞大公會議時正式提出表決的議題。」

「等一下。你是說，耶穌的神性是表決出來的結果？」

「而且僅險勝幾票，」提賓補充說。「縱使如此，君士坦丁藉此正式贊同把耶穌定位爲上帝之子，把耶穌變成神。如此一來，不僅能阻止異教徒進一步挑戰基督教，基督的追隨者若想贖罪升天，唯有成爲羅馬天主教徒才行。」

蘇菲瞥向蘭登，他微微向她點頭，表示認同。

「說穿了，全和權力有關係，」提賓繼續。「基督身爲救世主，意義在於，教會和政府攜手合作。許多學者聲稱，早期教會簡直是從原始追隨者手中奪走耶穌，搶走凡人耶穌的訊息，藉以擴展教會的勢力。我針對這主題出過幾本書。」

「我猜，你大概天天接到虔誠基督教徒罵你的信？」

「他們何必寫信罵我？」提賓反駁。「受過教育的基督徒當中，絕大多數知道基督教的沿革。耶穌的確是影響力遠大的偉人，沒人敢說祂是騙子，也沒人否認祂曾遊走俗世，啓發無數人過好日子。我們想強調的只是，君士坦丁覬覦基督的影響力和重要性，占祂便宜，由此塑造出我們今日見到的基督教。」

蘇菲瞧一下桌上的藝術書，急著想換個話題，看看達文西畫的聖杯。

「不巧的是，」提賓加快語氣說，「君士坦丁把耶穌的地位從凡人提升為上帝之子，年代是在祂死後將近四世紀，因此世上流傳著成千上萬的文章，亦即福音，把祂的事蹟寫成血肉之軀的故事。為了重寫史書，君士坦丁自知非大刀闊斧不可。這是基督教歷史上非常重要的時刻。」提賓停頓一下，斜眼看蘇菲。「君士坦丁花錢編纂新《聖經》，福音裡如果描述基督凡人特質，就進不了新《聖經》，如果描述祂像神，就加油添醋一番。不合格的福音一律被禁，全被集中起來焚毀。」

「附帶說明有趣的一點，」蘭登說。「異端（heretic）這字就是起源自那一段歷史。拉丁文*haereticus*本意是『選擇』。『選擇』相信原始的基督歷史者，是世上最早的一群『異端』。」

「幸好，對歷史學者而言，」提賓說，「君士坦丁企圖銷毀的福音之中，有些僥倖流傳下來了。在一九五〇年代，藏在猶地亞沙漠洞穴裡的〈死海古卷〉重見天日。另外，當然不能漏掉一九四五年在埃及漢馬地出土的〈科普特古卷〉。這些文物以凡夫俗子的詞彙來描述基督布道的事蹟，另外也記載真正的聖杯故事。梵蒂岡當然想盡辦法，不讓這些卷軸公諸於世。他們怕什麼？因為這些古文告訴我們，現代《聖經》是由一群爭權力的凡人集結成的一本書。」

「話說回來，」蘭登反駁，「大家應該記住一點，教會之所以意圖阻止這些古文公開，出發點是他們真心相信他們沒有錯看基督。梵蒂岡由信仰堅貞的教徒組成，他們是真的相信剛出土的古文只不過是假證言。」

提賓嘿嘿笑著，慢慢坐進蘇菲對面的椅子。「現代神職人員認定其他福音是捏造的，這一點羅柏沒說錯。這不難理解。畢竟，他們奉君士坦丁版《聖經》爲眞理，信心幾世紀不曾動搖。」

「他的意思是，」蘭登說，「我們崇拜的是我們祖先的神祇。」

「我的意思是，」提賓反駁，「祖先教我們的基督故事幾乎全是假的。聖杯的故事也一樣。」

他伸手拿藝術書，翻至中間。「最後，在我展示達文西的聖杯圖之前，我想先讓妳看一下這個。」

他翻書到一大張跨頁彩圖。「我猜妳認得這幅壁畫吧？」

他是在尋我開心吧？跨頁圖是〈最後的晚餐〉，達文西的傳奇名畫。在畫中，耶穌正向使徒宣布即將有使徒背叛祂。「對，我認得。」

「那麼，或許妳願意陪我玩一個小遊戲吧？請妳閉上眼睛。」

蘇菲遲疑著閉眼。

「耶穌坐在哪裡？」提賓問。

「坐在中間。」

「好。祂和使徒剝開分食的東西是什麼？」

「麵包。」一看就知道。

「好極了。飲料是什麼？」

「葡萄酒。他們喝葡萄酒。」

「所言甚是。最後一道問題：桌上有幾個葡萄酒杯？」

蘇菲慢半拍回答，心知這問題有詐。「一個杯子，」她緩緩說。「酒杯。」基督用的杯子。

聖杯。「耶穌把一個葡萄酒餐杯傳著喝，和現代基督徒的聖餐禮習俗一樣。」

提賓嘆息。「睜開眼睛吧。」

她睜眼。提賓洋洋自得笑著，蘇菲向下看圖，訝然見到，全桌所有人各有一杯葡萄酒，包括基督在內。共計十三杯。更驚人的是，每個杯子都很小，全是無梗玻璃杯。整張圖不見餐杯。沒有聖杯。

提賓的眼珠閃亮起來。「說也奇怪，達文西顯然漏畫了基督之杯。」他歇口。「此壁畫事實上是聖杯疑雲的唯一關鍵。」

蘇菲急切地掃視整張圖。「你的意思是說，〈最後的晚餐〉能對我們透露聖杯究竟是什麼東西？」

「不是東西，」提賓沉聲說，「而是誰。聖杯不是東西，其實是……一個人。」

45

蘇菲呆望提賓半晌，然後轉向蘭登。「聖杯是人？」

蘭登點頭。「確切而言是一個女人。」

「羅柏，或許接下來應由你來澄清吧？」提賓走向附近一張茶几，找到一張紙，拿來放在蘭登面前。蘭登從口袋掏筆出來。「蘇菲，代表男女的現代圖形，妳大概熟悉吧？」他畫出常見的男♂女♀符號。

「男女符號原本不是這樣畫，」蘭登輕聲說。「這兩個圖形引用古代的火星神和金星神符號。最初的男女符號簡單多了。」蘭登在紙上再畫一個符號。

「這符號才是最早期代表男性的圖形，」蘭登告訴她。「妳大概猜得到，女性的符號正好相反。」他在紙上另畫一圖形。「這叫做餐杯。」

蘇菲的目光從圖轉向他，面露驚訝。

蘭登看得出她想通了。「餐杯長得像杯子或容器，」蘭登說，「更重要的是，餐杯近似女人的子宮。」蘭登現在直直看著她。「蘇菲，根據傳說，聖杯是個餐杯，是單純的一個杯子，但是，把聖杯描述爲餐杯其實是一種寓言，作用是捍衛聖杯的眞諦。換句話說，傳奇裡的餐杯是一種**隱喻**，用來隱瞞更加重要的事物。」

「一個女人。」蘇菲說。

「沒錯。」蘭登微笑。「杯簡直是代表女性的古代符號，而聖杯代表神聖女性和女神，現在這意義當然蕩然無存了，全被教會抹煞。在古代，女性的力量和生殖能力非常神聖，後來，以男人爲首的教會興起，女性被教會視爲一種威脅。發明伊甸園原罪概念的是凡人，不是上帝。在伊甸園的故事裡，夏娃偷嚐蘋果，導致全人類失樂園。曾經是能賦予生命、具有神性的女人，竟被降級爲敵人。」

「我應該補充一件事，」提賓插嘴，「女性賦予生命的概念是古代宗教的立論基礎。生育是奧妙又重要的一件事。可悲的是，基督教哲理決定藐視這一點，硬把男人捧爲創世者。《舊約聖經》的〈創世紀〉告訴我們，夏娃是從亞當的肋骨造出來的，意思是，女人是男人的旁支，而且是渾身罪惡的人。〈創世紀〉是女神敗亡的起點。」

「杯，」蘭登說，「是失落女神的符號。基督教崛起後，舊有的民俗宗教不是說消失就消失。騎士團打著追尋聖杯的旗號，以『尋找餐杯』為暗號，以求自保，避免被教會抓去當成異教徒活活燒死。」

蘇菲搖搖頭。「對不起，你剛提到聖杯是人，我還以為你指的是特定的某一個人。」

「沒錯。」蘭登說。

「而且不是指隨隨便便的一個人，」提賓脫口而出，手忙腳亂興奮站起來。「聖杯是一個懷抱重大機密的女人，如果身分被暴露，恐怕會摧毀基督教的立教根基！」

蘇菲一副吃不消的樣子。「這女人在歷史上是名人嗎？」

提賓拾起拐杖，指向走廊。「兩位朋友，我們進書房吧。能向她展示達文西名畫是我的榮幸。」

在兩房廳之外，廚房裡的僕人黑密佇立在電視機前，默默看著，畫面是一男一女的大頭照……和他剛才奉茶的對象一模一樣。

46

「我查到郊區的一個地址。在凡爾賽宮附近。」

「法舍隊長知道嗎？」

「還不知道。他忙著打另一通重要的電話。」

「我馬上去。請他有空立刻打給我。」科列記下地址，跳上車，以無線電呼叫伴隨而來的五輛車。「不能開警笛，弟兄們。不能讓蘭登發現我們來了。」

四十公里外，鄉下道路上的一輛奧迪車靠邊，在原野邊緣的黑影裡停車。西拉下車，走向一座遼闊的莊園，隔著鍛鐵圍牆向內窺視，遙望月光下通往城堡的長上坡。

樓下燈火通明。半夜開燈是怪現象，西拉心想，忍不住微笑。老師給他的情報顯然正確無誤。沒取得拱心石，我絕不離開這房子一步，他發誓。我不會讓主教和老師失望。

他檢查手槍裡的彈藥，攀上圍牆跳過去，開始踏著草地，朝漫長的上坡路邁進。

47

提賓的「書房」和蘇菲見過的書房大不相同，瓷磚地板顯得浩瀚無邊，上面點綴著幾個島狀工作檯，檯上有繁多的書籍、藝術品、古物、多得令人嘖舌的電子器材——電腦、投影器、顯微鏡、影印機、平面型掃瞄器。

「我跳舞的機會太少了，」提賓邊走邊說，面露心虛的表情，「索性把交際舞室改爲書房。」

蘇菲感覺整晚的經歷猶如置身陰陽魔界，事事皆跳脫她的意料。「整間全用來做學問？」

「追求眞理成了我今生的摯愛，」提賓說。「聖杯則是我最心愛的情人。」

聖杯是個女人，蘇菲想著，心思充滿著似乎沒道理的意念。「你剛自稱聖杯是一個女人，想讓我看看她的圖？」

「對，不過不是『自稱』，聲明的人是基督祂自己。」

「你想介紹我看的是哪一幅畫？」蘇菲環視牆上的作品。

「嗯……」提賓故作健忘狀。「聖杯。聖杯文獻。餐杯。」他突然旋身，指向最遠的一面牆，牆上掛著八呎長的〈最後的晚餐〉複製畫，和蘇菲剛才看的名畫並無二致。「她就在那裡！」

蘇菲糊塗了，自認聽漏了什麼。「跟你剛剛給我看的是同一幅畫啊。」

他調皮眨眨眼。「我知道，不過，放大圖有趣多了。」

蘇菲轉而向蘭登求助。「我越聽越迷糊。」

蘭登微笑。「原來，聖杯的確出現在〈最後的晚餐〉裡面。達文西把她畫進去了，而且畫得很顯眼。」

「不對吧，」蘇菲說。「你剛不是說聖杯是個女人？〈最後的晚餐〉裡面畫了十三個男人。」

「是嗎？」提賓拱一拱眉毛。「再看仔細一些。」

蘇菲無所適從，湊過去近看，目光掃過畫中的十三人——耶穌基督坐中間，祂的左邊坐六個使徒，祂的右邊另外坐六個。「全是男人啊，」她說。

「喔？」提賓說。「坐在上位的那個呢？坐在主的右手邊的那一個呢？」

蘇菲細看耶穌右邊的鄰座，聚焦凝視，端詳這人的臉孔和身體，這時內心掀起一陣驚奇的波濤。這人紅髮飄逸，交疊的兩手纖細，胸部隱隱約約凸出。這一個人無疑是……女性。

「那是一個女人！」蘇菲驚呼。

提賓呵呵笑著說，「驚奇，驚奇。相信我，達文西沒有畫錯。他的畫功精湛，懂得凸顯兩性的差異。」

蘇菲的視線無法抽離基督鄰座的女人。〈最後的晚餐〉畫的應該是十三位男士。這女人是誰？畫中的女子年輕，外表虔誠，臉蛋文雅，紅髮秀麗，默默交疊著雙手。能隻手撃垮基督教會的是這女人？

「大家都看走眼了，」提賓說。「人只看得到心中期望看到的東西。」

蘇菲再近一點看。「她是誰？」她問。

「她嘛，」提賓回答，「是抹大拉的馬利亞。」

蘇菲回頭。「妓女馬利亞？」

提賓急抽一口氣，彷彿受到人身攻擊。「抹大拉的馬利亞才不是娼妓。那是早期教會發動抹黑運動的遺毒。教會有必要抹黑馬利亞，以便遮蓋她的劇毒祕密——身爲聖杯的角色。」

「她的角色？」

「如我剛才提及，」提賓澄清，「早期教會需要勸全天下接受凡人先知耶穌具有神性，因此，福音裡如果以凡人的特質來刻畫耶穌事蹟，這種福音就不會編入《聖經》。遺憾的是，在眾多福音裡，有個特別令人傷腦筋的凡人主題頻頻出現。抹大拉的馬利亞。」他停半拍。「確切而言是她和耶穌基督的婚姻。」

「我沒聽錯吧？」蘇菲的視線移向蘭登，接著再轉回提賓。

「此事在歷史上有憑有據，」提賓說，「達文西也絕對知道這事實。〈最後的晚餐〉簡直是對著觀眾嚷嚷，耶穌和抹大拉的馬利亞是一對夫妻。」

蘇菲的目光回到〈最後的晚餐〉。

「耶穌和馬利亞的衣服相對應，注意到了沒？」提賓指向畫中央的兩人。

蘇菲望得出神。即使是衣服的顏色也互相對應。耶穌穿紅袍和藍斗篷，馬利亞穿藍袍和紅斗篷。陰陽相配。女和男。

「再深入探討更詭異的現象，」提賓說，「注意看耶穌和妻子似乎坐骨相連，各自向一旁傾身，彷彿想以兩人之間的空間畫特定圖形。」

即使在提賓以手描出圖形線條之前，蘇菲就看出來了。這圖形類似蘭登剛才畫的杯，代表餐杯和子宮。

「最後，」提賓說，「如果不把耶穌和馬利亞視爲畫中人物，只把他們當作達文西的構圖元素，妳一定能看見另一個顯著的圖形。」他歇口。「一個字母。」

蘇菲立刻看見了。不只看見，剎那間，她只看到斗大的M字形，寫得一絲不苟，毫無疑問。她衡量著剛吸收到的知識。「我承認，把M藏進畫裡的確很耐人尋味，只不過，我猜沒人聲稱這就是耶穌和馬利亞是夫妻的證據。」

「對，對，」提賓說著，走向附近一張擺滿書本的桌子。「如我剛才所言，耶穌和馬利亞的婚事有歷史文獻紀錄。」他開始翻找藏書。「耶穌是已婚男子比較合理，反之，照《聖經》的標準觀點，耶穌是單身漢的說法比較說不通。」

「爲什麼？」蘇菲問。

「因爲耶穌是猶太人，」蘭登說，「在那時代，猶太男人不結婚幾乎是違背法律。猶太人父親人人都有責任爲兒子物色一個合適的妻子。如果耶穌眞的未娶，單身漢的身分有違常情，《聖經》裡的福音至少有一章應該提一提。」

提賓找出一大本書，在桌上攤開。這本皮裝書的篇幅大如海報，近似大本的地圖集，封面印著：《諾斯底福音》。提賓用力翻開，蘭登和蘇菲湊過去看。蘇菲見書中有幾張相片，看似從遠古文章放大的段落，手抄在破破爛爛的莎草紙上。她看不懂古文，但隔壁頁都印著翻譯文字。

「我剛才提到幾份古籍，這些是翻拍的相片，」提賓說。「全是最早期的基督教文獻，和《聖經》裡的福音不符合。」提賓翻到書中間，指向一段。「要看就從〈腓力福音〉看起。」

蘇菲閱讀著：

> 而救世主的伴侶是抹大拉的馬利亞。基督愛她勝過所有使徒，常親吻她的嘴。其他使徒見狀不悅，反對之意溢於言表。他們告訴他，「你為何愛她勝過我們所有人？」

這句文字令蘇菲吃驚，但幾乎無法以此斷言兩人是夫妻。「這裡面又沒提到婚姻。」

提賓面帶微笑，指著第一行。「『伴侶』在當時是配偶的代名詞。」他繼續翻書，再指出另一段。「這段來自〈馬利亞福音〉。」

蘇菲沒聽過馬利亞也有福音。她讀到以下文字：

> 而彼得說，「救世主著實瞞著我們，與一女子相談？難道要我們轉為聽命於她？他重她

而輕我們嗎？」

利未回答，「彼得，你的性子向來急躁。現在我見你視該女為敵，互別苗頭。倘若救世主側重她，你何德何能，豈能排斥她？救世主必然對她瞭若指掌，所以對她的愛才勝過我們。」

「他們提到的女人，」提賓解釋，「就是抹大拉的馬利亞。耶穌的使徒彼得對她眼紅。」

「因爲耶穌比較喜歡抹大拉的馬利亞？」

「不只這樣。牽涉到的利害關係大得不得了。福音寫到這部分時，耶穌懷疑自己即將被抓去受刑，所以祂交代馬利亞如何在他走後繼承教會大業。彼得才不願意聽命於女人。」

蘇菲在理解上有些吃力。「這裡的彼得是聖彼得，對吧？就是耶穌建立教會的磐石？」

「是同一人，沒錯，不過這裡有一點出入。根據這幾部未經刪改的福音，受基督委託建立基督教會的人不是彼得，而是抹大拉的馬利亞。」

蘇菲看著他。「你是說，基督教會本來託付給女人去傳承？」

「原本的規劃是這樣。最早支持女權的人是耶穌，可惜彼得有意見，」蘭登說，指向〈最後的晚餐〉。「這一個就是彼得。達文西非常清楚彼得對馬利亞的觀感，妳從這幅畫應該看得出來。」

蘇菲再度說不出話。在〈最後的晚餐〉裡，彼得上身向馬利亞傾斜，神態猙獰，以手爲刀，比劃出割她喉嚨的手勢。

「這裡也是，」蘭登說，指著擠在彼得身旁的使徒。「有點陰險吧？」

蘇菲瞇眼，見到一隻手從使徒之間伸出來。「那隻手揮舞的是匕首嗎？」

「對。妳數數看手臂，就會發現，這隻手的主人是……哪來的主人？這隻手不屬於任何一個使徒，是一隻無名手。」

蘇菲開始覺得吃不消。「抱歉，我還是不懂這些事怎麼扯得上馬利亞是聖杯。」

「啊哈！」提賓再次驚呼。「癥結就在此！很少人明瞭到，馬利亞除了是基督的頭號大將，她其實出身皇室，本身的權勢就不容忽視。」

「咦，在我的印象裡，她好像是窮人。」

提賓搖搖頭。「馬利亞的角色之所以被置換成娼妓，是爲了掃除她出身高貴的證據。」

蘇菲不知不覺再次望蘭登一眼，見蘭登又點頭。她把視線轉回提賓。「可是，抹大拉的馬利亞有沒有皇室血統，早期的教會何必管那麼多？」

歷史專家提賓笑了。「我親愛的孩子啊，如果只有抹大拉的馬利亞具有皇室血統，教會還不至於那麼緊張。讓教會煩惱的是，基督本身也有皇室血統，兩人湊在一起，問題就大了。基督是所羅門王的後裔，而所羅門王是猶太王。耶穌和抹大拉的馬利亞結婚，結合了兩條皇室血脈，如果想爭王權寶座，可以名正言順登基。耶穌和馬利亞可以承續所羅門王時代的王朝。」

蘇菲意識到，李伊爵士終於講到重點了。

提賓這時顯得興奮。「聖杯傳奇的主軸是皇室血脈的傳奇。聖杯傳奇裡提到『盛著基督血的餐杯』，其實就是在暗指抹大拉的馬利亞。她的子宮裡承載著耶穌的皇族血脈。」

這句話似乎在書房中迴盪一陣，蘇菲才完全聽懂。抹大拉的馬利亞承載著耶穌基督的皇族血脈？「可是，基督哪來的血脈？除非是……？」她講不下去，望向蘭登。

蘭登淡淡一笑。「除非他們有小孩了。」

蘇菲呆若木雞站著。

「且看，」提賓高聲說，「史上被掩蓋的最大一個眞相。耶穌基督不只結婚，而且還當了父親。抹大拉的馬利亞是神聖的容器。她是盛著耶穌基督皇室血脈的餐杯！」

蘇菲覺得手臂上的毛髮直豎。「那麼，錫安會掌握的聖杯文獻呢？」她問。「裡面有沒有耶穌有後代的證據？」

「有。」

「所以說，整個聖杯傳奇指的全是皇室血脈？」

「可以說是，」提賓說。「Sangreal這字源於San Greal，意思就是聖杯（Holy Grail）。但是，Sangreal這字最原始的拆法不一樣。」提賓寫在一張紙上，遞給蘇菲。

她見到：

Sang Real

蘇菲立刻翻譯爲英文。

Sang Real可直譯爲皇室血統（Royal Blood）。

48

在主業會紐約市總部的大廳裡，男接待員接到一通電話，赫然聽見對方是艾林葛若薩主教。

「晚安，主教。」

「有給我的留言嗎？」主教問，語氣出奇焦躁。

「有，主教。我很高興您來電詢問。大約半個鐘頭前，有人緊急留言給您。」

「有嗎？」主教聽見後，語氣如釋重負。「留言者有沒有留姓名？」

「沒有，主教，對方只留電話號碼。」接線生轉達。

「這國碼代表法國，對不對？」

「是的，主教。是巴黎。對方請您務必儘快回電。」

「謝謝。我一直在等這通電話。」艾林葛若薩趕緊結束通話。老師想聯絡我，他心想，這時飛雅特車正要下交流道，前往羅馬機場。巴黎今晚的狀況一定很順利。他知道自己即將前進巴黎，心情更興奮。他訂了一架短程包機，正等著送他至法國。

他撥接線生傳達的號碼，對方開始鈴響。

接電話的是女人。「刑事總局。」

艾林葛若薩不禁猶豫。法國警方？他事先沒料到。「喔，好……是不是有人請我撥這支電話？」

「請問貴姓大名？」女人以法文問。

「曼紐爾．艾林葛若薩主教。」

「請稍候。」喀擦一聲。

等候許久後，對方換成男人，語音粗魯，憂心忡忡。「主教，我很高興終於聯絡到你了。我們該討論的東西很多。」

49

Sangreal……Sang Real……San Greal……皇室血統……聖杯。

各個全都相連。

聖杯是抹大拉的馬利亞……孕育了耶穌基督的皇室血脈。蘇菲無言，站在提賓家的書房裡，愣愣看著羅柏．蘭登。蘭登和提賓今晚接力，在桌上擺下一堆拼圖碎片，越堆越多，拼圖的原貌變得更加難以預測。

「正如妳所見，」提賓說，跛足走向書架，「有意對世界宣揚聖杯眞相的人不獨達文西一個。數十名歷史學者也曾發表過作品，鉅細靡遺記載耶穌基督的皇室血脈。」他伸出一指，劃過一整排的數十本書。

蘇菲歪頭瀏覽書名。

聖殿騎士團：揭密基督真正身分之祕密守護者

手持雪花石瓶的女子：抹大拉的馬利亞與聖杯

福音書中的女神：還原神聖女性

「名氣最響亮的或許是這一本。」提賓說著，從中抽出一本被翻爛的精裝書，交給蘇菲。

封面印著：

聖血，聖杯：享譽國際暢銷書

蘇菲看他。「國際暢銷書？我怎麼沒聽過？」

「當年妳還小。這本在一九八〇年代掀起一陣不小的風波。透過這兩位作者的介紹，基督血脈的說法才蔚為主流。」

「教會的反應如何？」

「當然是震怒，大家都料得到。畢竟，梵蒂岡早在四世紀就極力埋沒這祕密。這也是出動十字軍的用意之一。蒐集並摧毀資訊。」

蘇菲瞄一眼蘭登，見他點點頭。「蘇菲，支持這一點的歷史文獻相當充分。」

「妳必須瞭解，」提賓說，「教會粉飾這祕密的動機很強。耶穌如果真有小孩，勢必動搖教會宣揚的『基督是神』的所有教義，基督教會自稱是凡人能和神交流的唯一方式、是升天的唯一管道，這種說法也不攻自破。」

「五瓣玫瑰。」蘇菲說，忽然指向提賓一本藏書的書脊。和玫瑰木盒上的鑲飾玫瑰圖案一模一樣。

提賓瞧蘭登一眼，咧嘴笑了。「她的眼力不錯。」他的臉轉回蘇菲。「那是錫安會象徵聖杯的符號。亦即抹大拉的馬利亞。由於馬利亞的名字被教會查禁，有心人私下爲她取了許許多多綽號——餐杯、聖杯……玫瑰。」

「這裡想強調的是，」蘭登說，「這麼多書一致支持同一個古老的說法。」

「『耶穌有後代』的說法？」蘇菲仍不太確定。

「對，」提賓說。「同樣也支持的史實是，馬利亞的子宮傳承了祂的皇室血脈。直到今日，錫安會仍奉抹大拉的馬利亞爲女神、聖杯、玫瑰、神聖母親。」

爺爺別墅地下室的儀式再次閃現在蘇菲腦海。

「根據錫安會，」提賓繼續說，「在耶穌受難的日子前後，抹大拉的馬利亞已經懷有身孕。念在基督的遺腹子的安危，她不得已逃離聖地，在耶穌信任的舅舅亞利馬太的約瑟協助下，馬利亞潛逃古名爲高盧的法國，在那裡，她平安躲進猶太人社區。也就在法國，她產下一女，名叫莎拉。」

蘇菲看他。「他們連小孩的名字都查到了？」

「不只名字而已。馬利亞和莎拉的生活點點滴滴全被記錄下來。法國的猶太人把馬利亞視爲神聖的皇族。那時代有無數學者記載馬利亞在法國的事蹟，其中包含莎拉的誕生和往後的族譜。」

蘇菲感到詫異。「耶穌基督的族譜也存在？」

「的確有。而且，據說族譜是聖杯文獻裡最關鍵的資料之一，裡面完整記載了基督最初幾代的子孫。」

「可是，空有族譜，又有什麼用？」蘇菲問。「又不能證明什麼。歷史學者又無從確認族譜的眞實性。」

提賓嘿嘿笑起來。「同樣的質疑也適用於《聖經》。」

「意思是？」

「意思是，有史以來，寫史書的人總是勝利的一方。兩個文化起衝突時，敗退的一方被吃光抹淨，由勝利者執筆寫史書，弘揚己方的理念。聖杯文獻講的只是另一方的基督故事。到頭來，今人相信哪一方的說法，全靠信仰和個人吸收的知識而定，但起碼這訊息是流傳下來了。聖杯文獻包含了幾萬頁資料。根據目擊者所言，被帶著走的寶物多達四大箱，裡面據說是至純文獻，有幾千頁是未經竄改的君士坦丁時代之前的文獻，作者是早期追隨耶穌的人，筆下的耶穌受推崇爲有血有肉的老師和先知。謠傳中，寶箱裡也有傳奇的『Q』文獻，連梵蒂岡也承認其存在。據說，Q文獻是手稿，內容是耶穌的教誨，可能是祂親筆寫下的書。」

「基督的親筆作品？」

「當然，」提賓說。「耶穌布道之餘，怎麼不能記錄自己布道的內容？那時代多數布道者都有自我記錄的習慣。據信，寶箱裡另有一件具爆炸力的手稿，名叫《馬利亞日記》，以第一人稱記載著馬利亞和基督的關係、基督受難記，以及她走避法國的日子。」

蘇菲沉默半晌。「聖殿騎士在所羅門殿地下挖到的寶藏，就是那四大箱子的文書？」

「答對了。掌握那批文獻後，聖殿騎士團才威震天下。史上有無數人追尋聖杯，目標的就是那批文獻。」

「可是你剛不是說，聖杯是抹大拉的馬利亞。如果很多人在找文獻，爲什麼被你說成是在尋找聖杯？」

提賓看著她，神態軟化。「因爲藏聖杯的地點也有……一座石棺。」提賓的語調變低。「追尋聖杯的意義簡直是找到石棺，跪拜抹大拉馬利亞的遺骨，在被迫離家背井的她的跟前祈禱，向失散的神聖女性禱告。」

一陣不期然的驚奇在蘇菲心中泛起。「藏聖杯的地方其實……有一座墳墓？」

提賓淚眼朦朧起來。「對。墳墓裡有馬利亞的遺體和記錄她一生眞實事蹟的文字。追尋聖杯的本質向來是追尋馬利亞。她是被污衊的皇后，連同繼承正統皇權的證據長眠地下。」

「照你這麼說，長年以來，」蘇菲若有所思說，「錫安會一直保護著聖杯文獻和馬利亞的墳墓？」

「對，但是，錫安會也另有一項更重要的使命——保護血脈。」

這句話在廣大的空間中迴盪，蘇菲感覺到一股異樣的震動，彷彿骨頭感應到某種新的事實。

耶穌的後代繁衍到現代了。爺爺的語音再度在她耳際沉吟。公主，我一定要對妳解釋妳家人的眞相。一陣寒意爬過她全身肌膚。

皇室血統。

她無法想像。

蘇菲公主。

「李伊爵士？」僕人的聲音從牆上的對講機沙沙響起，嚇了蘇菲一跳。「麻煩您來廚房一下子，可以嗎？」

在最不湊巧的時機被打擾，提賓臭著臉，走向對講機，按通話鍵。「黑密，我正忙著招待客人，你應該知道。謝謝你，晚安。」

「爵士，在我退下休息之前，我有事向您報告。」

提賓面露不敢置信的表情。「不能等到早上嗎？」

「不行，爵士。我報告的事用不著一分鐘。」

提賓翻一翻白眼，望向蘭登和蘇菲。「有時候我懷疑誰是主、誰是僕。」他再按通話鍵。

「我馬上過去，黑密。」

50

蘇菲公主。提賓的拐杖聲在走廊叩叩遠去，蘇菲聽著，內心覺得空虛。麻木的她轉向蘭登。整個書房只剩他們兩人。他似乎看穿了蘇菲的心思，不等她開口就說，「不對，蘇菲，」他低聲說，以目光安慰她。「妳先前告訴我，妳祖父是錫安會的成員，然後又說，他想說明妳家人的祕密，我當時第一個想法也和妳現在一樣。不過，這不可能。」蘭登停頓一下。「索尼耶赫不是墨洛溫王室[1]的姓。」

是該慶幸或失望，蘇菲不知道作何感想。「蕭弗爾呢？」蕭弗爾是她母親婚前的本姓。

他再一次搖搖頭。「對不起。如果是的話，應該能解開妳心中的幾個疑問，可惜不是。墨洛溫的直系後代只有兩家族留存到現在，姓分別是普朗塔和聖克萊赫。這兩家族都過著隱蔽的生活，極可能受錫安會的保護。」

蘇菲在心中默唸這兩姓，隨即搖頭。在她的親戚裡，沒有人姓普朗塔或聖克萊赫。她默默把頭轉回〈最後的晚餐〉，凝視馬利亞綿長的紅髮和文靜的眼眸，見畫中女子的神情呼應著慟失親人的黯然神傷。蘇菲也有同感。

提賓的拐杖聲從走廊遠方傳來，越走越近，腳步是出奇地敏捷。

「你最好趕快解釋一下，羅柏，」他說，神態嚴厲。「想必你沒有對我實話實說。你鬧上電視了，搞什麼鬼？你知道你被警方通緝了嗎？殺人罪啊！」

「知道。」

「你枉費了我的信任。」

「我被誣賴了，李伊，」蘭登說。「我沒有殺人。」

「賈克．索尼耶赫死了，警方說凶手是你。」提賓面露感傷。「他對藝術貢獻卓著……」

「爵士？」僕人出現在書房門口，站在提賓背後，雙臂交叉胸前。「需要我送客嗎？」

「讓我來。」提賓跛腳走向書房另一邊，爲偌大的雙扉玻璃門開鎖，向外打開，外面是側院草坪。「請兩位去找自己的車，離開這裡。」

蘇菲不動。「我們掌握到了穹頂石的訊息。**錫安會的拱心石。**」

提賓傻眼，看她幾秒，然後才以不屑的口吻嘲諷，「狗急跳牆之計。羅柏知道我尋找拱心石找得多苦。」

「她說的是事實，」蘭登說。「所以我們才半夜來找你。想找你討論拱心石的事。」

僕人這時跳進來干預。「再不走，別怪我報警。」

譯註

1 Merovingian，法國王朝，西元486-751年。

「李伊，」蘭登沉聲說，「我們知道拱心石藏在哪裡。」

提賓的重心似乎稍微失衡。

這時候，黑密以僵硬的步伐走來。「現在就離開！否則，別怪我強行——」

「黑密！」提賓轉身對僕人發飆。「你暫時退下。」

僕人愣得合不攏嘴。「爵士？恕我抗命。這兩人是——」

「交給我處理。」提賓指向走廊。

黑密錯愕無言片刻，然後像被趕走的狗似地離開。

玻璃門開著，清涼的夜風襲來，提賓轉身再面對蘇菲和蘭登，表情仍帶警覺。「最好別唬弄我。你們掌握到拱心石的什麼線索？」

提賓的書房外樹叢濃密，西拉握著手槍躲在枝葉間，窺視玻璃門裡的動靜。*拱心石就在屋子裡。他感覺得到。*

他找暗處躲，寸步移向玻璃門，急著聽屋內的對話。他願意等五分鐘。如果他們再不說出拱心石藏在哪裡，他只好進屋裡，強逼他們招供。

在書房裡，蘭登能意識到主人提賓的疑惑。

「盟主？」提賓哽一下，看著蘇菲。「賈克·索尼耶赫？」

蘇菲點頭，看得出他眼神裡的震驚。

「你們才不可能知道吧！」

「賈克·索尼耶赫是我爺爺。」

拄拐杖的提賓往後蹣跚一步，猛然望向蘭登，只見蘭登點一點頭。提賓把視線轉回蘇菲。

「納佛小姐，我無話可說了。如果此言不假，那麼我是眞的爲妳慟失祖父感到沉痛。」他無言片刻，隨即搖頭。「但這還是說不通。縱使妳祖父是錫安會盟主，親手製作拱心石，他絕不會指點妳去找。拱心石能揭露錫安會藏寶路線圖。無論妳是不是孫女，妳不夠資格承接這方面的知識。」

「索尼耶赫先生臨死前才傳遞這訊息，」蘭登說，「他傳遞的管道有限。」

「他才不需要管道，」提賓反駁。「錫安會裡另有三位長老，也知道機密。他們的安排妙就妙在這裡。盟主一死，三人之一繼任盟主，另外拔擢一位新長老，並告知拱心石機密。」

「我猜你沒看完整則新聞吧，」蘇菲說。「除了我爺爺之外，今天巴黎另有三位名人被殺害。死法全是同一種。」

提賓聽得合不攏嘴。「你認爲他們是……」

「大長老。」蘭登說。

「但是，怎麼會呢？錫安會的大老有四個，身分不可能被單獨一個凶手全查出來吧！以我來說——我鑽研錫安會數十年不休，連一個錫安會的會員姓名都無法確認，盟主和三位大長老的身分怎可能在一天之內曝光，四人在同一天遇害？」

「我猜情報不是一天就能蒐集齊全，」蘇菲說。「據我研判，這案子經過詳盡的策劃，可能有人耐心觀察錫安會，伺機而動，指望四大老能吐露拱心石的藏地。」

提賓一臉不信服。「但是，錫安會成員絕不會吐露祕密。他們全宣誓過。即使在鬼門關之前亦然。」

「的確是，」蘭登說。「意思是，假設他們絕不透露機密，假設他們全被殺死……」

提賓倒抽一口氣。「那麼，藏拱心石的地點將永遠失傳！」

「拱心石一旦找不到，」蘭登說，「聖杯的方位也查不出來。」

蘭登的話似乎壓得提賓頭重腳輕，提賓彷彿累得站不住，找椅子一屁股坐下，凝望窗外。

蘇菲走向他，以輕柔的口吻說，「不無可能的是，我爺爺在走投無路的情況下，也許想把機密傳給錫安會外的人士，傳給他信得過的人，傳給家族裡的人。」

提賓臉色蒼白。「有能力做得出這種攻擊手段的人……有能力摸清錫安會底細的人……」他停頓一下，輻射出剛才沒有的恐懼心。「有這份本事的勢力唯獨一個，只有錫安會最古老的死對頭才做得出這種事。」

蘭登的視線轉向他。「教會？」

「不然還有誰？找聖杯，羅馬當局已經找了好幾世紀。」

蘇菲不信。「你認爲，殺害我爺爺的凶手是教會？」

提賓回答，「教會爲了自保而殺人，這在歷史上絕非第一樁。伴隨聖杯的文獻深具爆炸力，教會多年來一直想摧毀。」

「李伊，」蘭登說，「這說不通吧。天主教會的神職人員既然認定文獻是假的，何必謀殺錫安會成員，把文獻找出來銷毀？」

提賓嘿嘿笑。「羅馬的教會人士確實信仰堅貞不渝，再大的風雨也不足以動搖他們的信念，即使碰到一批能抵觸信念的文獻也能面不改色。反觀世界上其他人呢？這些平常人見世上哀鴻遍野，忍不住問，上帝在哪裡？一般人見教會爆發醜聞，難免質疑，自稱宣揚基督眞理卻又試圖粉飾太平的這些男人究竟是誰？是誰想隱瞞自家教士的惡行？」提賓語氣暫停。「羅柏，萬一實際的證據見天日，能證明教會版的基督事蹟不實，能證明古今最盛大的故事其實是最大的騙局，那麼，這些平常人將何去何從？」

蘭登無法回應。

「如果這批文獻見天日，會發生什麼現象，我可以告訴你，」提賓說。「梵蒂岡將面臨兩千年以來前所未見的信仰危機。」

沉默半晌後，蘇菲說，「可是，如果凶殺案的指使者是教會，爲什麼現在動手？錫安會把聖杯文獻藏得好好的，對教會絕對不構成立即威脅。」

提賓唉聲歎一口氣。「納佛小姐，」他說，「長年以來，教會和錫安會之間有一份默契：教會不攻擊錫安會，錫安會繼續藏著聖杯文獻。然而，在錫安會史上，會員總不排除揭露機密的計畫。他們想等到特定日期才站上高崗，對天下高喊耶穌基督的眞實故事。」

蘇菲瞪著提賓。「你認爲，那日期快到了？這事被教會知道了？」

「有可能，」提賓說，「基於這理由，教會才無所不用其極尋找文獻，以免無力回天。即使教會沒有掌握確切日期，也會被迷信搞得心慌。」

「迷信？」蘇菲問。

「以預言來說，」提賓解釋，「我們正處於歷史上重大的轉折期。千禧年剛過，長達兩千年的雙魚時代也隨之結束。魚的圖形也代表耶穌。但是現在，我們進入了寶瓶時代。」

蘭登不禁打哆嗦。「教會稱這段轉折期爲『末世』。」

「許多聖杯史學者相信，」提賓繼續說，「**假如錫安會確實計畫公布眞相，歷史上的這一個**轉折點應該很合適。誠然，羅馬曆法和星象學的日期對不準，所以確切的日子各界莫衷一是。究竟是教會已經取得內線情報，得知公布日期即將來臨，或者是教會只是在窮緊張，我不清楚。但是，相信我」——他皺眉——「如果教會找出聖杯，教會一定會銷毀聖杯，也就是機密文獻和馬利亞的聖骨。」提賓的眼神轉爲凝重。「如此一來，所有證據將逸散，教會將贏得幾世紀以來的戰爭，得以重寫歷史，過去將被永遠抹滅。」

「照你這麼說，他們晚了一步，」蘇菲說。「我們已經移動了拱心石。」

「什麼！你們查到藏拱心石的地點，帶走拱心石了？」

「別擔心，」蘭登說。「拱心石藏得很隱密。」

「希望是**極度**隱密才好！」

「其實啊，」蘭登說，無法掩飾笑容，「就看你們家多久打掃一次沙發下面。」

威雷特堡外的風勢轉強，西拉潛伏在窗戶附近，袍子隨風飄舞。儘管他聽不太清楚對話，拱心石一詞數度從玻璃窗內飄出來。

拱心石就在裡面。

51

分隊長科列獨自佇立在李伊‧提賓家的車道尾端，向上凝視豪宅。孤立無援。黑漆漆。地面有良好的掩蔽物。他看著八名弟兄分散躲藏在圍牆邊。不出幾秒，警方就能一舉衝上前去，包圍整棟房子，只等他一聲令下。蘭登選這地方避風頭簡直太理想了，很適合科列的人馬突襲。

他正要親自電告法舍隊長，手機卻在這時響起。

科列本以爲隊長會稱讚他，聽到隊長口氣大感意外。「有蘭登的線索，爲什麼沒人向我報告？」

「隊長剛才電話中，而且──」

「科列分隊長，你到底在哪裡？」

科列報告地址。「這片房地產的主人是一個姓提賓的英國人。蘭登開車開了很長一段路，把車停進保全大門裡面，查無強行進入跡象，所以蘭登極可能認識屋主。」

「我馬上趕過去，」法舍說。「別輕舉妄動。由我親自指揮。」

科列合不攏嘴。「可是，隊長，你離這裡開車要二十分鐘！我們應該馬上行動。我已經盯住他了。我總共帶來八位弟兄──各個都帶槍。」

「等我。」

「隊長，如果蘭登在屋裡押著人質，那怎麼辦？如果他看見警方，決定徒步逃走，怎麼辦？非趕快行動不可啊！」

「科列分隊長，我命令你不准行動，等我到再說。」

法舍結束通話。科列分隊長大感震驚，切掉手機。法舍幹嘛叫我等他？

「分隊長？」一名探員跑過來。「我們找到一輛車。」

科列跟隨那名探員，來到車道以外大約五十碼處。那名探員指向馬路對面的寬路肩，樹叢裡停著一輛黑色奧迪，幾乎看不見，車牌顯示是出租車。科列摸了摸引擎蓋。還有溫度。甚至稱得上燙手。

「蘭登一定是開這輛車來的，」他說。「打給租車公司，查查看是不是贓車。」

「是的，分隊長。」

另一位探員對科列招招手，要他來圍牆邊。「分隊長，你看看這個。」他遞給他夜視望遠鏡。「車道最上面附近的那一片樹林。」

科列把望遠鏡對準山坡上面，調整轉鈕，綠綠的形體緩緩聚焦——他看得講不出話。被枝葉遮掩的是一輛運鈔車，是科列今晚從銀行放行的同一輛。

「看起來很明顯的是，」那名探員說，「從銀行載走蘭登和納佛的就是這輛。」

科列回想他攔下的運鈔車。司機戴著勞力士錶……

我沒檢查車子後面載什麼。

他不敢置信，明白銀行裡居然有內應，救走了蘭登和納佛。可是，究竟是誰？爲什麼救他們？如果逃犯搭運鈔車來這裡，開奧迪車的人又是誰？

威雷特堡以南數百哩外，一架小包機正在地中海上空往北急行，雖然航程平穩，艾林葛若薩主教仍抓著嘔吐袋不放，深怕自己隨時可能暈機。他剛和巴黎的法舍隊長通話，得知出乎意料的消息。

小機艙裡只有他一人，他扭轉著套在手指上的金戒指，盡量紓解排山倒海而來的恐懼感和絕望。

巴黎的一切狀況錯得離譜。

他閉眼祈禱法舍能化解危機。

52

提賓坐在沙發上，木盒壓著大腿。他欣賞著盒蓋上的精美鑲飾玫瑰。今夜成了我畢生最詭異、最神奇的一夜。

「掀開盒蓋。」蘇菲站在他背後低語，身旁是蘭登。

提賓微笑。別催我。尋找拱心石十餘年了，他想細細玩味此情此景。他以手心撫摸盒蓋，品味鑲飾玫瑰的質感。

「就是這朵玫瑰。」他低聲說。玫瑰等於馬利亞等於聖杯。玫瑰是指引方位的羅盤。提賓覺得自己好蠢。多年來，他踏遍法國，走訪大小教堂無數，砸錢疏通關卡，檢視玫瑰窗下數百座拱門，尋找加密的拱心石。穹頂石——玫瑰圖案底下的一把石鑰匙。

他徐徐揭開扣環，掀起盒蓋，視線終於凝聚在內含物之際，刹那間知道，這東西只可能是拱心石，別無可能。眼前的石造圓筒以一環環的轉盤圍繞筒身，令他越看越覺得出奇眼熟。

「設計的概念來自達文西的日記，」蘇菲說。「做這些東西是爺爺生前的嗜好。」

當然，提賓明瞭。他見過素描和藍圖。聖杯位置的關鍵藏在這裡面。他拿起沉甸甸的藏密筒，輕輕握著。儘管他不知如何開筒，他仍意識到自己的命運正躺在裡面。一生尋尋覓覓，每回空手而歸，他總自問，到底有無獲得報償的一天。如今，他的疑慮飄散了，不再復返。他依稀聽得見那句古老的名言……聖杯傳奇的根基：

人尋不著聖杯，聖杯自找上門。

今夜，不可思議的是，尋找聖杯的關鍵居然從他家大門走進來了。

蘇菲和提賓坐著談藏密筒，提到轉盤和醋，猜測密碼，蘭登則捧著玫瑰木盒到書房另一邊，放在燈光充足的桌上，想看得更清楚一些。提賓剛才的一句話縈繞在蘭登思緒中。

聖杯的關鍵藏在玫瑰圖案底下。

他把木盒舉向燈光，再看鑲飾玫瑰。

玫瑰底下。

意即保密。

祕密。

背後的走廊傳來腳尖觸地的聲響，他轉頭看，只見影子——八成是提賓的僕人路過。他回頭看木盒，手指沿著平順的玫瑰邊緣滑動，心想能不能硬把玫瑰摳出來，可惜手工太縝密了。

他掀開盒蓋，檢視盒蓋內側。表面一片平滑。然而，正當他轉動盒子的位置時，燈光碰巧照到盒蓋內側的一個小孔，位置在正中央。蘭登閉上盒蓋，從上面檢視鑲飾玫瑰圖形。不見小孔。

小孔沒有穿透盒蓋。

他把盒子放在桌上，四下看書房，瞧見幾張紙以迴紋針固定成一疊。他走過去拿迴紋針，回來掀開盒蓋，再研究內側中央的小孔，然後謹慎把迴紋針扳直，一端戳進孔裡，輕輕一壓……有東西悄聲墜向桌面。木製的鑲飾小玫瑰如同拼圖的碎片，從盒蓋掉出來了。

蘭登愣然無語，凝視著盒蓋掉出玫瑰的空位，見到木頭上有四行刻字，手工雕刻得工整，他從未見過這種語言。

我看不懂這語言！他心想。然而……

背後突如其來的動作驚動他，不知從何處冒出來的一擊正中他頭部，打得他跪向地上。在他墜地的當兒，他覺得好像見到一個白晃晃的幽靈飄浮在他頭上。

隨即，周遭化爲一片漆黑。

53

儘管蘇菲．納佛在警界服務，在今夜之前，她卻不曾嚐過面對槍口的滋味。更不可思議的是，持槍者是一名白化症彪形大漢，白髮飄逸，穿著羊毛袍，以繩索束腰，貌似中世紀神職人員。

「你們清楚我的來意。」修士說，音調空洞，視線立即落在提賓大腿上的拱心石。

提賓以挑釁的語氣說，「即使被你拿走，你也打不開。」

「我的老師非常聰明，」修士回應，寸步向前移，槍口一下子對準提賓，一下子對準蘇菲。

「你的老師是誰？」提賓問。「或許我們能在財務上安排看看。」

「聖杯是無價之寶。」白子再向前走。「快交出拱心石。」

「你知道拱心石的事？」提賓語帶驚訝。

「別管我知道什麼。慢慢站起來，把拱心石交給我。」

「要我站，很吃力。」

「我正是這個意思。我希望沒人敢輕舉妄動。」

提賓右手伸進拐杖握柄，左手握拱心石，猛然直起上身，握著沉重的圓筒，倚著拐杖搖搖欲墜，在修士前來拿圓筒時，他對修士說，「你不會成功的。唯有夠資格的人，方能解開這石筒。」

誰夠資格，唯獨上帝能評判，西拉心想。

「這東西很重，」提賓拄著拐杖說，手臂搖晃起來。「你再不趕快拿走，難保我握不住它！」他搖晃得很厲害。

西拉趕緊上前一步，拿走拱心石，在這一瞬間，提賓失去重心，拐杖掉了，整個人開始倒向右邊。西拉在心裡喊，不行！縱身前去救拱心石，平舉的手槍也下降。正當提賓向右傾倒之際，他的左手向後甩，拱心石從他左手飛走，降落在沙發上。在同一剎那間，原本往下掉的金屬拐杖似乎加速了，拐杖腳在空氣劃出一大道弧線，對準西拉的腿。

拐杖不偏不倚，擊中西拉圍在大腿上的帶刺束帶，刺痛感竄遍西拉全身，痛得他不支跪倒地上。在來得及再舉槍開火之前，蘇菲飛踢，正中他的下巴。

在車道尾，科列聽見屋內傳出槍聲，血管中頓時瀰漫恐慌。他知道，如果再坐視一秒，他在警界的前途可能明天一早就結束。

他看著院子的鐵門，做出決定。

「拉開。」

羅柏·蘭登神智混沌不清，在腦海深處聽見槍響，也聽見痛苦的慘叫聲。是自己在喊痛嗎？後腦勺好像正被人用電鑽鑿孔。附近有幾個人在喊叫。

「你躲去哪裡了？」提賓嚷嚷著。

僕人匆匆進來。「我的天啊！他是什麼人？我這就去報警！」

「不用！別報警。你去做點有用的事吧。快去拿東西來束縛這頭怪獸。」

「順便帶冰塊過來！」蘇菲補充說。

蘭登再度昏厥。又聽見人聲。有一陣騷動。現在，他坐在沙發上，蘇菲握著一包冰按住他的頭。他的頭殼陣陣疼痛。視覺終於恢復清晰度時，他發現眼前的地板上多了一個人。我腦筋錯亂了嗎？地上躺著一個白化症巨無霸修士，手腳被綁起來，嘴巴也被銀色強力膠帶黏住。

他轉向蘇菲。「那人是誰？發生什麼事……？」

提賓跛腳過來。「騎士拿著艾克米骨科復健公司出品的亞瑟王神劍，即時解救你一命。」

什麼？蘭登努力想坐起來。

「是這樣的，」提賓說，「我剛示範給你這位淑女友人知道，我身體狀況有什麼樣的特點——我被大家低估了。」

蘭登看著地上的修士，盡量想像事發的經過。修士的下巴有裂傷，袍子的右大腿部位被鮮血濕透。

「他戴著苦修帶。」提賓解釋。

「什麼帶？」

提賓指向地上一條血淋淋的帶刺皮帶。「自我修行用的帶子。被他圍在大腿上。我剛才看準位置，一棒打下去。」

蘭登揉揉頭。他聽過修行用的皮帶。「可是……你怎麼知道？」

提賓笑了，「基督教是我鑽研的領域，羅柏。特定教派的教徒喜歡把心意寫在臉上。」他舉起拐杖，指向修士的滲血袍。「就像那樣。」

「主業會，」蘭登沉聲說，回憶起最近主業會躍上新聞版面，尤其想到媒體報導少數會員鑽牛角尖扭曲教義，做出一些讓會外人士認為太極端的舉動……現在躺在地上的修士一定是其中一分子。

「羅柏，」蘇菲說著走向木盒。「這是什麼東西？」她拾起從盒蓋掉落的一小片鑲飾玫瑰。

「盒蓋上有刻字，被它遮住了。我認為上面的刻字可能是打開拱心石的關鍵。」

在蘇菲和提賓來得及反應前，一陣警笛和藍色警燈從山下湧現，順著漫長的車道簇擁而來。

提賓皺眉。「朋友們，看來，有個決策等著我們定奪，我們最好儘速決定。」

54

科列和探員們衝進李伊．提賓爵士宅邸的正門，分散開來，搜索一樓所有房廳。整個一樓似乎空無一人。

至於地下室和後院，正當科列即將分派探員去搜索之際，他們聽見汽車引擎聲。

科列趕緊衝到屋外，跑向後門，中途拉著一位探員跟著去，穿越後院草坪，氣喘如牛來到一座老舊的灰色穀倉前。科列拔槍衝進去，打開電燈。

空有長長一列馬廄，卻不見一匹馬。顯然屋主偏好另一型的馬力，因爲馬廄被改裝成氣派的車庫，每一隔間裡停著名貴車款，有一輛黑色法拉利、一輛一塵不染的勞斯萊斯、一輛奧斯頓馬丁雙門古董跑車、一輛經典款保時捷三五六。

最後一間空著。地上有油漬。

分隊長科列跑過去。他們從這裡插翅難飛。車道和院子門已被兩輛巡邏車阻擋，賓主都無法離開。

「分隊長？」探員指向穀倉的盡頭。

穀倉的後門大開，外面一片幽暗，山坡地凹凸不平，泥濘遍地。分隊長科列只看得見遠處隱約有一座森林。不見車頭燈。這座林木茂盛的谷地可能交錯著幾十條地圖上找不到的小路和步道，但科列認定逃犯進不去那座森林。「叫幾位弟兄去那邊包抄。他們八成已經在附近動彈不得了。這些拉風的跑車在荒郊不管用。」

「呃，分隊長？」探員指向附近一面木栓板，每個木栓各掛著一組鑰匙，鑰匙上方的標籤寫著知名品牌。

戴姆勒……勞斯萊斯……奧斯頓馬丁……保時捷……

最後一個木栓空著。

科列看空木栓上面的標籤，這才知道麻煩大了。

Range Rover越野休旅車是手排四輪傳動車，配備高效能車燈，方向盤在右邊。蘭登慶幸開車的人不是他。

提賓的僕人黑密奉主人之命駕車，技術可圈可點，車子在城堡後面的原野馳騁。他不打車燈，只藉月光辨識前方，剛穿越一座空曠的圓丘，現在似乎朝向遠處一片輪廓參差不齊的林地。

蘭登抱著裝著拱心石的木盒，坐在副駕駛座，轉身看後座的提賓和蘇菲。

「很高興你今晚突然來看我，羅柏。」提賓淺笑著說，彷彿好幾年不曾玩得如此開心了。

「把你牽扯進來，很不好意思，李伊。」

「唉，少來了，我苦等一輩子，就等著被牽扯進去。」提賓從後面拍一拍黑密的肩膀。「記住，不准亮煞車燈，稍微深入樹林再說，以免不巧被人從屋裡看見。」

黑密放開油門，讓車子自行慢成龜速，然後把車頭轉進一道長樹籬的開口。車子走走停停，開進一條雜草叢生的小徑，頭上的枝葉幾乎在一瞬間遮蔽月光。他傾身按一個小按鍵，一道昏黃的車燈照亮前方，可見兩旁的林蔭灌木叢。霧燈，蘭登明白。霧燈只夠讓車子不至於走出路面，而現在車子已經進入林深處，打燈也不怕洩漏蹤跡。

「我們去哪裡？」蘇菲問。

「這條小徑能深入森林大約三公里，」提賓說，「穿越我們家這片地，然後繞向北邊。如果路上不遇到水塘或橫躺的大樹，最後應該能安然無恙開上大馬路。」

安然無恙。蘭登的腦袋瓜想抗議。他把視線轉向大腿上的木盒，拱心石正平平安安躺在盒裡，盒蓋上的鑲飾玫瑰已歸回原位。儘管蘭登的頭覺得昏昏沉沉，他仍急著拆除木玫瑰，更加仔細研究底下的刻字。他解開盒蓋的扣環，正要掀蓋，卻察覺提賓一手放在他肩膀上。

「沉住氣，羅柏，」提賓說。「路面顛簸，車上漆黑，假如不小心打破了什麼東西，後果不堪設想。我們暫且專注在安全脫身一事上，好嗎？不久之後，想研究的時間多的是。」

蘭登覺得提賓說的有道理。他點一下頭，把扣環扣上。

在後車廂，手腳被綁住的修士呻吟起來，忽然開始猛踹。

「帶他一起走是上策嗎？你確定？」蘭登問。

「正確無誤！」提賓高聲說。「別忘了──你涉嫌殺人被通緝中，羅柏。警方也一路跟蹤你到我家，顯然追你追得夠急。」

「都怪我不好，」蘇菲說。「運鈔車上八成有方位傳輸器。」

「那不是重點，」提賓說。「我不訝異警方找到你。我訝異的是，這個主業會傢伙居然找得到你。他有哪門子的絕活，竟能尾隨你到我家，我難以想像，除非警方內部有人和他串通──也許銀行內部也有。」

蘭登思忖著。爲了今晚的連續謀殺案，法舍隊長似乎心橫了，非找個代罪羔羊不可。銀行總裁維賀內半路停車，翻臉像翻書的情況記憶猶新，但話說回來，蘭登畢竟涉嫌殺害四人，維賀內翻臉似乎情有可原。

「這修士不是獨行俠，羅柏，」提賓說。「在幕後主使水落石出之前，你們兩位都有危險。好消息是，朋友，你現在處於上風，因爲後車廂的怪獸知道指使者的身分。」他指向儀表板上面的汽車電話。「羅柏，麻煩你拿那東西給我，好嗎？提賓接下電話撥號。「是理查嗎？吵醒你了嗎？當然吵醒你了。我問的是傻話。對不起。我有個小麻煩。我現在不太舒服，所以黑密想帶我回英國治療。呃，不好意思，即刻出發。忽然通知你，很抱歉。可以請你在大約二十分鐘後，把伊莉莎白準備好嗎？我知道，你盡力就是了。待會兒見。」他結束通話。

「伊莉莎白？」蘭登說。

「我的飛機。買她的代價和贖回女王的贖金差不多。」

蘭登全身轉向後座，看著他。

「怎麼了？」提賓問。「法國警方傾全力緝捕你們，兩位總不能待在法國吧？倫敦安全多了。」

蘇菲也轉向提賓。「你眞的以爲，我們最好出國？」

「兩位朋友，今人咸信，聖杯被藏在大不列顚。如果我們能打開拱心石，我確定裡面有張地圖，能指引我們走對方向。」

「你爲了幫我們忙，冒這個險未免太大了。」蘇菲說。

提賓揮揮手表示不耐煩。「我在法國住累了。我搬來法國是爲了找拱心石。這輩子假如無法再見威雷特堡一眼，我死也無憾。」

蘇菲以狐疑的口吻說，「我們怎麼通過機場安檢？」

提賓嘿嘿笑。「布荷傑附近有個小機場，我從那裡起飛。每隔兩星期，我飛去英國看醫生——在兩國機場都砸錢換取特權。」

「爵士？」黑密說。「您眞的考慮搬回英國長住嗎？」

「黑密，你不必擔心，」提賓說。「我重返女王的領土，並不代表從此日日逼迫味蕾臣服於香腸薯泥餐。我指望你去英國和我會合。我會在德文郡買一棟漂亮的別墅，馬上請人把你所有的東西運過去。人生境遇無常啊，黑密。有道是，人生境遇無常！」

被塞在越野休旅車後車廂，西拉呼吸困難。他的雙臂被強力膠帶和烹飪用的細麻繩綁在背後，和腳踝相連。每次路面遇到凹凸，被扭曲的肩膀就產生劇痛。幸好苦修帶被他們解開了。由於嘴被強力膠帶封住，他只能以鼻子呼吸，但後車廂裡灰塵厚，他吸了一鼻子，漸漸鼻塞。他開始咳嗽。

「我認爲他喘不過氣了，」黑密邊開車邊關心。

拿拐杖擊垮西拉的英國人提賓轉頭看座椅後面，冷眼對西拉皺眉頭。「算你走運，我們英國人評斷一個人的文明度時，準則不在於此人是否善待朋友，而是此人是否對敵人心存憐憫。」提賓伸手向後，捏住西拉嘴巴上的膠帶，陡然一撕。

西拉覺得嘴唇著火似的，但灌進肺葉的空氣猶如上帝賜給他的厚禮。

「你效勞的主子是誰？」提賓質問。

「我從事上帝的工作。」西拉頂嘴，不顧被女腿踹傷的下巴疼痛。

「你是主業會的人。」提賓說。這話不是問句。

「我是什麼人，你才不知道。」

「主業會爲什麼要拱心石？」

西拉無意回答。拱心石能直達聖杯，而聖杯是維護信仰的關鍵。

我從事上帝的工作。道路適逢危機。

在空氣不流通的黑暗中，西拉默默祈禱。

主啊，賜予我一個奇蹟吧。我需要奇蹟。

他無從預知的是，幾小時之後，奇蹟即將降落他身上。

「羅柏？」蘇菲仍看著他。「你剛露出一個奇怪的表情。」

蘭登瞄她一眼。他的腦海剛浮現一個意想不到的念頭。眞有那麼簡單嗎？「妳的手機借我一下，蘇菲。」

「現在？」

「我剛想通一件事。」

蘇菲面露警覺心。「法舍隊長現在大概不追手機訊號了，不過爲了安全起見，最好限制在一分鐘以內。」她交出手機。

「怎麼打去美國？」

55

住在紐約的出版社主編瓊納斯・佛克曼才剛上床就寢，卻聽見電話響起。這麼晚，有點冒失吧，他嘟噥著，撈起話筒。

接通了。「瓊納斯？」

「羅柏？你幹嘛半夜吵醒我？」

「瓊納斯，原諒我，」蘭登說。「幾句話就好。我眞的想知道，我給你的那份書稿，你是不是沒有徵求我同意，就複印寄給名人邀書評？」

主編遲疑一陣。蘭登的新書以女神崇拜的歷史爲骨幹，書稿裡有幾章節探討抹大拉的馬利亞，勢必引發議論，主編想在印製試讀版之前，先請幾位藝術界名家寫書評。主編從藝術圈挑選十大名家，寄出書稿的相關章節，附帶一封措辭客氣的信，請教專家是否願意惠賜短評，放在封面上加持。以編輯的經驗，姓名能躍登書報雜誌是個大好機會，多數人不願錯過。

「瓊納斯？」蘭登追問。「你把我的稿子寄出去了，對不對？」

主編皺眉。「我想徵幾句大好評，給你一個驚喜。」

歇口幾秒。「你有沒有寄給羅浮宮館長？」

「不然呢？索尼耶赫有幾本書出現在你的參考書目——他當然是人選。」

蘭登沉默許久。「你什麼時候寄的？」

「差不多一個月前吧。我也提到，你不久會去巴黎一趟，建議你們兩個見面聊個天。他有沒有主動約你？」主編停頓一下，揉揉眼睛。「咦？你這禮拜不是要去巴黎嗎？」

「我人就在巴黎。」

主編坐直上身。「你有沒有見到索尼耶赫？他認不認同你的稿子？」

蘭登已經掛掉電話。

在越野休旅車上，李伊．提賓哇哈哈爆笑。「羅柏，你是說，你寫的書稿深究地下社團，主編竟然把稿子寄給同一個地下社團？」

蘭登垂頭喪氣。「看樣子是。」

「好，那我問你一個最精髓的問題，」提賓說，仍嘿嘿笑個不停。「你對錫安會的意見是褒是貶？」

提賓的弦外之音明顯至極，蘭登一聽就懂。錫安會遲遲不公開聖杯文獻，令許多史學家質疑他們目的何在。有些人主張，文獻早該公諸於世了。「我只闡述錫安會歷史，描寫他們是現代女神崇拜會、聖杯捍衛團、古代文獻的保護者。」

蘇菲看著他。「你有沒有提到拱心石？」

蘭登的眉頭擠在一起。提到了。好幾次。「我寫，錫安會爲了保護聖杯文獻，用盡手段，傳說中的拱心石能證明他們的苦心。」

蘇菲露出驚奇的神色。「我猜這能解釋P.S.找羅柏．蘭登，」她緊接著說，「照你這麼講，你對法舍隊長撒謊。」

「什麼？」蘭登問。

「你告訴他說，你從沒和我爺爺通信過。」

「的確沒有！寄書稿給他的人是我的主編。」

「羅柏，你好好想一想。如果法舍隊長查不到主編寄書稿用的信封，也找不到他附的邀稿信，隊長會一口咬定是你寄的。」她停頓一下。「或者，更難看的是，你當面送稿子給他，還說謊抵賴。」

抵達布荷傑機場，黑密把車開進起降跑道末端的一座小停機棚。一名披頭散髮、卡其褲皺巴巴的男人急忙走出來揮手，打開巨大的鐵捲門，顯露一架流線型的白色噴射機。

蘭登看著晶亮的機身。「伊莉莎白就是它？」

提賓咧嘴笑。「總比搭歐洲之星火車好。」

卡其褲男子匆匆走來，對著車頭燈瞇眼。「快準備好了，爵士，」他以英國腔呼喚。「耽擱您了，容我致歉。您的命令來得太突然，而且——」他陡然停嘴，因爲他見到來人不只兩個。

提賓說，「我和這幾位友人在倫敦有急事，刻不容緩，請立刻準備起飛。」

「爵士，恕我不敬，我的起降許可證只准我載您和僕人，不能加載其他乘客。」

「理查，」提賓熱情微笑說，「兩千英鎊准你加載我的客人。」他指向越野休旅車。「附帶後車廂裡的那條可憐蟲。」

不到五分鐘，霍克七三一雙引擎飛機扶搖直上，航速之快令胃腸翻攪。窗外，機場以驚人的速度遠離。

我正在畏罪潛逃出境，蘇菲心想。她的身體被硬拉向皮椅。在此刻之前她深信，她和法舍隊長玩捉迷藏一場，可從人情常理來角度來辯解：*我是想保護一個無辜的百姓。我是想成全爺爺臨死的心願*。現在，她在缺乏證件的情況下出國，有通緝犯隨行，也運送一個被束縛的人質。就算她的良心裡存在過一道理性線，剛才也被她騰空跨越了。*以逼近音速的速度跨越*。

她和蘭登、提賓坐在接近客艙最前面的地方，後面另有一區座位在廁所附近，僕人黑密站著看守白化症修士。手腳被纏住的修士猶如一件行李。

「在我們把焦點轉向拱心石之前，」提賓說，「請兩位容許我先講幾句話。」

他語帶憂慮。「朋友們，我終生追尋聖杯，在此覺得有義務警告兩位，你們即將踏上一條不歸路，而且途中危機四伏。」他轉向蘇菲。「納佛小姐，妳祖父送這藏密筒給妳，是希望妳能讓聖杯的祕密延續下去。」

「對。」

「可想而知，妳自覺有義務循線追尋到天涯海角。」

蘇菲點頭，只不過她內心另有一份能熊燃燒的動機：我家人的眞相。儘管蘭登告訴過她，拱心石無關她的家世，她仍意識到，這團迷霧裡交纏著某種和個人密不可分的因素。

「妳祖父在今晚和其他三人同時喪生，」提賓繼續說，「他們不惜捐軀，以免教會奪取這拱心石。主業會只差一步就搶到手了。我希望妳瞭解，此事賦予妳莫大的責任。火把如今傳到妳手中，燃燒兩千年的火焰不能輕言任其熄滅，更不能誤入賊手。」他停頓一下，向木盒撇一眼。「我明白，妳這一棒接得身不由已，納佛小姐，但妳若不願意全心擁抱這份責任……就應該把責任遞交給他人。」

「爺爺把藏密筒交給我，我相信他認爲我有處理的能力。」

提賓的表情是多了一分鼓舞卻仍不信。「那就好。堅強的意志力是必要的。但是，成功打開拱心石之後，另有一項更加嚴峻的考驗，妳瞭解嗎？」

「怎麼說？」

「妳想像一下，藏聖杯的地圖突然出現在妳手裡，妳將握有一個能改寫歷史的眞相，是幾世紀以來無數人求之不得的眞相。妳願意把眞相公諸於世嗎？公開眞相者會受眾人尊崇，也會遭眾人唾棄。妳具備必要的毅力來執行這項任務嗎？」

蘇菲拖半拍才回答。「決定權好像不在我手上吧。」

提賓拱起眉毛。「不是嗎？決定者若不是掌握拱心石的人，不然是誰？」

「從古代一直確保機密到今天的錫安會。」

「錫安會？」提賓半信半疑。「他們怎麼決定？錫安會今晚被摧毀了。有人揭穿四大高層的身分，殺死他們。從這一刻起，假如有錫安會成員挺身而出，我也信不過他們。」

「你想建議什麼？」蘭登問。

「羅柏，錫安會守護眞相千年，目的不是讓眞相蒙塵至萬世。他們其實一直等待歷史上適切的時機公開機密。」

「而你相信，他們的時機到了？」蘭登問。

「肯定是。何況，如果錫安會不想公布祕密，教會爲何挑現在打擊他們？」

蘇菲反駁說，「白子修士還沒對我們吐露他的意圖。」

「白子修士的意圖就是教會的意圖，」提賓回應。「兩者同樣是銷毀文獻，避免文獻揭穿古今大騙局。教會從來沒有如此接近目標了，而錫安會信任妳，納佛小姐。我相信，拯救聖杯的任務明顯包括成全錫安會的遺願，對全世界公布眞相，因此，妳務必開始思考，成功開啓拱心石之後，妳將何去何從。」

「兩位紳士，」蘇菲語氣堅定說，「套用你們的說法，『人尋不著聖杯，聖杯自找上門。』我可以相信，聖杯基於某種原因找到我，等時機一到，我將知道該怎麼做。」

兩人都露出詫異的神色。

「討論到這裡就可以了，」她指向木盒說，「不用再說了。」

56

霍克小飛機升至高空，打平機身後，機鼻對準英國，這時蘭登謹慎捧起大腿上的玫瑰木盒。起飛期間，盒子一直在他的大腿上受他保護。

他解開盒蓋上的扣環，掀開蓋子，注意力不轉向藏密筒轉盤上的字母，而是專注在盒蓋內側的小孔。他用筆尖戳孔，小心翼翼移除盒蓋表面的鑲飾玫瑰，顯露底下的刻字。他沉思著，玫瑰底下，希望再看刻字一眼能一掃疑惑。他對著木盒駝背，端詳著怪字：

「李伊，我怎麼看也看不出所以然。我本來猜，這是希伯來圈子或阿拉伯圈子的古文，不過現在，我不敢確定。」

提賓伸手過去，從蘭登手中撥開盒子，拉到自己面前。可惜不久後，他的肩膀也下垂。「我很訝異，」他說。「我從來沒見過這種語言。」

「可以給我看看嗎？」蘇菲問。提賓裝聾。「李伊？」她再要求。討論不讓她參一腳，她顯然不高興。「我可以看一下爺爺親手做的盒子嗎？」

「當然可以，」提賓說，把盒子推過去，只不過，他覺得蘇菲．納佛的能力和這難題相差十萬八千里。如果連英國皇家歷史學者和哈佛大學符號專家都被這語言難倒了——

「啊，」蘇菲細看木盒幾秒就說，「我早就該猜到才對。」

提賓和蘭登不約而同轉頭盯著她。

「猜到什麼？」提賓質問。

蘇菲聳聳肩。「猜到爺爺會用這種語言。」

「妳是說，妳看得懂這幾行字？」提賓驚呼。

「很簡單啊，」蘇菲開口，顯然沾沾自喜中。「我六歲時，爺爺就教過我。我很熟練。」她傾身向桌面，怒視提賓，意在告誡他。「老實說，爵士，你沒看懂，我倒有點驚訝。」

蘭登倏然知道了。蘇菲破解了密碼，他也是。難怪這些字越看越眼熟！

蘭登這才想起，才藝豐富的達文西也擅長寫鏡像文字，除了本人以外幾乎無人看得懂。

蘇菲暗笑，因爲她發現蘭登瞭解她的意思。「我看得懂頭幾個字，」她說。「寫的是英文。」

提賓仍氣急敗壞。「怎麼一回事？」

「鏡像文，」蘭登說。「找個鏡子來照著看。」

「用不著鏡子，」蘇菲說。「我敢說，盒子上的飾面板夠薄。」她把木盒舉向機艙牆上的燈，開始細看盒蓋內側。蘇菲的祖父其實不會寫反字，只好作弊，先以平常的方式把字寫好，然後把紙翻過來，照背面凸出的反字描。蘇菲猜，爺爺把正常字烙印在一塊木頭上，然後以砂紙磨木塊的背面，磨到木頭薄如紙，從背面就看得到反字。她把盒蓋湊近燈光一看，就知道她料中了。強光照透了薄薄的木板，字體顯示在背面。

瞬間明朗化。

「英文，」提賓啞嗓說，垂頭汗顏。「我的母語。」

蘇菲找到紙，把字抄寫下來，寫完後，三人輪流讀謎語，看看能否破解藏密筒的密碼。

蘭登緩緩讀這首詩：

智慧古字釋卷文（An ancient word of wisdom frees this scroll）
助她團圓全家人（And helps us keep her scatter'd family whole）
聖騎讚美碑釋疑（A headstone praised by templars is the key）
阿特巴希顯真理（And atbash will reveal the truth to thee）

甚至在他能推敲文字裡潛藏的古字密碼之前，他感受到內心迴響起一種更根深蒂固的直覺——這首詩的格律。五步抑揚格：輕重音節交互出現，一行有五組輕重音。[2]

「是五音步詩！」提賓脫口而出，轉向蘭登。「而且用的是英文，是**純潔語**！」

蘭登點頭。幾世紀以來，錫安會一直視英語爲全歐唯一的純種語言，因爲英語不像法文、西班牙文、義大利文，不屬於梵蒂岡使用的拉丁語系——英語和羅馬勢力不是同路人。

「這首詩，」提賓感情洋溢說，「指的不僅僅是聖杯，也提到聖殿騎士團和馬利亞的失散家

---

2 以第一行爲例，重音大寫 an ANcient WORD of WISdom FREES this SCROLL。

族！再明白不過了。」

「打開藏密筒的密碼，」蘇菲說，再次看詩。「照這詩的意思看來，他要我們猜一個古代的智慧語？」

「芝麻開門（abracadabra）？」提賓瞎猜，眼珠散發調皮的光輝。

五個字母的單字，蘭登思忖著。能一語直指「智慧」的古字多如繁星，出處可能是秘教經文、咒語、魔符、民俗教派的曼特羅……不一而足。

「照這首詩來看，」蘇菲說，「密碼好像和聖殿騎士團有關聯。」她朗讀著。「『聖殿騎士團讚美的墓碑是解開疑問的關鍵。』」

「李伊，」蘭登說，「你是聖殿騎士團專家。你有什麼看法？」

提賓不語，幾秒後以一聲嘆息打破沉默。「嗯……墓碑顯然是某種墳墓的標記。這首詩可能指的是馬利亞墳的墓碑，奈何我們不知她的墳墓在哪裡，從何解起？」

「最後一行寫著，」蘇菲說，「『阿特巴希』顯眞理。我聽過這名詞。阿特巴希。」

「這在意料之中，」蘭登回應。「文明史上已知的密碼文當中，比阿特巴希更古老的沒幾個。阿特巴希就是著名的希伯來文密碼法，妳一定知道。」

蘇菲的確知道。她幼年受過阿特巴希密碼文的訓練。

蘭登繼續說，「阿特巴希密碼文的歷史可追溯到西元前五〇〇年，依據希伯來文的字母來置換，方法簡單：第一個字母以最後一個字母取代，第二個字母以倒數第二個字母取代，以下類推。」

「阿特巴希是再貼切不過的密碼文了，」提賓說。「以阿特巴希加密的語句不算罕見，在猶太卡巴拉思想、〈死海古卷〉、甚而《舊約聖經》都有。直到現代，猶太學者和秘教人士依然能用阿特巴希揭開隱藏式文字。錫安會傳授的知識當中，絕對會包含阿特巴希密碼文。」他嘆氣。

蘭登繼續說，「對，墓碑上一定有個密語。我們最好趕快找出『聖殿騎士團讚美的墓碑』。」

三分鐘後，提賓無奈嘆息搖頭。「朋友們，我束手無策了。我去準備一些零嘴吧，順便看看黑密和客人的情況，同時動動腦筋想密碼。」他起身，朝機艙後半段走去。

蘇菲看著他的背影，倦意蒙上心頭。含義一定不只這些，她默默告訴自己。藏得隱密……但確實存在。她也憂心，藏密筒即使打得開，裡面恐怕不會是簡簡單單一張聖杯地圖。她玩過太多爺爺設計的藏寶遊戲，知道賈克・索尼耶赫絕不會兩三下釋出機密。

57

「妳怎麼不講話？」蘭登看著坐在機艙對面的蘇菲說。

「只是累了，」她回應。「也被這幾行詩整倒了。」

蘭登也有同樣的心情。霍克飛機的引擎嗡嗡響，機身輕輕晃動，深具催眠力，挨了修士重擊的頭也仍隱隱作痛。提賓仍在機艙後半部，因此蘭登決定趁獨處的空檔，和蘇菲溝通一件他一直放在心上的事。「妳祖父把我們倆湊在一起的另一個原因，我想通了。我認爲，他有一件事要我向妳解釋。」

「解釋聖杯和馬利亞的歷史還不夠？」

蘭登不知從何講起。「祖孫之間的嫌隙。妳十年來拒絕和他往來的原因。我猜他希望我能說明一件事……幫助妳解開心結。」他盯著她看。「妳親眼見到一場儀式，對不對？」

蘇菲瑟縮一下。「你怎麼知道？」

「蘇菲，妳說過，妳見過一件事，讓妳認定爺爺參與地下社團。妳也說，妳見到的東西讓妳很難過。」

蘇菲只瞪著他看。

「事情發生在春天，對不對？」蘭登問。「大概在春分前後？三月底，是吧？」

蘇菲望窗外。「大學放春假，我提前幾天回家。」

「方便說出來嗎？」

「不太想。」她忽然把頭轉回到蘭登，目光湧現情緒。「我不懂我見到的是什麼。」

「那場面是不是有男有女？」

蘇菲拖了幾秒才點頭。

「服裝是白色配黑色？」

她擦拭淚眼，再一次點頭，話匣子似乎打開一小道縫。「幾個女人穿白紗長袍和金鞋，拿著金球。幾個男人穿黑色短袍和黑鞋。」

「有沒有面具？」蘭登問，語調盡量和緩。蘇菲無意間見證到一場有兩千年歷史的神聖儀式！

「有。所有人都戴一模一樣的面具。女人戴的是白色，男人戴的是黑色。」

蘭登讀過這儀式的描述，瞭解其源頭。「這儀式叫做聖婚，」他輕聲說，「有兩千多年的歷史。埃及的男女祭師常主持這種儀式，用來慶祝女性的生殖力。」他歇口幾秒，頭身向她傾斜。「如果沒人事先教過妳，妳不懂儀式的含義，突然看見想必相當震驚。」

蘇菲不吭聲。

「Hieros Gamos是希臘文，」他繼續。「意思是**神聖婚姻**。古人相信，男人對神聖女性如果不具備肉慾上的知識，心靈就不算健全。男人唯有和女性在肉體上結合，才能變成身心健全的人，最終才可望取得靈知——聖賢知識。」

蘇菲不發一語，但蘭登盼望她能開始明白爺爺的心。

58

布荷傑機場的夜班航管員面對空白的雷達螢幕，打著瞌睡，這時候，刑事總局的隊長幾乎是破門而入。

「提賓的飛機，」法舍隊長咆哮衝進小塔臺。「飛去哪裡了？」

航管員當下的反應是敷衍幾句，以甕腳的藉口維護英國客戶的隱私權，畢竟提賓是該機場最禮遇的顧客之一。

「私人飛機未提報飛航行程，你竟敢准許它起飛，我打算押送你法辦。」法舍說。

「等一下！」航管員聽見自己在哀求。「我知道的不多，全照實說給你聽好了。李伊．提賓爵士經常去倫敦求醫，在肯特郡的比金丘貴賓機場有一座停機棚，在倫敦郊外。」

「比金丘是他今晚的終點站？」法舍逼問。

「他的飛機照往常的航程出發，最後雷達顯示飛機到了英國。」航管員據實說。

「機上有沒有其他人？」

「我發誓，隊長，我無從得知有沒有其他人。本機場的客戶都直接開車進停機棚，機上的乘客全由目的地機場的海關管制。」

「如果他們的終點是比金丘，多久以後能降落？」

「他們的航程很短，飛機降落大概是在……差不多六點三十分。十五分鐘後。」航管員回答。

法舍皺眉，轉向部屬。「我想趕去倫敦。打電話聯絡肯特郡的地方警察，不要通知英國情報局。最好不要聲張。肯特郡的**當地**警方。要他們准許提賓的飛機降落，然後我去停機坪包圍他。在我趕到之前，不准任何人下飛機。」

小包機正飛越摩納哥上空，地面的燈火璀璨，剛和法舍第二度通話的艾林葛若薩主教掛掉電話。主教伸手再拿嘔吐袋，卻覺得累到連嘔吐的力氣都沒有。

只求趕快結束就好！

法舍的最新消息似乎莫測高深。全局急轉直下，狀況徹底失控了。我害西拉蹚了什麼樣的渾水？我害自己蹚了什麼樣的渾水！

主教抖著腿，走向駕駛艙。「我想改目的地。我非立刻去倫敦不可。我可以多給你一點錢。」

倫敦只比原定目的地往北多飛一小時，幾乎不必變更方向，所以——」

「神父，這不是錢的問題。另外還有幾個考量因素。」

「一萬歐元。馬上去。」

機長轉頭，眼睛詫異得大睜。艾林葛若薩往回走，打開黑色公事包，從中取出一張無記名債券，走回駕駛艙，交給機長。

「這是什麼？」機長質疑。

「梵蒂岡銀行無記名債券，面額一萬歐元。視同現金。」

「現金以外的東西全不算現金。」機長說，退還債券給他。他斜眼瞅著主教的金鑽戒。「鑽石是真的嗎？」

主教看著戒指。反正這戒指代表的一切都快留不住了，不要也罷。他摘下戒指，輕放在儀表板上。

十五秒後，他能感受機身稍稍朝北傾斜幾度。

59

蘇菲敘述完目睹儀式的經驗，肢體仍在顫抖，蘭登看得出來。他親耳聽見也暗暗稱奇。蘇菲不僅目擊了全套儀式，祖父更貴爲錫安會的盟主。蘭登徜徉在古今大人物之間：達文西、波提且利、牛頓、雨果、法國文人考克多……賈克．索尼耶赫。

「他把我當成自己的女兒栽培，」蘇菲淚潸潸說。

目睹儀式後，蘇菲斷絕和爺爺之間的往來，如今，她以截然不同的視角，重新看待爺爺。

「兩位，吃點東西吧？」提賓以誇張的動作走來，手上多了幾罐可口可樂和一盒不太新鮮的餅乾。待客欠周到，他爲此頻頻道歉。「後面的修士仍然不肯開口，」他說，「給他一點時間再問問看吧。」他拿起一塊餅乾，邊吃邊看謎題。「這首詩嘛，妳祖父到底想告訴我們什麼事？墓碑到底在何方？聖殿騎士讚美的墓碑。」

蘇菲搖搖頭。

蘭登打開一瓶可樂，轉向窗戶，祕密儀式的影像與解不開的密碼形成漩渦，在思緒裡沖刷。往下看，他見到波光粼粼的汪洋。英吉利海峽。就快到英國了。

聖殿騎士讚美的墓碑。

飛機來到陸地上空。他轉向其他人，說，「講給你們聽，你們一定不信。聖殿騎士的『墓碑』——被我猜出來了。」

提賓的瞪大眼睛成小茶碟。「你解開墓碑的地點了？」

蘭登微笑。「不是地點，而是『墓碑』的意思。」

蘇菲傾身過去聽。

「我認爲，墓碑（headstone）應該拆成head（頭）和stone（石）兩個字來解釋，」蘭登說。身爲學者，每次研究突破瓶頸，他總有類似的亢奮感。「在這首詩裡不是墓碑。」他轉向提賓。「李伊，在教會開法庭審判異教徒的時代，從十二世紀到十四世紀之間，教會指控聖殿騎士團涉及了無奇不有的異端邪說，對不對？」

「對。教會捏造各式各樣的罪名。」

「其中一項罪名是崇拜不實偶像。教會指控，聖殿騎士舉行一種儀式，向民俗神祇祈禱，對象是一顆岩石雕刻成的頭——」

「巴弗米特！」提賓脫口而出。「天啊，羅柏，你說的對！聖殿騎士讚美的頭像！」

巴弗米特是民俗神祇，掌管生殖力，頭以公羊或山羊呈現，聖殿騎士以前常圍繞著石雕羊頭，吟唱禱告詞，祭祀巴弗米特。

提賓傻笑說，「教宗教大家相信，巴弗米特的頭其實是撒旦圖形。這首詩指的一定是巴弗米特。」

蘇菲說，「可是，如果正解是巴弗米特，那我們又碰到一個新難題。」她指著藏密筒上的字母轉盤。「巴弗米特總共有八個字母。這上面只容得下五個。」

提賓咧嘴笑著。「親愛的，阿特巴希密碼文登場囉。」

提賓憑記性寫出完整的希伯來文字母表，共二十二字。他捨棄希伯來文的寫法，改以相對應的羅馬字母取代。

A B G D H V Z Ch T Y K L M N S O P Tz Q R Sh Th

「Alef, Beit, Gimel, Dalet, Hei, Vav, Zayin, Chet, Tet, Yud, Kaf, Lamed, Mem, Nun, Samech, Ayin, Pei, Tzadik, Kuf, Reish, Shin and Tav.」提賓接著以希伯來文發音，逐字朗讀，讀完後故作姿態伸手擦額頭，然後再說，「但是，在正式的希伯來文拼音中，五個母音不必寫出來，因此，以希伯來字母寫巴弗米特（Baphomet）這字時，字裡的三母音會被省略，剩下——」

「五個字母，」蘇菲不假思索說。

提賓點頭，又開始動筆。「好，以希伯來字母，巴弗米特的正確拼法是這樣。我把省略的母音加進去，以免混淆。」

<u>B</u> a <u>P</u> <u>V</u> o <u>M</u> e <u>Th</u>

「當然不能忘的是，」提賓補充說，「希伯來文的寫法通常是從右到左，反過來用阿特巴希來排列也很簡單。下一步，我們只需顚倒字母表的順序，重新再寫一遍，以利比對置換。」

「我有個比較輕鬆的辦法，」蘇菲說，拿走提賓手裡的筆。「這方法適用在所有對應置換密碼文裡，包括阿特巴希在內。我在大學期間學到的一個小技巧。」由左到右，她照順序寫出希伯來字母的前半，剩下的一半由右到左，寫在下面。「解譯員把這方式稱爲折疊法，複雜度減半，視覺加倍清爽。」

A	B	G	D	H	V	Z	Ch	T	Y	K
Th	Sh	R	Q	Tz	P	O	S	N	M	L

提賓看著她的字母表，低聲笑，「所言甚是。」

一股刺激感自蘭登心底升起。「答案越來越近了。」他低語。

「一小步而已，羅柏，」提賓說。他朝蘇菲看一眼，微笑一下。「準備好了嗎？」

她點頭。

「好，巴弗米特省略母音，以希伯來字母呈現，變成B-P-V-M-Th。下一步，我們只需應用妳的阿特巴希置換表，把字母轉譯爲五字密碼。」他奸笑著。「阿特巴希密碼文顯示……」他陡然停下。「老天爺啊！」他的臉色唰白。

「怎麼了？」蘇菲問。

「這太……高明了，」提賓低聲說。「高明絕頂！」他再次動筆。「請擊鼓歡迎密碼登場。」

他出示剛寫在紙上的字。

Sh-V-P-Y-A

蘇菲皺眉。「這算什麼字？」

提賓的嗓音似乎因充滿敬畏而顫抖。「朋友，這字其實是智慧古字。」

蘭登再讀字母一次。智慧古字釋卷文。一轉瞬間，他明瞭了。「智慧的古字！」

提賓笑，「符合字面上的意義！」

蘇菲看著字，再看轉盤。「不對吧！」她反駁。「密碼不可能是這字。藏密筒的轉盤上沒有Sh這字母。轉盤用的是傳統羅馬字母。」

「照字的發音來解讀，」蘭登請她試試看。「而且要記得兩個要領。在希伯來文，Sh音的符號也可以讀成S，視重音而定。同樣的，P也可以發音成F。」

SVFYA？她疑惑著。

「天才啊！」提賓說。「而且，Vav這字母常代表母音O！」

蘇菲再次看這字，動嘴讀讀看。

「S……o……f……y……a。」

她聽見自己的發音，不敢相信嘴巴唸出來的字。「Sophia？這字拼成了**蘇菲亞**？」

蘭登興沖沖點著頭。「對！在希臘文，Sophia的意思正是**智慧**。蘇菲，妳的名字的字根就是『智慧語』。」

蘇菲忽然深深懷念爺爺。錫安會的拱心石以我的名字加密。她的咽喉打結。感覺太完美了。接著，她明瞭到，問題還沒有解決。「可是……Sophia的字母有**六個**。」

提賓仍未收起笑容。「再看一遍詩。妳祖父寫著，『智慧古字』。」

「那又怎樣？」

提賓眨一邊眼睛。「古希臘文中，**智慧**拼成S-O-F-I-A。」

60

以一個代表智慧的古字釋放此卷文。

蘇菲捧著藏密筒，情緒激動異常，開始扭動轉盤。S……O……F……

「要謹慎，」提賓說。「謹謹愼愼行事。」

……I……A。

蘇菲對準最後一個字母。「好了，」她低語，瞥向另兩人。「我準備把它拉開了。」

「別忘了裡面有醋，」蘭登沉聲說，語帶戒愼恐懼的欣喜。「小心一點。」

輕輕拉開，她告訴自己。

提賓和蘭登俯身向前，看著她左右手各握藏密筒一端，再次確認字母全對齊兩端的箭頭，然後緩緩拉一拉。沒動靜。蘇菲再多施一點力。忽然間，宛如匠心精巧的望遠鏡，拱心石伸長了。蘭登和提賓差點一躍而起。蘇菲心跳加速，取下頭端的蓋子，放桌上，微傾圓筒，向裡面看。

空心的圓筒裡有一捲紙。她看得出紙包著一個圓筒形物體，她猜是醋瓶。然而，奇怪的是，照常理，包裹醋瓶的紙通常是脆弱的莎草紙，這筒外面卻是犢皮紙。這就怪了，她嘀咕著。醋又不能溶解羊皮紙。她再往捲軸中間看，發現被紙包著的根本不是醋瓶子。

「怎麼了?」提賓問。「把捲軸拉出來啊。」

蘇菲皺眉，一併抽出犢皮紙和裹在紙捲裡的物體。

「那紙太重，」提賓說，「不是莎草紙。」

「我知道。這紙的作用是護墊。」蘇菲打開紙捲，露出皮紙包裹的物體。「用來保護這東西。」她把東西放在桌上。

蘭登訝異盯著看。*看來，索尼耶赫可不想把這事情弄得太簡單。*

擺在桌上的是另一個較小的藏密筒，材質是黑瑪瑙，原本藏在大理石圓筒裡。索尼耶赫鍾情於二元性。*兩個藏密筒。一切都雙雙配對。雙關語。男與女。白心有黑。白生黑。人人皆從女身而出。*

白——女。

黑——男。

蘭登伸手拿起小藏密筒。這一筒的形狀和大筒如出一轍，但尺寸縮小一半，而且是黑色。他聽見熟悉的咕嚕嚕聲。顯然，先前聽見的醋聲來自這小筒內部。

「看吧，羅柏，」提賓說，把犢皮紙推過去，「能令你欣慰的是，起碼我們飛對了方向。」

蘭登檢視厚厚的犢皮紙，上面又見另一首四行詩，筆跡華麗。他只需讀第一行便知，提賓飛英國的決定即將有所收穫。

倫敦教宗葬騎士。

其餘三行明顯暗示著，想獲得打開小藏密筒的密碼，可赴倫敦造訪這位騎士的墳墓。

蘭登興奮地轉向提賓。「這首詩裡騎士是誰，你知道嗎？」

提賓呲牙笑說，「不知道，但我明確知道該去哪一間墓室找。」

同一時刻，在前方十五哩外，六輛肯特郡警車在雨中奔馳，衝向比金丘貴賓機場。

61

「請繫好安全帶，」提賓專機的機長宣布。在陰雨綿綿的早晨，霍克七三一型飛機開始降低高度。「五分鐘後降落。」

提賓看著雨霧朦朧的肯特山區在地面綿延，喜悅洋溢心中。遠走法國的日子結束了。我即將凱歸英國。拱心石尋獲了。

「爵士？」機長忽然回頭呼喚。「塔臺剛發話過來。機場報告說，您的停機棚附近發生維修之類的狀況，塔臺要求我把飛機直接停到航廈。」

提賓直飛比金丘十幾年了，遇到這種情形是頭一遭。「他們有否說明是何種狀況？」

「管制員講得很含糊。好像是漏油吧？他們叫我把飛機停在航廈前面，在獲得進一步通知之前，爲安全起見，不准任何人下飛機。塔臺要我們先等機場警方放行，才可以下飛機。」

提賓轉向蘇菲和蘭登。「朋友們，不祥的預感告訴我，有大仗陣的人馬等著接機。」

蘭登黯然歎一口氣。「我猜，法舍隊長還是咬定我是凶手。」

「或者是，」蘇菲說，「他錯過頭了，不敢承認。」

提賓聽不進去。終極目標近在眼前。聖杯。目標不容被模糊……。他跛足走向駕駛艙，忖度著該花多少代價才勸得動機長執行一項高度不尋常的動作。

飛機對準跑道降落中。

在比金丘機場的塔臺，貴賓服務員賽門．愛德華茲來回踱步。星期六大清早被吵醒，他已經滿心不高興了，更令他滿腹苦水的是，他被叫進來監督警方逮捕油水最多的客戶之一——李伊．提賓爵士。據說，爵士的罪嫌很重大。在法國警方要求下，肯特郡警方下令比金丘機場，請航管員指示霍克飛機的機長把飛機直接停向航廈，不准照平常進專用停機棚。儘管英國警察通常不荷槍，今天的狀況卻驚動了航廈裡的武裝應變小組，正等候飛機引擎熄火的一刻。

霍克機現在已接近地面，右機翼正掠過樹梢。在跑道上，機鼻往上翹，輪胎觸底，激起一陣煙。但是……飛機竟不照指示轉向航廈，悠悠然直走，繼續趕往提賓的停機棚。

所有警察轉身，怒視愛德華茲。「你不是說，機長同意過來航廈？」

愛德華茲也一頭霧水。「他明明答應了啊！」

幾秒後，愛德華茲坐上警車，在停機坪上奔馳，飆向遠處的私人停機棚。警車開到五百多碼外的時候，提賓專機正平靜駛進私人停機棚。警車殺到停機棚敞開的大門外，緊急煞車，警察傾巢而出。

愛德華茲也跳下車。

停機棚裡的噪音轟隆隆。提賓專機的正常停機程序是在停機棚裡調頭，機鼻朝外，便利下次啓程。這次停機也不例外。專機終於把機身轉過來後，引擎聲仍吵雜，機長把飛機停妥才熄火。幾秒後，機艙門打開。

李伊．提賓出現在門口，等著飛機的電動梯平穩往下伸。他拄好拐杖，搔搔頭。「我出國這段期間，難不成贏了警察樂透？」他的語氣是困惑多於憂慮。

愛德華茲上前來，猛嚥哽在喉嚨裡的硬塊。「早安，爵士。對不起，造成您的困擾。本機場發生漏油事件，貴機長說過，他即將把飛機停在航廈那邊。」

「對，對，唉，我叫他還是停這裡比較好。我掛號看病，快趕不及了。我付錢使用這座停機棚，爲了漏油的小事就改停航廈，未免謹愼過度了吧。」

「爵士，」肯特郡總督察上前說，「請你在飛機上再等大約半小時。」

提賓面露不悅，跛腳下飛機。「恕我難照辦。我向醫師掛號了，無法失約。」

總督察攔住他。「事態嚴重，爵士。法國警方指稱，您的飛機上有逃犯。另外，法國警方也說，飛機上可能有一名人質。我恐怕不能放您走。」

「總督察，我恐怕沒空陪你玩遊戲。我遲到了，不走不行。如果事情重要到你非阻止我不可，你只好對我開槍。」語畢，提賓和黑密繞過總督察，從停機棚裡面走向停在外面的禮車。提賓不歇腳也不回頭，接著又說，「未持搜索令，休想進我的飛機。」

總督察知道，提賓說的對，警方確實需要申請搜索令才可登機，但這班私人飛機從法國出發，要求搜索的人是位高權重的法舍隊長。他握槍，大步踏上登機梯，往裡面望一眼，然後走進機艙。怎麼會？

機上除了一臉惶恐的機長坐在駕駛艙，別無其他人。

肯特郡警察局總督察用力嚥口水。「讓他們走，」他下令。「我們收到的情資有誤。」

提賓的目光凶狠。「等著接我律師的電話吧。」說完，僕人爲他打開加長禮車的後門，攙扶他坐進後座，然後僕人坐進駕駛座，把積架車高速駛離停機棚。

禮車的座位寬廣，前面燈光昏暗，車子加速離開之際，提賓轉而注視前座。「大家都舒服嗎？」

蘭登半點頭。他和蘇菲仍俯臥在前座地上，被束縛封嘴的修士躺在旁邊。

幾分鐘前，霍克機開進無人的停機棚，調頭調到一半，忽然停下，黑密趕緊推開機艙門，在警車迅速逼近之際，蘭登和蘇菲把修士拖下登機梯，藉著禮車的掩護來到地面。隨即，飛機的引擎再轟轟響起，機身完成調頭的動作，警車才殺進停機棚緊急煞車。

現在，禮車朝肯特郡奔馳，蘭登和蘇菲爬向禮車的後半部，把俘虜留在原地。他們坐進提賓對面的長椅。提賓露出使壞的笑容，打開禮車酒吧上的酒櫃。「兩位要不要來一杯？要不要零嘴？洋芋片？堅果仁？」

蘇菲和蘭登都搖頭。

提賓咧嘴笑了，關上酒櫃。「好吧，關於這座騎士之墓……」

62

「艦隊街？」蘭登看著禮車對面座位的提賓，疑惑地問。艦隊街有個墓室？

「納佛小姐，再讓哈佛小子試試那首詩吧？」提賓說。

蘇菲從口袋掏出黑色藏密筒，仍以犢皮紙包裹著。先前，三人同意把木盒和大藏密筒留在飛機上的保險櫃裡。蘇菲打開犢皮紙，交給蘭登。

儘管蘭登在飛機上反覆讀過這首詩，他仍摸不著邊際，想不出可能的地點。現在，他慢慢仔細研究，希望詩的格律能展現更清晰的意義。

倫敦教宗葬騎士（In London lies a knight a Pope interred.）
心血果實惹聖斥（His labour's fruit a Holy wrath incurred.）
且尋墳上獨缺球（You seek the orb that ought be on his tomb.）
種籽宮外玫瑰肉（It speaks of Rosy flesh and seeded womb.）

字意似乎夠淺顯。有一位騎士葬在倫敦。騎士刻苦做了一件惹惱教會的事。騎士的墳墓本來有個球，如今不翼而飛。這首詩最後指涉「種籽宮外玫瑰肉」，顯然是指抹大拉的馬利亞，她就是懷著耶穌子嗣的玫瑰。

然而，蘭登仍猜不出這騎士是誰，也不明白他葬在哪裡。

「沒概念嗎？」提賓嘖舌說。「好吧，且聽我逐句解析。這首詩其實很簡單。重點在第一行。麻煩你唸一下。」

蘭登唸著：「倫敦教宗葬騎士。」

「對。教宗在倫敦埋葬的一位騎士。」他看著，接著問，「你看出什麼意義？」

蘭登聳聳肩。「被教宗下葬的一個騎士？騎士葬禮由教宗主持？」

提賓大笑。「哇，羅柏，你的觀點老是樂觀，太絕了。再看第二行。騎士顯然做了一件事，激怒教會。」

「騎士被教宗賜死？」蘇菲問。

提賓微笑，拍拍她的膝蓋。「答得好，親愛的。被教宗埋葬——或殺害——的騎士。」

蘭登想到，一三〇七年，在不幸的十三日星期五，教會圍捕聖殿騎士，教宗克勉諭令殺害並埋葬數百名騎士。「不過，『教宗殺害的騎士』墳墓一定不計其數吧。」

「啊哈，其實不然！」提賓說。「很多騎士被綁在柱子上燒死，屍體被隨便扔進羅馬的臺伯河。不過，這首詩指涉到一座墳墓。位於倫敦的墳墓。另外，在倫敦下葬的騎士少之又少。羅柏，拜託你動腦筋啊！一一八五年，錫安會的軍團在倫敦興建一座教堂，該軍團正是聖殿騎士團！」

「聖殿教堂？」蘭登赫然倒抽一口氣。「裡面有墓室？」

「裡面有十座墳墓，是你一生見過最恐怖的景象。」

研究錫安會過程中，蘭登讀過許多篇章提及聖殿教堂。在大英帝國，聖殿教堂一度是騎士團和錫安會所有活動的據點，名稱中的「殿」指的是「所羅門聖殿」。滿天飛的傳言指出，騎士曾在此舉行怪異的祕密儀式。「聖殿教堂在艦隊街？」

「嚴格說來不是，應該是從艦隊街進去的聖殿內巷。」提賓面露戲弄人的神色。「教堂被大樓遮住了，所以知道的人很少。詭異的一間老教堂。建築風格是徹頭徹尾的異教。」

蘇菲顯得訝異。「異教？」

「正是！」提賓驚呼。「那間教堂的格局是圓形。聖殿騎士團違反基督教傳統的十字形構造，建造一棟正圓形的教堂，奉太陽爲尊。」他挑一挑眉毛，故作調皮狀。

蘇菲看著提賓。「這首詩剩下的部分怎麼詮釋？」

「疑點重重。等我們先仔細檢查全部十座墳墓再說。運氣好的話，其中一座會明顯少一顆球形物體。」

蘭登再看詩。五個字母排成的單字能指涉聖杯？他驟然想到，目標就快到了。如果不翼而飛的圓球能揭露密碼，就能打開小藏密筒。

「李伊爵士？」開車中的黑密回頭喊。駕駛和乘客之間的隔板開著，他藉後照鏡看著三人。

「您說艦隊街在黑修士橋附近？」

「是的，走維多利亞堤道就能到。」

「對不起。我不確定維多利亞堤道在哪裡。我們平常都直奔醫院。」

提賓翻白眼給蘭登和蘇菲看，不耐煩說，「請稍候片刻，飲料和美味零嘴儘管用。」他吃力來到隔板，和黑密交談。

快上午七點半了，蘭登的米老鼠錶顯示。他和蘇菲、提賓正從禮車走出來。三人在大樓間的巷弄左轉右轉，來到聖殿教堂外的小院子。

單純的圓，蘭登在心中稱讚。這是他頭一次見到聖殿教堂。

「今天星期六，時間還早，」提賓說，一拐一拐走向入口。「兩小時之後才開放給觀光客參觀。」他見門外有布告欄，閱讀上面的公布，然後拉拉門試試看。打不開。

在教堂裡，一名輔祭童開著吸塵器，清理聖餐禮跪座，快打掃完畢之際，聽見有人在敲門。教堂再過兩小時才開門，他懶得理，但敲門轉爲重擊聲，好像有人拿鐵棒撞門。輔祭童停止吸塵器，氣呼呼邁向門口，解開門閂，開門。門口站著三人。觀光客，他暗中嘀咕。「我們九點半才開放。」

「我是李伊·提賓爵士，」他以高貴的英國腔自我介紹。「諾耳斯神父無疑交代過你，我刻正陪同克里斯多福·瑞恩[3]四世伉儷。」說著，他向一旁站開，以尊貴的手勢揮向身後的一對俊男美女。輔祭童不知如何回應。

拐杖男皺眉。他彎腰向前，壓低嗓門，彷彿不願在場任何人尷尬。「年輕人，你顯然是新來的。每一年，瑞恩爵士的子孫會帶他的骨灰前來，在聖殿教堂裡撒一小撮。他以遺囑交代過。」

輔祭童從未聽過這事。「如果能請您等到九點半，那就……」

拐杖男的眼睛噴火。「瑞恩夫人，」他說，「麻煩您一件事，請您讓這個放肆的年輕人看看聖骨盒，好嗎？」

女子遲疑一下，接著彷彿回過神，伸手從毛衣口袋取出一個小圓筒，外面裹著一塊布保護。

「看見沒？」拐杖男呵斥。「可以了吧。你再不即刻成全瑞恩先生的心願，再不讓我們進去撒骨灰，別怪我告訴諾耳斯神父你虧待貴賓。」

反正又不會少一塊肉，輔祭童讓路放行。

圓形的聖殿教堂旁邊連結著一座增建的長方形建築，三人從這裡走向通往圓形教堂的一座拱門，蘭登赫然覺得這教堂設計的風格極簡而樸素，陳設零星，氣氛冷冽，傳統式的裝飾品付之闕

3 Christopher Wren，十七世紀倫敦發生大火後，瑞恩捐款重建數十座教堂。

如。「蒼涼。」他低聲說。

「這裡面看起來像堡壘。」蘇菲也壓低聲音說。

「聖殿騎士是戰士，」提賓提醒他們，鋁合金拐杖碰地聲在空蕩的教堂內叩叩迴響。「他們建的教堂是他們的要塞——也是銀行。」

「銀行？」蘇菲瞥向李伊。

「當然。現代銀行業是聖殿騎士團發明的。在歐洲古代，貴族帶著金子遠行很危險，聖殿騎士團准許他們把金子存進最近的一間聖殿教堂，日後在歐洲各地的聖殿教堂皆可提領。也酌收一點手續費，那是當然的。」他眨一眼。「他們是提款機的始祖。」輔祭童在遠處用吸塵器打掃著，提賓回頭看他一下，然後沉聲對蘇菲說，「告訴妳，在聖殿騎士輾轉藏聖杯的期間，據信聖杯曾在這教堂待過一夜。聖杯文獻多達四大箱，曾經和馬利亞的石棺擺在一起，妳能想像嗎？我一想就渾身起雞皮疙瘩。」

蘭登看著環形的灰白石室，見到雕刻的屋簷妖、惡魔、怪獸、痛苦的人臉，各個都朝向中間。這裡只有一座長石椅，環繞整間。

「就像環形劇場一樣。」他低語著。

提賓舉起一支拐杖，指向最左邊的，然後指向最右邊。

不等他指，蘭登已經看見了。

十座騎士石雕。

左邊有五座，右邊有五座。

倫敦教宗葬騎士。

絕對是這地方，準沒錯。

63

緊鄰聖殿教堂有一條垃圾遍地的小巷，黑密把積架禮車停進去，以一排營造業用的垃圾子母車爲掩護。他熄火，察看周遭動靜。不見人影。他下車，走向禮車後面，爬進修士倒臥的車上。

他鬆開領結，去禮車的酒吧倒一杯烈酒，給自己喝，然後拿起螺旋開瓶器，把切割封瓶鋁箔用的利刃扳開。

他轉身面對西拉，舉起凜凜發光的刀鋒。「別亂動，」黑密舉刀低聲說。

西拉不敢相信自己居然被上帝遺棄了。他緊閉眼皮，痛哭失聲，無法相信自己死期將近，葬身地竟然就在這輛禮車後面，而他無法自保。*我做的是上帝的事業……。*

「喝一口吧，」燕尾服男低聲說，西拉感到背部和肩膀泛起一陣刺痛的暖意。「你感受到的是血回流肌肉的痛感。」

吃驚的西拉猛然睜眼。一個模糊的身影徘徊在他上空，端著一杯液體給他。車子地上有一堆被撕爛的膠帶，旁邊是無血跡的一把刀子。

上帝沒有遺棄我。

「我是想早點救你的，」僕人致歉說，「可惜等不到時機。現在才等到機會。你能諒解吧，西拉？」

西拉心一驚，退縮一下。「你知道我的名字？」他坐起來，揉揉僵掉了的肌肉。「你是……老師？」

黑密搖頭，覺得好笑。「我才不是老師。我和你一樣，都為他效勞。不過，老師對你稱讚不已。我名叫黑密。」

西拉覺得驚奇。「我不懂。你如果效勞老師，蘭登為何把拱心石帶進你家？」

「那棟不是我的家。主人是全球頂尖的聖杯歷史專家李伊．提賓爵士。蘭登一取得拱心石，想找人幫忙，必定會找上他。」黑密微笑。「老師怎麼可能對聖杯學說瞭若指掌？」

西拉愣住了。老師收買了李伊．提賓爵士的僕人，能掌握專家所知的一切。太高竿了。

「我想告訴你的事情很多，」黑密說著，遞給西拉一支有子彈的手槍。然後，他鑽過隔板，從置物箱裡取出一支小左輪。「不過，你我有一項任務，做完再說。」

64

且尋墳上獨缺球。

躺在地上的十尊石雕尺寸如真人，姿勢安詳，頭壓著長方形的石枕，各個穿盔甲，帶著寶劍和盾牌。

在蘭登和提賓陪同下，蘇菲走向第一群騎士，不由得感覺到一股寒意。詩裡提及「球」，勾起她記憶中爺爺舉行的地下儀式。

聖婚儀式。球。

他們先仔細查看左邊的五尊石雕。蘇菲留意到，五人之間互有異同。每一騎士全躺著，但其中三位雙腿伸直，兩位雙腿交叉。兩位在盔甲外面穿短袍，其他三位則穿著及踝的長袍。兩位騎士握劍，另兩位祈禱著，剩下一位雙手自然下垂。到處找不到明顯失蹤的球狀物。她回頭瞄蘭登和提賓，然後走向另一邊，檢查另五位騎士。

這一群和左邊類似，全以不同姿勢躺著，穿盔甲，帶劍。

唯一例外的是最後第十位的墳墓。

蘇菲急忙走過去，低頭凝視。

不見石枕。不見盔甲。沒短袍。沒劍。

「羅柏？李伊？」她呼喚，聲音在殿堂裡迴盪。「這裡少了一個東西。」

兩人抬頭，朝另一頭的她走過去。

「一顆球嗎？」提賓興奮說，拐杖在地面敲出急促的敲擊聲。「是不是少了一顆球？」

「不盡然，」蘇菲說，對著第十座石像墳墓皺眉。「好像整個騎士都失蹤了。」

兩人趕到她身旁，低頭凝視第十座墳墓，一頭霧水。這一座並非人形石像，而是一座緊閉的石棺材，呈狹長的梯形，寬度由頭向腳縮小，棺材蓋呈尖拱形。

「這一座爲什麼沒有騎士石雕？」蘭登問。

「耐人尋味，」提賓摩挲著下巴。「我倒忘了這件奇事。我好幾年沒來這裡了。」

「這座棺材，」蘇菲說，「雕刻的年代看起來差不多，和其他九座的雕刻師也像是同一個，爲什麼偏偏這騎士躺進棺材而不露臉？」

提賓搖搖頭。「又是這棟教堂的怪事一樁。就我所知，沒有人找得到合理的解釋。」

「哈囉？」輔祭童來了，滿面困擾。「恕我冒犯——你們剛告訴我要撒骨灰，可是你們似乎在觀光。」

提賓對輔祭童擺臭臉，轉向蘭登。「瑞恩先生，或許我們該儘快取出骨灰撒一撒。現在，」他呵斥輔祭童，「你可以給我們一點隱私嗎？」

「我知道此行叨擾你了，」蘭登客氣說，「但我遠道而來，只想在這些墳墓之間撒些骨灰。」

臺詞帶有提賓體的可信度。

輔祭童的表情轉爲懷疑。「這幾座不是墳墓。」

「什麼？」蘭登說。

「當然是墳墓囉，」提賓高聲說。「你在胡說什麼？」

輔祭童搖搖頭。「墳墓裡面有屍骨。這幾座是雕像，是紀念眞人的石雕，裡面是不含屍骨的。」

「這是墓室啊！」提賓說。

「沒更新的歷史書才那樣寫。以前人相信這間是墓室，到了一九五〇年，教堂整修，發現根本不是那麼一回事。」他把頭轉回蘭登。「瑞恩先生應該知道才對吧。發現這事實的人畢竟是他的親屬。」

一陣不安的沉默降臨。

摔門聲從增建的長方廳傳來。

「一定是神父來了，」提賓說。「你最好去看看？」

輔祭童面露狐疑，忍著怒火走回長方廳，留下三人沮喪地面面相覷。

「李伊，」蘭登悄悄說，「沒屍骨？他剛剛講什麼？」

提賓臉色驚惶。「我不知道。我始終以爲……錯不了，絕對是這地方。他很可能是不懂裝懂。這沒有道理嘛！」他皺眉。「該不會是……詩寫錯了？賈克・索尼耶赫會不會也犯了我剛才犯的錯？」

蘭登搖頭。「李伊，你剛自己才說過。這座教堂是聖殿騎士建造的，而騎士團是錫安會的軍團。我怎麼看都覺得，堂堂的錫安會盟主，不可能誤以爲騎士葬在這裡。」

提賓顯得驚愕不已。「但是，這地方太完美了。」他回頭面向地上的騎士。「我們一定漏掉什麼了！」

輔祭童進入長方廳，赫然發現裡面沒人。「諾耳斯神父？」剛才明明聽見摔門聲啊，他心想。他繼續往前走，直到看見門口。

門口附近站著一位瘦子，穿燕尾服，正在搔頭，一副迷路的模樣。輔祭童哼一聲表示厭煩，因爲他想到，剛才讓三人進來時忘了鎖門。「對不起，」他走過一支大柱子，對來人呼喊。「開門時間還沒到。」

他背後冒出一身飛舞的布料，來不及轉身，頭就被人向後拉，嘴巴被強有力的手摀住，叫不出聲音。歹徒的手白如雪。

文雅的燕尾服男鎮定取出超小型的左輪。「給我聽好，」燕尾服男沉聲說，「你馬上離開這教堂，不准出聲，跑步離開，不許你停下。懂不懂？」

嘴被摀住的輔祭童儘可能點頭。

「敢報警的話……」燕尾服男舉槍戳他。「我們找得到你。」

輔祭童立刻沒命狂奔，衝到外面，橫越院子，一心只想跑到兩腿變軟才停。

65

如幽靈般，西拉悄悄飄向目標背後。蘇菲察覺到他，爲時已晚，來不及轉身，就被西拉的槍口抵住脊椎，被大手環抱胸部，貼緊歹徒龐大的身軀。她驚叫出聲。提賓和蘭登轉身，表情是既錯愕又惶恐。

「怎麼……？」提賓呑吐說。「你把黑密怎麼了？」

「你只需關心的是，」西拉心平氣和說，「讓我帶著拱心石離開。」黑密剛才描述，當前的任務是奪取拱心石，步驟簡單俐落：*進教堂，取得拱心石，出教堂。不殺人，不打鬥。*

西拉牢牢扣住蘇菲，鬆開抱胸的手，改摟蘇菲的腰，伸手進毛衣口袋尋找。「放在哪裡？」他沉聲問。*剛才拱心石在她口袋裡。現在去哪裡了？*

「在這裡。」蘭登的低嗓從另一邊迴盪而來。

西拉轉身，見蘭登平舉黑色藏密筒在身前，左右揮舞著。

「放下。」西拉命令。

「先放走蘇菲和李伊再說。」蘭登回應。

西拉推開蘇菲，槍口轉向蘭登，步步逼近。

「不准再往前一步，」蘭登說。「等他們離開教堂再說。」他高舉藏密筒到頭上。「不然，我一眼不眨就扔掉這東西，把裡面的醋瓶摔破。」

一股畏懼閃現西拉心中。沒料到這一招。他瞄準蘭登的頭顱，穩定手的同時也穩住嗓音。

「你絕對不願摔破拱心石。因爲你和我一樣想找出聖杯。」

「你錯了。你比我更想要拱心石。你證明過了。爲了它，你不惜殺人。」

四十呎外，在長方廳裡，黑密躲在拱門附近的長椅之間，不禁心驚。這套攻勢不如預期規劃的順利，他看得出西拉在猶豫下一步。照老師的命令，黑密禁止西拉開槍。

不能讓藏密筒摔破啊！他默默擔心著。如果被蘭登摔破，一切都將失傳。藏密筒是黑密投奔自由和財富的機票。一年多前，他是個單純的五十五歲男僕，專供李伊．提賓爵士呼來喚去。爵士是全球最著名的聖杯歷史家。有一天，有人找上黑密，以天價利誘，讓他可望達成終身夢想的所有心願。每次一想到即將到手的鈔票，黑密就樂陶陶。兩千萬歐元的三分之一。他計畫搬去蔚藍海岸曬太陽養老，對別人呼來喚去。

我能露臉嗎？老師嚴令禁止過他，因爲唯有黑密知道老師的眞實身分。

「派西拉執行這任務，你確定嗎？」黑密曾在二十幾分鐘前請教過老師，當時老師對他下令搶奪拱心石。「我自己就辦得到。」

老師語氣堅決。「對付錫安會的四人，西拉做得不錯。他能奪取拱心石。你千萬要隱藏身分，絕不能露臉。」

「瞭解。」黑密說。

「我告訴你好了，黑密，」老師剛告訴他，「詩裡指的墳墓不在聖殿教堂裡，所以用不著擔心。他們找錯地方了。」

黑密感到震驚。「你知道墳墓在哪裡？」

「當然。有空再告訴你。現在，你動作要快。如果在你取得藏密筒之前，其他人猜出墳墓的方位並離開教堂，我們就永遠找不到聖杯。」

黑密才不在乎聖杯，只不過，除非找到聖杯，否則老師不肯付現。現在，蘭登作勢想摔破拱心石，黑密的前途堪慮。眼看目標即將達成，黑密受不了就此失手，於是當下決定採取大膽手段。他從陰影裡走出來，邁向圓形教堂，槍口對準提賓的頭。

「老頭子，我等這一刻等了好久。」

「黑密？」李伊．提賓爵士嚇得口沫橫飛。「怎麼一回事？我不——」

「我的命令很簡單，」黑密破口下令，看著提賓身後的蘭登。「放下拱心石，否則別怪我扣扳機，槍斃爵士。」

「拱心石對你來說沒用途，」他說。「你絕對打不開。」

「高傲的傻子，」黑密冷笑。「你們討論詩的時候，全被我偷聽了，也被我全轉告別人知道。他們的知識比你豐富。你們根本找錯地方了。你們找的墳墓根本不在這裡！」

提賓心慌起來。他在講什麼？

黑密對著修士呼喚。「西拉，拿走蘭登先生手上的拱心石。」

西拉接近之際，蘭登向後退，拱心石舉得高高的，看似滿心不惜摔碎拱心石。

「我寧可摔碎，」蘭登說，「也不願見它落入惡人手中。」

恐懼的浪潮撲向提賓的心，畢生的努力可能在他眼前化爲烏有，所有夢想即將被搗毀。

「羅柏，不行！」他驚呼。「不要！你手中拿的是聖杯！黑密絕對不會射擊我。我們認識已經十多——」

黑密手持左輪，對準天花板開一槍。槍雖小，爆發力卻強大，響聲如雷，在石室裡迴盪。

所有人不敢動。

「下一槍射進他背部，」黑密說。「把拱心石交給西拉。」

蘭登不情願地交出藏密筒，西拉箭步上前接收，紅眼散發自滿的光芒。他把拱心石收進袍子的口袋，緩步後退，槍仍握在手裡。

黑密開始退出教堂，拖著提賓，提賓感覺脖子被黑密的手臂緊緊勒住，槍口仍抵住背部。

「放他走。」蘭登要求。

「我們想帶提賓先生去兜風，」黑密說，仍持續後退。「你敢報警，他就死路一條。你敢干預，他也死路一條。懂不懂？」

「要人質就抓我，」蘭登要求，情緒激動到嗓子岔了。「放李伊走。」

黑密笑了。「我不要。我們兩個有過一段美好的歷史。何況，往後他可能還有用處。」

蘇菲以堅定的口吻說，「指使你的人是誰？」

這疑問在臨走前的黑密臉上勾起一陣冷笑。「妳知道的話一定很驚訝，納佛小姐。」

66

在提賓家，分隊長科列氣餒到極點。他去冰箱拿一瓶水，從大客廳走出去。熱鬧的場面在倫敦，法舍不讓他隨行，他只得在這裡看管一組探員。探員們正在豪宅各處蒐證。

到目前為止，他們採集到的證物無助於案情：射進地板的一顆子彈、寫著劍刃、餐杯和幾個符號的一張紙、一條帶刺皮帶。刑案鑑識人員剛告訴科列，戴這種皮帶的人是保守天主教派主業會的信徒。

在交際舞室改裝的廣大書房中，鑑識科長忙著採集指紋。

「有結果嗎？」科列進去問。

科長搖搖頭。「沒有新指紋。採集到幾組，不過和在房子其他地方採集到的沒兩樣。」

科列拿起一袋證物，看見塑膠袋裡有一大張光面相片，拍的好像是一份舊文獻，最上頭的標題以法文寫著：《祕密檔案》索引號碼四．一．二四九

「這是什麼？」他問。

「沒概念，不過他加洗了好多張，在房子裡到處擺，所以被我收進證物袋。」

科列細看文獻內容。

錫安會──盟主

尚・德・季左赫	一一八八─一二二○
瑪希・德・聖克萊赫	一二二○─一二六六
居堯姆・德・季左赫	一二六六─一三○七
艾杜阿・德・巴賀	一三○七─一三三六
珍內・德・巴賀	一三三六─一三五一
尚・德・聖克萊赫	一三五一─一三六六
布朗詩・戴福賀	一三六六─一三九八
尼可拉・福拉梅勒	一三九八─一四一八
荷內・當如	一四一八─一四八○
優朗德・德・巴賀	一四八○─一四八三
桑德洛・波提且利	一四八三─一五一○
李奧納多・達文西	一五一○─一五一九
波旁王室總管	一五一九─一五二七
斐迪南・德・鞏薩克	一五二七─一五七五
路易・德・內維賀	一五七五─一五九五

羅柏·福拉德　一五九五—一六三七
J·瓦倫丁·安德利亞　一六三七—一六五四
羅柏·波以耳　一六五四—一六九一
艾薩克·牛頓　一六九一—一七二七
查爾斯·羅克里菲　一七二七—一七四六
沙賀勒·德·洛林　一七四六—一七八〇
馬西米連·德·洛林　一七八〇—一八〇一
沙賀勒·諾迪埃　一八〇一—一八四四
維克多·雨果　一八四四—一八八五
克勞德·德布西　一八八五—一九一八
尚·考克多　一九一八—一九六三

錫安會？科列思忖著。

「分隊長？」另一位探員探頭進來。「總機接到一通緊急電話找法舍隊長，轉不進去給他，你代他接聽嗎？」

科列接聽。

來電者是銀行總裁安德烈·維賀內。他的腔調再高雅也無法掩飾口氣裡的緊張。「法舍隊長說他會打電話給我，但我遲遲沒接到他的來電。」

「隊長正在忙，」科列回應。「我能效勞嗎？我是科列分隊長。」

對方沉默半晌。「分隊長，另一通電話進來了，我先接一下，抱歉，我待會再打給你。」

科列握著話筒愣了幾秒。我聽過這個聲音！想到了，他暗暗驚呼一聲。運鈔車司機。戴假的勞力士。

維賀內涉案，他心想。良機來了，他終於可以大顯身手。他立即去電國際刑警組織，要求儘速徹查蘇黎世存託銀行以及總裁維賀內。

在英吉利海峽的對岸，法舍隊長的運輸機已降落比金丘機場，隊長剛下飛機，聆聽肯特郡警察局總督察轉述提賓停機棚事件，簡直不敢相信自己的耳朵。

「我親自上飛機搜查，」總督察堅稱，「一個人也沒有。」

「你有沒有訊問機長？」

「當然沒有。他是法國公民，所以——」

「帶我去那架飛機。」

車子抵達停機棚後，法舍直接走上飛機，砰砰敲機身。

「我是法國刑事總局隊長法舍。開門！」

驚恐的機長打開機艙門，放下登機梯。

法舍走上去。三分鐘後，在配槍的協助下，他取得完整的口供。機長也描述白化症修士俘虜的長相。法舍另外得知，蘭登和蘇菲在飛機上的保險櫃留下一個木盒之類的物品。

「打開保險櫃，」法舍命令。「給你半小時。」

機長趕緊動作起來。

法舍闊步走向飛機後面，倒一杯飲料喝。他閉上眼睛，盡量釐清現狀。肯特郡警方的失誤可能會讓我付出慘重的代價，他心想。他的手機忽然響起。「喂？」

「我正要前往倫敦。」來電者是艾林葛若薩主教。「一個鐘頭後抵達。」

法舍坐直。「你不是要去巴黎嗎？」

「我深感憂心。我已經改變計畫了。你找到西拉了嗎？」

「沒有。在我降落前，他們逃出地方警察的圍捕，也帶走西拉。」

艾林葛若薩勃然大怒。「你明明向我保證過，你會攔下那架飛機！」

法舍壓低嗓門。「主教，我一定儘快找到西拉和其他人。叫你的機長降落在肯特郡的這座比金丘貴賓機場。我會派車接你。」

「謝謝你。」

「主教，如果你瞭解一件事，心情可能比較舒坦：即將失去一切的人不只你一個。」

威雷特堡客廳的壁爐冷卻了，但科列仍在壁爐前踱步，讀著國際刑警組織迅速回傳的訊息。根據官方資料，安德烈．維賀內是一位模範公民，查無前科，甚至連一張停車罰單也沒有。零。科列嘆息。

國際刑警組織傳回的資料當中，唯一值得關注的是，現場採集到的指紋包括提賓家的僕人，國際刑警比對出結果了。「身分是黑密．勒加呂戴克，」鑑識科長報告說。「他曾經闖空門，涉嫌小額竊盜罪被通緝。積欠急診室帳單，是氣管造口手術。」科長看分隊長一眼，嘿嘿笑著。「對花生過敏。」

科列嘆氣。「好吧，你最好把資料傳給法舍隊長。」

鑑識科長前腳才出門，立刻有一位探員衝進客廳。「分隊長！我們剛在穀倉發現一個東西。」

從探員焦慮的表情來看，科列的第一個想法是：「屍體？」

「不是，分隊長。是一個更加……」他遲疑著。「出乎意料的東西。」

科列揉揉眼，跟著那名探員走向穀倉。穀倉裡面空曠，瀰漫著霉味，探員指向正中央，科列見到一座木梯，上通屋椽，靠在閣樓外緣。閣樓在他們的正上方，原本的功能是貯藏乾草。

科列的視線循著陡梯上閣樓。有人經常上去嗎？

一位資深探員出現在梯子上端往下看。「分隊長，你非上來看不可。」他邊說邊揮著戴乳膠手套的手。

科列倦怠地點點頭，來到梯子尾，握住倒數幾階。梯子的式樣古典，下寬上窄。科列爬到接近梯頭時，有一階比較細，他一腳差點沒踩穩，險些摔下去。他心中多了一份警惕，繼續爬，終於爬到梯頭。探員從上面伸手，握住他的手腕，科列也握住他的手腕，笨拙地登上閣樓。

「東西在那邊，」那名探員指向閣樓深處。這座閣樓打掃得一塵不染。「在這上面只採集到一個人的指紋。馬上就能比對出身分。」

光線昏暗，科列瞇眼望向最遠的一面牆。*怎麼會——？*緊靠那面牆壁的是一座高檔電腦工作站，有平板顯示幕，也有看似擴音器的東西和一組多頻道操作面板。他走過去看。「你檢查過這套機器嗎？」

「這裡是竊聽站。」

科列陡然轉身。「監聽？」

探員點頭。「非常先進的監聽設備。」

「被監聽的對象是誰，你查得出嗎？」

「這個嘛，分隊長，」那名探員說，「怪到不知從何講起……。」

67

蘭登覺得身心俱疲。他和蘇菲進聖殿教堂地鐵站，翻越一道旋轉欄，火速深入隧道和月臺交織成的髒迷宮。歉疚感啃噬著他的腑臟。

我拖累了李伊，害他面臨殺身之禍。

黑密竟然涉案，蘭登當時感到震驚，但繼而一想也不無道理。追聖杯的幕後黑手買通了內應。他跟隨蘇菲來到西行的月臺，等候特區環線的班車。蘇菲不顧黑密的警告，急忙去打公用電話報警。

蘇菲一面撥號，一面重申，「救李伊的最佳方式是儘快向倫敦警方報案。相信我。」

蘭登起初不認同，但兩人剛才研擬計畫的過程中，蘇菲的邏輯漸漸合理化。提賓目前安全。即使黑密那一幫歹徒自信知道騎士墓的方位，他們仍需提賓協助，以解讀球狀物的訊息。令蘭登擔憂的是聖杯地圖水落石出以後的發展。李伊就沒有利用價值了。

蘭登如果想救出李伊，或想再見到拱心石，就必須搶先一步找到騎士之墓。蘇菲的任務是阻撓黑密的進程。找對墳墓是蘭登的任務。

蘇菲終於打進倫敦警察局。

「發生綁架案，我想報警。」她明白簡潔最重要。

「請問貴姓大名？」

蘇菲慢半拍才說，「蘇菲．納佛，法國刑事總局探員。」

如預期，這頭銜產生效應。「小姐，請稍候，我馬上轉接給警探。」

過了十五秒。

終於有人接聽。「納佛探員？」

蘇菲愣了一下，因爲她立即聽出這粗魯的語調。

「納佛探員，」法舍隊長質問，「妳在哪裡？」

蘇菲啞然無語。

「聽著，」隊長以開門見山的法文說，「我今晚錯得太離譜了。羅柏．蘭登沒罪。他的所有罪嫌全被撤銷了。」

蘇菲合不攏下巴。她不知該如何回應。平常再小的小事，法舍也絕不道歉。

「妳沒告訴過我，賈克．索尼耶赫是妳祖父，」法舍繼續。「不過，妳和蘭登兩人都有危險——建議妳儘快就近向倫敦警察總局尋求庇護。」

他知道我在倫敦？法舍另外還知道什麼？蘇菲聽見電話線傳來類似機器運作聲，另外也聽見喀嚓的怪聲音。「隊長，你在追蹤這通電話嗎？」

法舍的語調變得堅定。「納佛探員，妳應該和我合作。攸關我們雙方利害重大……。」

「你應該追捕的人名叫黑密·勒加呂戴克，」她告訴隊長。「他是提賓的僕人。他剛從聖殿教堂架走李伊·提賓爵士，也——」

「納佛探員！」法舍吼叫著，想壓過轟隆進站的電車。「這電話沒加密，不適合談事情。妳和蘭登趕快過來。這是我對妳下的命令！」

蘇菲掛電話，和蘭登衝進電車。

68

提賓的霍克飛機原本一塵不染，如今是鐵屑遍地。法舍隊長支開所有人，單獨喝著飲料，端詳著從保險櫃裡撬出的沉重木盒。

他單指輕拂鑲飾玫瑰，掀開精緻的盒蓋，發現裡面有一管石製品，筒身由幾個字母轉盤組成，字母排成SOFIA。法舍凝視這字，從盒中的護墊取出圓筒，檢視每一寸。然後，他握住頭尾，慢慢拉開，其中一端的蓋子脫落了。圓筒裡面沒有東西。

他把圓筒放回木盒，心事重重凝望窗外，看著停機棚。手機鈴聲震碎他的遐想。電話轉自警方的總機，來電者是蘇黎世存託銀行總裁。

「維賀內先生，」法舍趕在對方開口之前說，「抱歉，我剛才沒打電話給你。我一直很忙。我照承諾，沒有向媒體暴露銀行的名字。既然這樣，你到底還在擔心什麼？」

維賀內的語氣焦躁，告訴法舍，蘭登和蘇菲從銀行提領一個木盒，然後勸維賀內幫助他們脫逃。「我聽見收音機說，他們是逃犯，」總裁說，「第一時間就靠邊停車，要求他們交還木盒，卻被他們攻擊，連運鈔車也被劫走。」

「你在意的是一個木盒，」法舍邊說邊看盒蓋上的鑲飾玫瑰，再一次輕輕掀開盒蓋，顯現裡面的白圓筒。「裡面有什麼，你能告訴我嗎？」

「內容物不是重點，」總裁回嘴。「我在意的是本銀行的名譽。本銀行創辦至今，從未發生過搶劫案。一次也沒有。如果我未能代客戶追回寄託物，本銀行勢必倒閉。」

「不過，如果他們有鑰匙，知道正確的密碼，你怎麼能說是偷竊？」

「他們今晚謀殺了幾個人。包括蘇菲．納佛的祖父在內。」總裁的語調心慌意亂。「鑰匙和密碼顯然是以不正當的方式取得。」

「維賀內先生，」法舍慢吞吞地說，「你是個重視名譽的人，我很欣賞，我也是。我在此能向你擔保，你要的盒子，以及銀行的聲譽，全部萬無一失。」

在提賓家的穀倉閣樓裡，科列注視電腦螢幕，目瞪口呆。「這套系統能竊聽這上面的每一個地點？」

「對，」那名探員說。「竊聽一年多了，我相信。」

分隊長科列再讀竊聽名單，講不出話。

科爾貝．梭斯塔克——憲法委員會主席

尚．夏非——國立網球場美術館館長

艾杜阿・戴侯榭──密特朗國家圖書館館長

賈克・索尼耶赫──羅浮宮博物館館長

米榭・布賀東──法國情報局局長

那名探員指向螢幕。「他對第四號的興趣特別濃。」

科列點頭。他一看名單就注意到了。賈克・索尼耶赫被竊聽了。他再閱讀其他姓名。這些全是有頭有臉的人物，誰的竊聽本事這麼高強？「竊聽的檔案，你聽過了沒？」

「這是最近的一個檔。」探員敲幾下鍵盤，擴音器發出沙沙聲。「隊長，符碼科派的探員來了。」

科列不敢相信自己的聽覺。「是我！那句是我講的！」他記得當時坐在館長辦公桌前，呼叫正在大陳列館的隊長，通知蘇菲・納佛即將進館找他。

探員點頭。「假如有人想瞭解案情，今晚我們在大陳列館的調查，很多都被竊聽了。」

「有沒有派人去搜竊聽器？」

「不必了。我知道竊聽器藏在哪裡。」探員走向工作臺上的一疊舊筆記和藍圖，選其中一張，遞給科列。「眼熟吧？」

科列感到驚訝。手裡的圖解是影印本，上面畫著一件古物，看似一臺簡陋的機器，零件以手寫的義大利文表示名稱，科列看不懂，但他知道這上面畫的是什麼東西：中世界法國騎士的模型，全身關節能轉動。

擺在索尼耶赫桌上的那尊騎士！

科列的視線轉向影印本周圍的留白，有人以紅色馬克筆在這裡寫法文，看似在研究哪種方法最妥當——把竊聽器植入騎士模型裡面。

69

積架禮車停在聖殿教堂附近，西拉坐在副駕駛座，握著拱心石，雙手冒冷汗，等候黑密。他們剛在後車廂找出繩索，黑密正在後面綁提賓，堵住他的嘴。

最後忙完了，黑密坐上駕駛座，嘿嘿笑著，甩掉身上的雨水，回頭望一望，隔著打開的隔板看李伊．提賓。爵士倒在車子的地上，光線不足，從前座幾乎看不清他的身影。「他插翅也難飛。」

西拉聽得見提賓悶悶哭喊聲，知道黑密必定回收了膠帶，用來封他的嘴。

「閉嘴！」黑密回頭用法文罵提賓。他伸向控制面板，按一個鍵，霧面隔板升起，遮住後面，提賓的聲音也聽不見了。

幾分鐘後，加長禮車在街頭加速穿梭之際，西拉的手機響起。老師。他興奮接聽。「哈囉？」

「西拉，」老師以熟悉的法文腔說，「聽見你的聲音令我如釋重負。這表示你脫困了。」

聽見老師，西拉也同樣欣慰，因爲他已有幾小時沒接到老師的訊息，任務也嚴重脫軌。如今，一切似乎總算回歸正軌了。「我取得拱心石了。」

「太好了，」老師告訴他。「黑密在嗎？」

老師直呼黑密的名字，令西拉愕然。「在。救我的人是黑密。」

「是我命令的。我只遺憾你遭束縛如此之久。」

「肉體上的不適毫無意義，重要的是拱心石在我們手上。」

「是的。儘快將拱心石交出來給我。時間寶貴。」

終於有機會和老師面對面了，西拉迫不及待。「好的，老師，是遞交拱心石是我的榮幸。」

「西拉，我想請黑密遞交。」

爲老師盡了這麼多心力，西拉以爲親交寶物的人非自己莫屬。

「我察覺到你的失望，」老師說，「換言之，你不明瞭我的意思。」他改以悄悄話的音量說，「你必須相信，我最盼望從你手中接拱心石，畢竟他是罪犯，而你是上帝的子民。但黑密必須受罰。他違抗我的命令，犯下重大失誤，置整件任務於險境。」

西拉心生寒意，瞄黑密一眼。原本的計畫不包括綁架提賓，他知道。

「你和我都是上帝的子民，」老師悄聲說。「目標不容被阻撓。」老師停頓幾秒，空檔顯得陰森。「單單以此理由，我想要求黑密遞交拱心石給我。你瞭解嗎？」

西拉意識到老師口吻中的怒氣，訝異於老師居然不太懂得體諒人。黑密露臉是逼不得已的，他心想。搶救拱心石成功的人是黑密。但他勉強說，「我瞭解。」

「那就好。現在，你必須立刻駛離大馬路。警方即將緝捕禮車，我不願見你落網。主業會在倫敦設有寄宿所，對不對？」

「當然有。」

「你進得去嗎？」

「以會友的身分可以。」

「那麼，你去那裡避一避耳目——我會吩咐黑密送你過去。等我一取得拱心石，我會立即再聯絡你。」老師沉沉歎一口氣。「是我和黑密通話的時候了。」

西拉把手機交給黑密，心裡明白，這可能是黑密．勒加呂戴克接的最後一通電話。

接手機過來的同時，黑密心知，這個心理變態的可憐蟲還懵懵懂懂，不知自己的利用價值已經歸零，現在只等著見閻王。

你被老師利用了，西拉。

黑密對老師並不是特別欣賞，但他能取得老師的信任，也幫了老師大忙，他自己覺得好得意。賣命一場，我總算有收穫了。

「你仔細聽好，」老師說，「載西拉去主業會宿舍，在幾條街外讓他下車，然後你獨自開車至聖詹姆士公園，循著林蔭路這邊開過來，把禮車停在騎兵校閱場。到那裡見面再談。」

說完，通話立即中斷。

70

和蘇菲冒著雨，來到國王學院的圖書館，蘭登入內，身心仍覺得虛脫。神學與宗教研究系的宗教研究資料庫文獻齊全，在全球數一數二。

在圖書館深處，一名檢索服務員剛泡好一壺茶，正準備開始上班。

「兩位早，」她口氣愉悅，扔下茶，迎向前去。「我是潘蜜拉・蓋騰。」她主動握手。她的口語流轉悅耳，尖角鏡框垂掛在脖子下，鏡片很厚。「需要我幫什麼忙？」

「先感謝妳，」蘭登回答。「我名叫——」

「羅柏・蘭登。」她報以宜人的笑容。「我認得你——本館收藏了你的幾本著作和幾份論文。」

蘭登以微笑回敬。「這位是我的朋友蘇菲・納佛。如果妳不嫌太麻煩的話，我們眞的想請妳幫忙找資料。」他停頓一下。「不好意思，我們事先沒通知要來。有一位朋友對妳讚不絕口。他是李伊・提賓爵士。」爵士的姓名勾起心中的愁雲慘霧。「是英國皇家歷史學者。」

潘蜜拉笑起來，臉色變得更開朗。「我當然認識他啊。很有個性的一個人。狂熱分子啊！老是用同一個字串檢索。聖杯。聖杯。聖杯。我發誓，他嚥下最後一口氣也不死心。」

「妳能不能幫助我們檢索？」蘇菲問。「事情相當重要。」

潘蜜拉環視冷清的圖書館，對兩人眨一眼說，「哎唷，我總不能推說現在太忙吧？兩位想找什麼資料？」

「我們想找倫敦的一座墳墓。」

潘蜜拉面有難色。「全市的墳墓差不多兩萬座。範圍能稍微縮小一些嗎？」

「是騎士的墳墓。我們不知道他的姓名。」

「騎士。範圍是大爲縮小了。比較不尋常。」

「我們對這位騎士所知不多，」蘇菲說，「只知道這些。」她掏出一張紙。

倫敦教宗葬騎士。
心血果實惹聖斥。

她瞥向兩人，覺得好奇。「根據這首詩，騎士做了一件事，招惹上帝，教宗卻大發慈悲，把他葬在倫敦？」

蘭登點頭。「妳有沒有印象？」

潘蜜拉走向工作臺之一。「一時想不出來，不過，我們可以看看從資料庫能檢索出什麼東西。」她看著詩，開始敲鍵盤。「首先，我們直接照布林檢索法，輸入幾個明顯的關鍵字，看看有什麼結果。」

「謝謝妳。」

潘蜜拉輸入幾個字。

倫敦，騎士，教宗（London, Knight, Pope）

她邊按搜尋鍵邊說，「我叫資料庫調出包含這三個關鍵字全部的文獻。搜尋的結果會多到找不完，不過從這方向起個頭也好。」

螢幕已顯示第一批結果，潘蜜拉匆匆瞄一眼螢幕下面的數字——概略顯示共有幾筆資訊合乎檢索條件。這次搜尋的結果恐怕超多。

預估共有2,692筆結果

她皺眉，停止搜尋。「沒有其他關鍵字嗎？」她知道，前來倫敦找騎士的人很多，最常見的原因是聖杯。「你們是李伊．提賓的朋友，你們來英國，你們想找騎士。」她交疊雙手。「我只能猜，兩位想找的是聖杯。」

蘭登和蘇菲以詫異的表情互看。

潘蜜拉笑一笑。「朋友們，我幫忙檢索的玫瑰、馬利亞、聖杯文獻、墨洛溫、錫安會等等的次數太多了，假如檢索一次能賺一先令，我保證能成富婆。人人都愛陰謀。」她摘掉眼鏡，看著他們。「我需要更多資訊。」

面對啞然無語的兩人，潘蜜拉意識到，他們儘管想保密，卻按捺不住迫切想搜尋的欲望。

「好吧，」蘇菲．納佛脫口而出。「我們知道的就只有這些。」她向蘭登借筆，在紙上再添兩行，交給潘蜜拉。

且尋墳上獨缺球。
種籽宮外玫瑰肉。

潘蜜拉淺淺一笑。果然是聖杯，她暗想。她的視線從詩轉向兩人。「方便我問這首詩的出處嗎？你們尋找球狀物的原因是什麼？」

「妳可以問，」蘭登面露友善的微笑說，「只不過，說來話長，可惜我們的時間有限。」

「在我聽起來，倒覺得是客氣地說『少管閒事』」

「如果妳能查出這騎士是誰，在哪裡下葬，」蘭登說，「我們會永遠感激妳，潘蜜拉。」

「好吧。」潘蜜拉說，再敲鍵盤。

搜尋：

騎士、倫敦、教宗、墳墓（Knight, London, Pope, Tomb）

百字之內包含：

聖杯、玫瑰、聖杯文獻、餐杯（Grail, Rose, Sangreal, Chalice）

「搜尋多久會有結果？」蘇菲問。

潘蜜拉按下搜尋鍵，眼睛一亮。「僅需短短十五分鐘。」

71

倫敦的主業會中心是一棟不起眼的磚樓，位於西倫敦肯辛頓奧姆巷五號。西拉不曾來過這裡，但隨著他一步步接近分會，獲得庇護的安全感越來越強。黑密駕駛禮車，不便走大馬路，因此剛才載他到不遠處讓他下車。

雨勢轉強，打濕了西拉的厚袍子。感覺上，雨珠有淨化的作用。在另一方面，西拉也覺得輕鬆多了——他剛才把手槍擦乾淨，丟進路上的排水溝。現在，他準備拋開過去二十四小時的罪惡，潔淨心靈。他的任務達成了。

走過前門的小庭院之際，他見門沒上鎖，並不訝異。他打開門，踏進一間簡樸的前廳。才踩上地毯，樓上就隱隱響起一陣鈴聲。

身穿斗篷的男子下樓說，「需要幫忙嗎？」他的眼神溫馨，似乎完全沒注意到西拉奇特的外表。

「謝謝你。我名叫西拉。我是主業會的教友，來倫敦只待一天，方便讓我借住嗎？」

「行，連問都不必問。三樓有兩個空房間。要不要我端茶和麵包給你？」

「謝謝你。」西拉餓扁了。

西拉上樓，進入樸素的房間，裡面有一面窗戶。他脫掉被淋濕的袍子，下跪禱告。他聽見招待員上樓，把托盤留在門外。西拉祈禱完畢，吃完後躺下就寢。

一樓的電話響起。剛才迎接西拉的教友前去接聽。

「這裡是倫敦警察局，」來電者說。「我們想找一個白化症修士。依據線報，他可能在你們那裡。你有沒有見到他？」

教友嚇一跳。「有，他在這裡。是不是發生了什麼事？」

「他還在嗎？」

「在，正在樓上禱告。有什麼事嗎？」

「不准走漏風聲，」警官命令。「我馬上派員警過去。」

72

聖詹姆士公園是位於倫敦中央的一片綠海，開放給民眾使用，緊鄰西敏寺、白金漢宮與聖詹姆士教堂。平日午後如果出太陽，倫敦民眾會在柳樹下野餐，餵食在池塘裡常住的鵜鶘。

但今天，老師見不到鵜鶘。風雨只把海鷗吹來公園，草坪上到處是海鷗，幾百隻白鳥面對同一個方向，耐心等待風雨停息。儘管晨霧繚繞，從公園仍可欣賞到壯麗的國會大廈和大鵬鐘。隔著草坪斜坡，老師看得見騎士墓所在建築的尖頂。這才是他叫黑密過來的眞正目的。

黑密停下禮車，見老師走向副駕駛座的車門，黑密靠過去幫他開門。拿著一壺干邑酒的老師在車門外駐足，喝一口，擦擦嘴，在黑密旁邊坐下，關車門。

黑密把拱心石當成獎盃舉起來。「差一點就沒了。」

「你表現不錯。」老師說。

「我們表現不錯。」黑密回應，同時把拱心石放進老師迫不及待的雙手。

老師欣賞著拱心石，微笑說，「槍呢？你擦乾淨了嗎？」

「放回置物箱原位了。」

「好極了。」老師再喝一口干邑，把酒壺遞給黑密。「我們來喝酒慶功吧。終點站快到了。」

黑密以感恩的態度接下酒壺。這酒有鹹鹹的口感，但黑密不在乎——他感覺到酒精為血脈增溫。然而，黑密喉嚨裡的暖意卻迅速轉為灼痛。他放鬆領結，把酒壺還給老師。

老師把酒壺收回口袋，伸手進置物箱，取出小型左輪，放進自己的長褲口袋。「黑密，」他說，語氣多了一分悔恨的意味，「你應該明瞭，知道我長相的人唯獨你一個。我對你極為信任。」

「是的，」黑密說著，熱度繼續攀升，領結再放鬆一些。「我誓死保密您的身分。」

老師默默不語。「我相信你。」

像地震一樣來得突然，黑密的咽喉開始腫脹，他猛然趴向方向盤，握住自己的喉嚨，這才明白干邑酒為何有鹹味。

黑密轉頭，見老師鎮定坐在旁邊，兩眼直視擋風玻璃外的風景。他想撲向老師，無奈逐漸僵硬的軀體幾乎無法動彈。他握拳，盡力抬手，想捶喇叭，上身卻側翻，倒向老師身旁，緊握著自己的喉嚨，眼前的視覺徐徐轉為黑幕。

老師下車，慶幸無人朝這方向望。他告訴自己，*我是逼不得已的。全怪黑密自作孽。*

昨夜，羅柏·蘭登突然造訪威雷特堡，對老師而言是天上掉下來的好運，也是一個麻煩。蘭登攏帶拱心石而來，令他驚喜，但蘭登也引來警察。黑密的指紋在屋內各處都有，在穀倉的竊聽站也是，因為負責監聽的人就是黑密，但黑密的行為和他本身沒有關聯。除非黑密大嘴巴，否則無人能指控老師。現在，黑密已經不構成難題了。

幾分鐘後，老師穿越聖詹姆士公園，瞭望外面，見到他今天的目的地。倫敦教宗葬騎士。老師一聽到這首詩，當下就猜出謎底，因為他近幾月監聽盟主索尼耶赫，聽到盟主屢次提及這位知名騎士，如果知道「騎士」指的是誰，這首詩的含義就變得淺顯到極點。話說回來，如何從這座墳墓取得最後的密碼仍是一團謎。

且尋墳上獨缺球。

老師把拱心石深藏右口袋，小左輪放左口袋，以防被人看見，然後走向倫敦最壯麗的九百年建築，進入幽靜的殿堂。

老師從雨中進門之際，艾林葛若薩主教正好踏進雨中。在肯特郡的比金丘機場，主教從狹小的機艙下飛機，踩上濕滑的地面，拉緊教士袍以避溼冷。他原以為法舍隊長會前來接機，沒想到，走來的卻是撐傘的年輕英國警官。

「是艾林葛若薩主教嗎？法舍隊長派我來照顧你。他建議我送你去蘇格蘭警場。他認為那裡最安全。」

最安全？主教低頭，看見自己手提著沉甸甸的公事包，裡面裝滿梵蒂岡債券。他差點忘了這箱東西。「好的，感謝你。」

他坐進警車，納悶西拉人在哪裡。幾分鐘後，沙沙響起的警方無線電為他釋疑。

奧姆巷五號。

主教立刻認出這地址在哪裡。

倫敦的主業會中心。

他轉向司機。「別去蘇格蘭警場了。立刻載我去奧姆巷！」

73

在圖書館裡，電腦搜尋一開始到現在，蘭登的目光始終不離開螢幕。五分鐘了。只有兩筆結果。兩個都無意義。

他漸漸開始憂慮。

終於，電腦又發出叮的一聲。

「好像又找到一筆囉，」檢索服務員潘蜜拉在隔壁喊。「標題是什麼？」

蘭登看著螢幕。

中世紀文學裡的聖杯寓言：針對高文爵士與綠騎士之論述

「以綠騎士為主題的一份論文。」他大聲回應。

「沒用。」潘蜜拉從門口探頭，手握著一罐即溶咖啡。「神話裡有不少綠巨人，但葬在倫敦的不多。不過，耐心再等吧。資料是多是少，讓機器去跑一跑就有。」

接下來幾分鐘，電腦又搜尋出幾筆和聖杯有關的資料。

四分鐘後，蘭登惶恐起來，深怕找不到他們想找的資料，這時電腦再抓出一筆。

天才的萬有引力：現代騎士傳

「天才的萬有引力？」蘭登朝潘蜜拉喊。「描寫一位現代騎士的傳記？我們可以看一下。」

他按連結。

備受敬重的騎士艾薩克・牛頓爵士……

……一七二七年於倫敦……

墳墓位於西敏寺……

友人兼共事者亞歷山大・波普（Alexander Pope）……

「和中世紀騎士相比，牛頓大概稱得上『現代』吧，」蘇菲大聲對潘蜜拉說。「這本是古書，談的是艾薩克・牛頓。」

潘蜜拉在門口甩頭。「沒用。牛頓葬在西敏寺，而西敏寺信英國新教，天主教的教宗哪可能爲他主持葬禮？要不要加奶精和糖？」

蘇菲點頭。

潘蜜拉等著。「羅柏？」

蘭登強把視線從螢幕剝離，站起來說，「艾薩克．牛頓爵士是我們想找的騎士。」

蘇菲仍坐著。「你這話是什麼意思？」

「牛頓葬在倫敦，」蘭登悄悄對她說，「他致力開創科學新知，惹火了教會。而且，他擔任過錫安會的盟主。證據夠豐富了。」

「不夠吧？」蘇菲指向詩。「『一位教宗（a pope）下葬的一名騎士』，又能怎麼解釋？你剛不是聽過潘蜜拉說了嗎？牛頓的葬禮不可能由天主教的教宗主持。」

蘭登伸手拿滑鼠。「誰說主持葬禮的是天主教的教宗？」他按超連結上的「Pope」一字，呈現完整的句子。

出席艾薩克．牛頓爵士喪禮的人士不乏王侯貴族，主持人是友人兼共事者亞歷山大．波普，他在墳墓上撒土之前發表一篇意氣風發的悼念文。

蘭登看著蘇菲。「亞歷山大．波普。」他停頓一下。「可以簡寫成A. Pope。」

在倫敦，A. Pope埋葬一騎士。

蘇菲瞠目結舌地站起來。

雙關語大師賈克・索尼耶赫再度證明自己是個聰明絕頂的人。

74

西拉猛然驚醒。

睡了多久，他不清楚。是在做夢嗎？他在草墊上坐起來，聆聽主業會宿舍的呼吸聲，聽見樓下某房間有人在禱告，聲音被地板鈍化成柔柔的呢喃。這些全是熟悉的聲響，照理說他應該覺得心安才對。

然而，他心中忽然興起一陣不期然的警覺。

他起立，穿著內褲走向窗口。我被人跟蹤了嗎？樓下庭院無人，和他進來時的情形一樣。他再聽。無聲。西拉早年就學習到信任直覺的重要。童年的他在街頭求生，依賴的就是直覺。許多年後，他才在艾林葛若薩主教手中重獲新生。他望窗外，這時候見到樹籬外面停著一輛車，隱約可見輪廓，車頂裝著警燈。走廊的樓板傳來吱一聲。門閂動了。

西拉憑本能應變，衝向門後面，滑壘停下，門正在這時開一小道縫。第一個員警衝進來，舉槍向左，然後向右，見不到人。在他想到人在哪裡時，西拉已從門後以肩膀抵撞門，第二位員警進門時，迎頭撞上。最先進門的員警迴身射擊之際，西拉對準他的雙腿俯衝，咻的一聲，子彈從西拉頭上飛越，他撞上警察的小腿，警察不支倒地，頭撞到地板。

只穿內褲的西拉衝下樓。他知道他被出賣了，卻想不出有誰出賣他。來到前廳時，他發現後續趕來的警察從前門進攻。西拉趕緊轉彎，衝向宿舍深處。女教友進出口。每棟主業會建築都有。西拉在狹窄的走廊穿梭，鑽進廚房蛇行，沿路是驚恐萬狀的工作人員。他衝進鍋爐間附近的一條漆黑走廊。他見到他想找的門，走廊盡頭亮著一盞出口燈。

他全速狂奔出門，冒雨跳下低矮的歇腳處，沒見到迎面而來的另一位員警，兩人撞個正著，西拉以闊肩頂撞警察的胸部，力道強勁能碎骨，警察被撞得向後倒在人行道，西拉整個人重重摔在他身上。警察的配槍也鏗鏘落地。西拉翻身過去搶警槍，其他警察這時候趕到。從樓梯飛來一槍，西拉感覺肋骨下方一陣灼痛，頓時怒火焚身，對三個趕來的員警狂射。

他背後不知從哪裡冒出來一個黑色的身影，赤裸的肩膀被這人用雙手攫住。這人氣呼呼對他咆哮，「西拉，住手！」

西拉轉身開槍，和這人四目相接。在西拉駭然驚叫聲中，倒地的人是艾林葛若薩主教。

75

在岩造的西敏寺，內部空間多，裡面有多達三千人的墳墓或殿堂，王侯、政治家、科學家、詩人、音樂家，擠滿了大大小小的壁龕和三面隔間的凹室。至尊級的陵寢——伊莉莎白一世——是一座有穹頂的石棺，座落在專屬的小教堂裡。最樸素的只是在地磚上刻字。

倫敦躺著波普下葬的一位騎士。

蘭登和蘇菲通過西敏寺新增的金屬探測門，跨進西敏寺的門檻，他頓時覺得一片肅靜，把外面的世界掃得煙消雲散，不再有車流聲和嘶嘶雨聲，只面對震耳欲聾的靜謐，而這種靜謐似乎能在寺內來回激盪，彷彿這棟建築能囁囁私語似的。

幾乎和所有遊客一樣，蘭登和蘇菲的視線立即朝天看。灰色的石柱宛如參天的紅杉，伸向陰影，形成優雅的拱狀，令人看了頭暈，順著弧線往下看，視線轉向岩石地板。在他們前方，北耳堂寬敞的走道向前延展，猶如深邃的峽谷，夾道是彩色玻璃組成的峭壁。「幾乎沒有人。」蘇菲悄聲說。

現在是四月，時間還早，外面下著雨。蘭登不見觀光人潮，也不見晶瑩閃爍的彩色玻璃，只見浩瀚的地板和幽暗空虛的凹室。

「我們剛通過金屬探測器，」蘇菲意識到他的憂心，提醒他，「不可能有人帶槍進來。」

蘭登點頭，但煩惱仍在。他本想找倫敦警察前來，但蘇菲唯恐又遇到內鬼，不願再次聯絡警方。我們非搶回藏密筒不可，蘇菲剛才堅持。藏密筒是一切的關鍵。

她說的當然對。

是救李伊脫險的關鍵。

是尋找聖杯的關鍵。

是揪出幕後黑手的關鍵。

不幸的是，奪回拱心石的唯一機會似乎是此時此地……在牛頓的墳墓前。藏密筒無論落在誰手裡，都免不了前來這裡解讀最後一道線索。如果歹徒還沒找上這裡，蘇菲和蘭登打算來守株待兔。

「往哪裡？」蘇菲四下張望問。

牛頓陵。「應該找個導覽員問問看。」

西敏寺的格局遵循傳統，以十字形建造，裡面的陵墓、廂房、可直立進出參觀的墳穴繁多。但與多數教堂不同的是，西敏寺的入口在側面，而非在教堂後面。此外，西敏寺也附有連串的迴廊，遊客誤入一道拱門，就可能迷失在高牆包圍的戶外走廊迷宮裡。像羅浮宮的陳列室，這裡有單一的入口，想找對路離開卻難如登天。

「導覽員穿深紅袍。」蘭登說，走向教堂中央。

「我沒看到，」蘇菲說。「不如我們自己找找看？」

蘭登不說話，帶著她走幾步，來到西敏寺中央，指向右邊。

蘇菲赫然倒抽一口氣。「我們還是去找導覽員吧。」她說。

就在此時，在從中殿往裡面走一百碼的地方，堂皇的牛頓陵位於唱詩班圍屏裡，墓前只有一名遊客。「老師」已經在這裡研究墓碑十分鐘了。

牛頓陵的主體是一具巨大的黑大理石棺材，牛頓雕像穿著古典服飾，以自豪的姿態斜倚在個人著述疊成的靠墊上──《神學》、《古王國編年史》、《光學講稿》、以及《自然哲學之數學原理》。牛頓的腳邊站著兩個有翅膀的小童，兩人捧著一份捲軸。牛頓背後聳立著一座樸素的金字塔。儘管金字塔顯得突兀，最令老師感興趣的是金字塔腰上的巨物。

一顆球狀物。

老師思考著索尼耶赫吊人胃口的謎語。*且尋墳上獨缺球*。這顆巨球懸掛在金字塔外，上面刻著各式各樣的天體，有星座、黃道十二宮、彗星、恆星、行星。

無以數計的球狀物。

老師曾深信，一旦找到騎士墓，謎底必定易如反掌，但現在他信心動搖了。他凝視著複雜的天體圖。難道是哪裡少畫一顆行星？他不知道。即便如此，老師也忍不住懷疑，謎底應該是簡單不失巧妙，畢竟追尋聖杯何須具備高深的天文學知識？

種籽宮外玫瑰肉。

他往墳墓再靠近一步，從底部一寸寸往上檢查。哪一個球狀物應該在這裡……目前卻不在？他摸摸口袋裡的藏密筒，彷彿一摸就能從索尼耶赫製作的大理石筒感應到解答。我和聖杯之間只隔著五個字母。

他在唱詩班圍屏的角落附近踱步，深吸一口氣，望向漫長的中殿，朝遠處的主祭壇看，視線從鍍金祭壇向下移，轉到導覽員穿的豔麗深紅袍，見到兩個非常眼熟的人。

蘭登和蘇菲。

老師鎮定往後退兩步，躲進圍屏。來得真快。出乎他的意料。他再深呼吸，思忖著對策。

藏密筒握在我手中。

他伸手進口袋，摸摸另一個賦予他自信的物體：小左輪。他剛才進門時，不出所料，想偷渡的手槍觸動警報。同樣不出所料，警衛見他狠狠瞪人，亮出識別證，連忙退下。他的官銜總能爭得應有的尊重。

儘管老師盼能自行解謎，不願再節外生枝，如今見蘭登和蘇菲到場，反而樂見後續發展。他或許能借重兩人的專長。畢竟，如果蘭登能解詩謎，找到牛頓陵，蘭登應該對「球狀物」也可能有幾分認識，解密的機率不容小覷。到時候，只要看準弱點對他施壓。

當然不能在這裡。

換個隱蔽的地方較妥當。

老師想起，剛才進來時，看見一個小告示。他立刻知道誘騙兩人去哪裡最恰當。

目前唯一的問題是……該用什麼當誘餌。

76

在北走道上，蘭登和蘇菲慢慢走，仍看不清楚牛頓陵。牛頓的石棺凹進圍屏裡，從這角度無法一眼看見。

「至少那邊沒有人。」蘇菲悄悄說。

蘭登點頭慶幸。牛頓陵附近的中殿冷清無人。「我先過去，」他小聲說，「妳最好躲起來，以免被人——」

蘇菲早已從暗處踏出去，走向空曠的地面。

「監視。」蘭登把話講完，無奈嘆氣，急忙跟上。

蘭登和蘇菲走對角線，穿越龐大的中殿，保持沉默，華麗的牛頓陵逐漸進入眼簾……黑色石棺……斜倚的牛頓雕像……兩個帶翅膀的小男童……偌大的金字塔……以及……一顆巨球。

「來這裡之前，你就知道了嗎？」蘇菲語帶訝異。

蘭登搖搖頭，也顯得驚訝。

「雕刻在上面的好像是星座。」蘇菲接著說。

接近壁龕之際，一股緩緩失落的感受在蘭登心中滋生。牛頓陵到處是球狀物，恆星、彗星、行星多的是。你要找的是失蹤的球狀物？如果找下去，可能會像去高爾夫球場尋找哪棵小草缺一片葉子。他皺眉。就蘭登所知，行星和聖杯之間唯一的關聯是五角金星（Venus），而他早在前去聖殿教堂途中已試過「金星」這個通關密語。

蘇菲朝著石棺直走過去，偏頭說，「《神學》。」她讀出牛頓斜倚的其他書名：「《古王國編年史》。《光學講稿》。《自然哲學之數學原理》。」她轉向蘭登。「聯想到什麼了嗎？」

蘭登上前幾步，思考著。「《數學原理》和行星的引力有關……而行星的確是球狀物，沒錯，不過這關聯有點太牽強。」

「不然，黃道十二宮呢？」蘇菲問，指向球狀物上的星座。「在提賓家的時候，你和提賓不是討論到雙魚時代和寶瓶時代嗎？」

末世論，蘭登想到。「錫安會計畫公布聖杯文獻的時間點，可能在雙魚時代的結尾和寶瓶時代的開端……。」

「也許，」蘇菲說，「錫安會公布眞相的計畫和詩的最後一行有關？」

種籽宮外玫瑰肉。

「看！」她突然驚呼，抓住蘭登的手臂，以驚駭的神態凝視黑色大理石棺上面。「剛才有人來過這裡。」她沉聲說，指向牛頓雕像右腳附近的地方。

蘭登不明白她爲何大驚小怪。在牛頓右腳附近，石棺蓋上面放著一支拓印用的炭筆，想必是遊客粗心留下的。沒什麼大不了。蘭登伸手過去撿，不料就在他彎腰向石棺之際，光面的大理石板上的光影移動，蘭登愣住了。忽然間，他看見蘇菲驚恐的原因。

在石棺蓋子上，在牛頓雕像的腳邊，有人以炭筆寫下三行幾乎看不清楚的字：

提賓在我手上。
穿越修士會堂，
走南出口至公共庭園。

蘭登重複閱讀兩次，心臟撲撲狂跳，默默告訴自己，這是好消息。李伊還活著。這些話也附帶另一層意義。「他們也猜不出密碼，」他沉聲說。

蘇菲點頭。如果歹徒猜到了，何必自曝所在地？

「他們可能想用李伊換取密碼。」

「也可能是陷阱。」

蘭登搖頭。「我覺得不是陷阱。庭園在西敏寺牆外，是一個人來人往的地方。」西敏寺附屬的學院庭園很有名，蘭登曾參觀過。學院庭園是一座小果園，裡面也種植藥草，從前修士在這裡自種天然藥材。庭園裡種著號稱大英帝國現存最老的果樹，現在是熱門景點，觀光客不必進西敏寺就能參觀。「我覺得，約我們去戶外相見是對方表現誠意。想給我們安全感。」

蘇菲面露疑色。「去外面見……不必通過金屬探測器吧？」

她說的有道理。蘭登再看牛頓陵，但願自己對謎底知道一點眉目……能用來談判。拖累李伊的人是我，我願意盡所有能力救他。

「留言說，穿越修士會堂，走南出口，」蘇菲說。「說不定從出口看得到庭園吧？看得見的話，我們可以先採勘情況，不至於一頭掉進陷阱？」

蘇菲的意見很實用。蘭登依稀記得，修士會堂是一間八角形的巨大廳堂，是現代國會大廈落成之前的英國國會議事廳。上次來這裡是好幾年前的事了，但他記得照著迴廊走，應該找得到。他從牛頓陵退後幾步，探頭出圍屏，向右手邊望去。

附近有一座拱廊，一面大牌子寫著：

由此通往：
四迴廊
總鐸區
學院廳
博物館
聖體盒室
聖信祭室
修士會堂

他和蘇菲小跑步，奔向拱門，匆忙之餘，漏看了路標下面另有一張小公告註明：部分區域整修中，恕不開放參觀。

他們跟隨路標急著跑向修士會堂。

跑了四十碼，左邊出現一座拱門，裡面有另一條走廊。雖然從這裡進去可以到目的地，但路口被繩索封鎖，掛著一份看似寺方貼的公告：

整修中，恕不開放參觀
聖體盒室
聖信祭室
修士會堂

隔著繩索，他們看見冗長的走廊裡無人影，到處是鷹架和防塵布。修士會堂的入口在遠遠的走廊盡頭。即使從這裡望，蘭登見得到沉重的木門大開，寬敞的八角形廳堂沐浴在偏灰色的自然採光中。光線來自修士會堂裡的大窗戶，從窗口可俯瞰學院庭園。

穿越學院庭園，走南出口至公共庭園。

蘇菲已經跨繩而過。

蘭登跟著她，在陰暗的走廊急行，開放式迴廊傳來的風雨聲在背後漸漸消失。

接近修士會堂時，蘇菲低聲說，「看起來好大。」

即使從門外看，蘭登也看得見遼闊的地板另一邊是令人屏息的窗景。這裡的窗戶有五層樓高，上面直通圓形天花板。從這裡看，庭園絕對一覽無遺。

兩人進八角形的修士會堂，走了足足有十呎遠，尋找著南面的出口，發現留言寫的出口根本不存在。他們的所在地是個大死角。

沉重木門發出吱嘎聲，從背後傳來，兩人轉身，聽見門轟然關上，門閂應聲掉至定位，站在門前的人顯得鎮定，舉著小左輪手槍對準他們。

這人體形魁梧，拄著兩支鋁合金拐杖。

頃刻間，蘭登以爲自己在做夢。

他是李伊．提賓。

77

舉著左輪手槍，槍口對準蘭登和蘇菲，李伊・提賓爵士看得見兩人一臉震驚被出賣的表情。

「我的朋友們，」他說，「自從昨夜你們踏進我家大門的那一刻起，我已竭盡所能避免你們落入險境。我始終無意連累兩位。但是，你們偏偏走進我家。主動來找我的是你們。」

「李伊？」蘭登總算勉強開口。「你在幹什麼？我們還以為你遇到麻煩了。我們來這裡是為了救你啊！」

「我相信是，」他說。「我們能討論的事很多。」許多事情……你們尚未明瞭，我非告訴你們不可……

蘭登和蘇菲的眼神飽受驚嚇，視線似乎無法從槍口轉移。

「我的想法很單純，只盼兩位能全心關注，」提賓說。「倘使我想傷害你們，你們早就沒命了。我是個重視榮譽的人，憑良心發過重誓，只能犧牲那些辜負聖杯的叛徒。」

「你這話的意思是什麼？」蘭登問。「聖杯的叛徒？」

「我發現了一個不堪設想的事實，」提賓嘆氣說。「我得知聖杯文獻遲遲不公諸於世的原因。據我瞭解，錫安會決定不公開眞相……所以，時代進入末世了，眞相仍一直未見天日。」

蘭登倒抽一口寒氣，正想反駁。

「錫安會，」提賓繼續說，「身負神聖的重任，有責任公開眞相。在末世來臨時公布聖杯文獻。幾世紀以來，達文西、波提且利、牛頓等人冒著天大的風險，只求捍衛文獻，承擔重責大任。如今，在公開眞相的節骨眼上，賈克・索尼耶赫居然改變主意，罔顧基督教史上最艱鉅的職責。他認定時機不對。」提賓轉向蘇菲。「他辜負了聖杯。他辜負錫安會。他也辜負了爲這一刻奮鬥的世世代代。」

「你？」蘇菲高聲說，視線總算轉向他，綠眼珠直鑽他的眼，充滿怒意和痛悟。「教唆殺害我爺爺的人竟然是你？」

提賓哼一聲，表示不屑。「妳祖父和他的大長老全是聖杯叛徒。」他的口氣是得理不饒人。「妳祖父把良心賣給教會。是教會強迫他壓著眞相不公開，顯而易見。」

蘇菲搖搖頭。「教會哪能左右我爺爺！」

提賓冷笑。「親愛的，在這方面，教會累積了兩千年的資歷，想揭穿教會謊言的人全會受到脅迫。自從君士坦丁大帝的年代以來，自從基督教誕生的階段，教會成功隱瞞了馬利亞和耶穌的眞相至今。現在，教會能再度耍花招，繼續矇騙世人，我們不應該訝異。」他停頓片刻，彷彿想強調下一個重點。「納佛小姐，有一段時間，妳祖父一直想對妳訴說妳家的眞相。」

「你從哪裡知道的？」

「我的方法無關緊要。妳當前需要瞭解的重點是……」他深吸一口氣，「妳母親、父親、祖母、弟弟喪生並非意外。」

這句話整得蘇菲情緒激盪。她張嘴想講話卻無言。

「你這話是什麼意思？」蘭登問。

「羅柏，這能解釋一切。所有枝節都合理。歷史能再三重演。爲了防堵聖杯文獻，教會不惜殺人。末世在即，找盟主的至親開刀，能傳遞一項至爲明顯的訊息：閉嘴，否則下一個遭殃的人是你和蘇菲。」

「我家人遇到車禍，」蘇菲結結巴巴，童年傷痛漲滿心中。「是一場意外！」

「只不過是編個故事保護妳罷了，」提賓說。「網開一面，讓全家族只留兩條命，一個是錫安會的盟主，另一個是獨生孫女，一老一少是絕佳的組合，可供教會操縱錫安會的運作。近幾年來，教會對妳祖父施壓，如果敢公布聖杯祕密就要妳的命，以抄家滅門爲威脅，除非他叫錫安會重新考慮古代流傳下來的誓言。」

「李伊，」蘭登駁斥，「蘇菲家人的死和教會有沒有關聯，你提不出證據，你也無法證明教會能不能逼錫安會保持沉默。」

「證據？」提賓頂回去。「你要證據？千禧年來了——世人卻依然懵懂無知！這還不夠嗎？」

提賓的言語勾起另一人的聲音：蘇菲，我一定要對妳解釋妳家人的眞相。她發現自己在發抖。爺爺想告訴她的眞相果眞是這件事？親人果眞死於謀殺？對於奪走家人的那場車禍，她眞正知道多少？她只知概略細節。連報紙上的報導都寫得含糊。她倏然回憶起爺爺對她保護過度，從來不肯讓年幼的她獨處。即使長大後，即使出國深造，她仍覺得爺爺關愛的眼神跟著她走。

「你懷疑索尼耶赫被施壓，」蘭登怒視提賓說，語帶懷疑，「所以才謀殺他？」

「扣扳機的人不是我，」提賓說。「索尼耶赫終於解脫了，不再因未能善盡神聖職責而羞慚。現在，我們可望肩負他的遺志，糾正一項大錯。」他語氣暫停。「我們三人，戮力同心。」

「我們願意幫你嗎？太異想天開了吧，」蘇菲說。

「因爲，親愛的，錫安會未能公布文獻的主因就是妳。祖父愛妳至深，羈絆到他挑戰教會的意志，令他不良於行。他一直無法向妳說明眞相，因爲妳和他斷絕關係，讓他束手無策，逼他苦等。現在，妳虧欠世人一個眞相。讓眞相大白，妳才算對地下的爺爺有個交代。」

儘管一個個疑問如湍流，在蘭登腦中激盪，他只知當務之急是讓蘇菲活著出去。她看起來飽受震撼。*教會爲了封錫安會的嘴而抄家？*蘭登確信，現代教會不至於殺人。一定另有理由。

「放蘇菲走吧，」他大聲說，盯著提賓看。「你和我兩個人就能處理這件事。」

提賓笑得不自然。「我恐怕信不過你。但是，我倒是可以給你這個。」他拄直拐杖，槍口對準蘇菲，從自己口袋裡掏出拱心石，遞給蘭登，重心有點不穩。「信任的象徵，羅柏。」

蘭登不動。*李伊居然把拱心石還給我們？*

「收下吧，」提賓說，以笨拙的身手塞給蘭登。

提賓主動退還拱心石，蘭登只想得出一個原因。「你已經開過了。裡面的地圖被你拿走了。」

提賓搖搖頭。「羅柏，倘使我解開拱心石密碼，我早就自己去找聖杯了，怎麼會找你們加入？我猜不到密碼。我不妨坦然承認。眞正的騎士懂得在聖杯面前學習謙卑，懂得遵守呈現在眼前的徵兆。我一見你進西敏寺就知道了。你來這裡是有原因的。你是來幫忙。我追求的並非個人榮耀。我效勞的主子比自尊心更大：眞相。世人應該知道眞相。聖杯找到我們三人，現在她祈求我們讓她見天日。我們非合作不可。」

儘管提賓一再懇求合作互信，在蘭登向前接下冰冷的拱心石之際，槍口仍對準蘇菲。蘭登握住大理石圓筒向後退，裡面的醋發出咕嚕嚕聲。轉盤上的字母仍錯置，藏密筒依舊深鎖。

蘭登以懷疑的眼神看提賓。「何以見得我不敢心一橫摔碎它？」

提賓的笑聲含有詭異的喉音。「在聖殿教堂，你說你想摔破拱心石，我早該明瞭你是在裝腔作勢。羅柏·蘭登絕對不會摔破拱心石。你是歷史學者，羅柏。握在你手中的物體是解開兩千年謎題的關鍵，是鎖住聖杯文獻的失傳鑰匙。騎士前仆後繼，爲保密不惜被綁上木架燒死，你能體會到他們的苦心。你難道願意讓他們平白送命？不會的。你願意證明他們的犧牲是值得的。你願意加入你景仰的偉人行列，追隨達文西、波提且利、牛頓，這三人倘使遇到你現在的處境會感到何其榮幸啊。拱心石裡的物品正哭求我們還它自由啊。時機來臨了。命運引領我們走到這一刻。」

「我不能幫你，李伊。我不知道怎麼打開。我只在牛頓陵前看了一下。何況，就算我猜到密碼……」蘭登陡然打住，發現自己講太多了。

「你也不願告訴我？」提賓嘆息。「羅柏，我很失望，很驚訝，你居然不明白你對我虧欠多大。在你們走進我家的時候，假使黑密和我直接剷除你們，我的任務勢必輕鬆得多。我卻決定冒盡風險，走比較高尚的路。」

「這算哪門子高尚？」蘭登質疑，眼睛看著槍口。

「全怪索尼耶赫，」提賓說。「他和大長老把西拉騙得團團轉——是的，對他們開槍的人是那個白化症修士。但是，我無從臆測盟主居然騙我，把拱心石遺贈給一個疏遠多年的孫女。」提賓看著蘇菲，面帶鄙夷，然後把視線轉回到蘭登。「所幸，羅柏，你的參與爲我挽回了頹勢。若非你去銀行提領，拱心石恐將永遠被鎖在銀行中，不會跟著你走進我家。」

提賓的表情變成高傲。「當我得知索尼耶赫臨死留下遺言，我就懷疑，你可能會出現在我家門口。果然，你來了，還拱手交出拱心石給迫切期待的我，足以證明我的理念是公正的。」

「什麼？」蘭登臉色大變。

「照原訂計畫，西拉應該闖進我家，從你手中奪走拱心石——不傷害你，也不洩漏我涉案。然而，當我見到索尼耶赫設定的密碼巧思獨具，我決定延遲西拉奪拱心石的計畫，等到我吸收夠多知識，能單獨行動再說。」

「聖殿教堂……，」蘇菲說，口氣充滿上當的意味。

漸漸明白了嗎？提賓想著。聖殿教堂是個絕佳的場地，而黑密獲得的指令也很單純——在西拉奪取拱心石時躲起來。不巧的是，蘭登威脅摔碎拱心石，導致黑密恐慌。只怪黑密跳出來暴露身分，提賓恨在心中。唯有黑密能牽扯到我，而他竟露臉！

幸好西拉不知道提賓就是「老師」，因此能輕易騙他和黑密一搭一唱，從教堂綁架提賓，然後讓天真的西拉坐在禮車前面，黑密趁機佯裝在後面束縛提賓。有隔音作用的隔板升起後，提賓操著「老師」的假法國腔，偷偷打電話給前面的西拉，叫他直接去投宿主業會。之後，一通電話打進警察局，就能輕鬆剷除這個白子。

消滅一個後患。

另一個後患比較難解決。黑密。

黑密證明自己是個累贅。每一場追尋聖杯旅程難免有所犧牲。最後，提賓簡單以一壺干邑酒加一罐花生，引發黑密的過敏症，導致他一命嗚呼。

從禮車到西敏寺只需走一小段路。在門口，儘管提賓的鐵鞋、拐杖和手槍觸動金屬探測器，值班警衛不知如何是好。總不能叫殘障老人脫掉鐵鞋爬進去吧？提賓爲他們解圍，提出一個簡易幾倍的解決之道：他掏出一張凸字壓印的證件，表明自己是女王冊封的騎士。可憐的警衛爭相護送他通關。

提賓以完美的法文說，「人尋不著聖杯，聖杯自找上門，」他露出微笑。「我們相逢，是一個再明顯不過的徵兆。聖杯找上我們了。」

無言。

他壓低嗓門說，「聽著。你聽見沒？聖杯跨越千古，正對著我們發聲。她正乞求我們拯救她脫離錫安會的愚行。我乞求你們兩位體認這機會。想破解最後密碼並打開藏密筒，此時此刻同聚一堂的你我三人是絕佳的搭檔。」提賓停頓一下，目光如炬。「我們需要共同宣誓。誓言彼此互信。以騎士誓詞保證讓眞相廣爲周知。」

「我寧死不會和我爺爺的凶手共同發誓。除非要我發誓見你坐牢，」蘇菲以硬如鋼鐵的口吻說。

「很遺憾妳有此感想，小姐。」提賓把槍口轉向蘭登。「你呢，羅柏？你想和我合作……或是和我作對？」

78

艾林葛若薩主教的肉體承受過許多種苦痛，但灼燙著胸口的彈孔感覺既深沉又凝重。不是肉體上的傷……這份苦比較貼近心靈。

他睜開眼皮，卻被臉上的雨水模糊視線。我在哪裡？他感覺到有人以強壯的手臂抱著他，他全身癱軟如碎布娃娃，黑袍在雨中飄擺。

他抬起疲憊的手，抹一抹眼睛，見到抱著他跑的人是西拉。高壯的西拉正在細雨霏霏的人行道上狂奔，沿途喊著找醫院，語音淒厲痛苦，兩行淚水混合臉上的血跡往下川流。

「我的兒子，」艾林葛若薩小聲說，「你受傷了。」

西拉低頭看，臉孔因苦悶難耐而扭曲。「神父，我對你非常非常抱歉。」他似乎痛苦到無法言語。

「不對，西拉，」艾林葛若薩回應。「抱歉的人應該是我。這全是我的錯。你和我上當了……。」

艾林葛若薩主教的思緒不禁回溯至西班牙，回到他卑微的起點，和西拉攜手在奧維耶多建立一小間天主教教堂。後來，前進紐約市，他以主業會的摩天大樓讚揚上帝的榮光。

五個月前，艾林葛若薩接到一項晴天霹靂的消息。他能細數當時開會的情景。岡道夫堡的那場會議徹底改變他的一切。

他走進位於岡道夫堡的天文圖書室，昂頭挺胸，在美國致力推廣天主教的他滿心以爲即將獲得表揚。

然而，教廷只派三人與會。

一人是國務卿，主管教宗的法律事務。癡肥。陰鬱。

另兩人是義大利籍高階樞機主教。假道學。高傲。

「國務卿？」困惑的艾林葛若薩說。

國務卿和艾林葛若薩握手，指向桌子對面的座位。「請隨意坐，不用客氣。」

艾林葛若薩坐下，察覺氣氛有異。

「主教，我不擅長閒聊，」國務卿說，「所以容我直述召你前來的原因。」

「請坦白說。」

「如你所知，」國務卿說，「在梵蒂岡，教宗等人最近憂心一件事。主業會有些作法較具爭**議性**，近來引起媒體關注，衝擊到教會。」

艾林葛若薩覺得自己體內的肝火瞬間沸騰。

「我想請你安心的是，」國務卿趕緊說，「教宗不願支配貴教會的運作方式。」

敢支配還得了！「不然，召我來的用意何在？」

胖子國務卿嘆息。「主教，我不知該如何措辭才不至於刺傷你，所以恕我直言。兩天前，國務委員會一致表決通過，撤銷梵蒂岡對主業會的認同。」

艾林葛若薩相信自己的耳朵失靈了。「你說什麼？」教廷國的事務中，許多由國務委員會投票表決。他們居然決議不再支持主業會？

「簡而言之，六個月之後，天主教會不再視主業會爲教會的一員。你們將自立門戶。教廷將和你們斷絕關係。教宗也已經核可了，我們正在研擬法律文書。」

「可是……這不可能吧！」

「不但可能，而且也有必要。主業會的一些作法讓教宗不安。」國務卿停頓一陣。「你們歧視女教友的政策也是。坦白說，主業會丟盡了教會的臉。」

艾林葛若薩傻眼了。「丟臉？天主教會裡，教友人數上升的派系唯獨主業會一個啊！我們現在有超過一千一百位神父啊！」

「是的。這一點也令人憂心。」

艾林葛若薩陡然起立。「主業會在一九八二年資助梵蒂岡銀行，你去問教宗，那時候主業會有沒有丟教會的臉！」

「對那件事，梵蒂岡永遠感念在心，」國務卿以息怒的語調說，「然而，我們之中仍有人相信，這份……慷慨之禮……是教廷正式支持主業會的唯一原因。」

「胡說八道！」艾林葛若薩深深被觸犯到。

「無論是不是事實，我們都計畫以誠意面對現在。斷絕關係的條件包括退還那筆錢，分五期償還。」

「你們想付錢打發我走？」艾林葛若薩質疑。「用錢堵嘴趕人？」他彎腰向前，隔桌怒視兩位樞機主教之一，語調轉為尖銳。「教徒為什麼紛紛離開教會，你們眞的不知道嗎？前後左右看一看就曉得。信徒不再尊重教會了。信仰的嚴格戒律不見了。現在教會的作法倒比較像一攤自助餐！禁慾、告解、聖餐禮、洗禮、彌撒——想混搭哪幾項，任君挑選。憑這種態度，教會能提供什麼樣的心靈指引？」

「西元三世紀的律法，」樞機主教說，「無法適用於現代基督信徒生活上。以前的規則在今日社會裡行不通。」

「哼，在主業會好像暢行無阻啊！」

「艾林葛若薩主教，」國務卿說，語氣果決。「念在主業會和前任教宗的交情，現任教宗願寬限你們六個月，讓主業會主動脫離梵蒂岡。我建議你公開宣布，主業會想自行成立一個基督教組織。」

「我拒絕！」艾林葛若薩高聲說。「我也會當著教宗的面拒絕！」

「我恐怕教宗不會想再召見你了。」國務卿的目光毫無退縮之意。「賞賜的是耶和華，收回的也是耶和華。」

會後，艾林葛若薩踉蹌離開，滿腔困惑和恐慌，爲基督教的前途憂心忡忡。然而，事隔幾星期，一切出現轉機。他接到一通電話。

來電者聽起來像法國人，自稱「老師」。他說，他知悉教廷有意停止認同主業會。「各地有耳朵代我捕捉風聲，主教，」老師沉聲說，「透過這些耳朵，我已掌握某些事實。有一件神聖的文物能帶給你莫大的權勢，如果你願意協助，我能找出藏它的地點。它的威力強到足以逼教廷向你低頭。強到足以拯救宗教界。」老師語氣暫停。「不僅能拯救主業會，更能拯救所有人。」

被耶和華收回……耶和華再賞賜。燦爛的一線希望之光在艾林葛若薩主教心中亮起。「你的計畫是什麼，說來聽聽。」

聖瑪麗醫院的門打開時，主教已不省人事。醫師協助西拉把昏迷的主教抬上擔架，摸摸他的脈搏，臉色凝重。「他失血嚴重。我不敢抱太大希望。」

主教的眼瞼動一動，睜開，鼓起氣力一陣子，視線搜尋到西拉。「我的孩子……」

怒火在西拉的心靈裡竄燒。「神父，等我去找那個欺騙我們的人——宰了他。」

艾林葛若薩搖一下頭，顯得哀傷。「西拉……如果你還沒從我這裡學到什麼，求求你……把我這句話聽進去。」他握住西拉的手，緊緊按一下。「寬恕是上帝最大的厚禮。」

「可是，神父……」

艾林葛若薩閉眼。「西拉，你一定要祈禱。」

79

羅柏，你想和我合作……或者想和我作對？皇家歷史學者提賓的話在蘭登腦海幽幽迴響。

蘭登知道，遇到這問題，再怎麼回答也不是辦法。回答「合作」，他等於是出賣蘇菲。回答「作對」，提賓不得已，只好槍斃兩條命。

蘭登選擇兩個答案之間的灰色地帶。

沉默。

蘭登凝視手中的藏密筒，選擇默默走開。他頭也不抬，向後退至修士會堂空蕩蕩的地方。中立國。他全神貫注在藏密筒上，希望能向提賓釋放的訊息是，他不排除合作，同時也以沉默向蘇菲暗示，他仍未拋棄她。

蘭登猜，思考的動作正合提賓的心意。所以他交出藏密筒，好讓我感受決策的沉重。如果我能拿出地圖，提賓必定會談判，他告訴自己。他緩步移向會堂另一邊，讓牛頓陵上的繁星盤旋在他的腦海。

且尋墳上獨缺球。

種籽宮外玫瑰肉。

他走向高大的窗戶，想從彩色玻璃的拼花圖形尋找靈感。沒有收穫。

假想自己的頭腦和索尼耶赫互換。他絞盡腦汁思考，凝望窗外的學院庭園。索尼耶赫認定墳上應有卻不見的球狀物到底是什麼？索尼耶赫不搞科學。他專業領域是人文學科，是藝術，是歷史。神聖女性……餐杯……玫瑰……被迫離鄉背井的馬利亞……女神地位傾頹……聖杯。

傳奇故事總把聖杯比喻爲無情的情婦，總避不見人，在陰影裡起舞，在你耳邊講悄悄話，引人再走一步，然後遁入雲煙。

學院庭園的果樹枝葉婆娑，蘭登凝視著，意識到捉弄人的聖杯在場。暗示的跡象隨處可見。英國歷史最古老的蘋果樹綻放著五瓣花朵，散發著金星似的光輝，誘人的身影在霧中的枝葉間若隱若現。女神正在庭園裡。她正在雨中翩然起舞，吟唱著古歌，躲在布滿蓓蕾的枝葉後面窺視，彷彿在提醒蘭登，知識的果實正在成長，但他伸手搆不到。

在會堂另一邊，李伊．提賓爵士信心滿滿，看著蘭登中邪似的凝望窗外。

正如我所料，提賓心想，他不會讓我失望。有一段不算短的時間，提賓懷疑蘭登可能知道聖杯的關鍵，所以計畫的啓動點才選在蘭登和索尼耶赫約見的晚上。提賓監聽索尼耶赫館長多時，知道館長迫切想私下面晤蘭登，確定這只代表一件事：蘭登偶然間發現眞相，索尼耶赫唯恐眞相被蘭登公開。

提賓回想來時路，感覺幾乎是得來全不費工夫。我握有內線情資，知道索尼耶赫最深沉的恐懼。昨天下午，西拉佯裝神父，誆稱剛聽見教友驚人的告解，於是驚惶致電索尼耶赫館長。照理說，天主教神父聽取告解是一份神聖的職責，應當嚴格保密。但這一次……「索尼耶赫先生，恕我冒昧來電，我有急事告知您。我剛聽取一位教徒告解，他自稱殺害了您的親屬。」

索尼耶赫的反應是驚愕中不無警覺。「我的親屬死於一場意外。警方的報告寫得很明確。」

「對，是一場車禍沒錯，」西拉說著，放下掛著誘餌的魚鉤。「我聽到的告解是，他說他硬把他們的車擠出路面，害他們掉進河裡。」

索尼耶赫啞言。

「索尼耶赫先生，以我的身分，我不應洩漏信徒的告解，絕不會直接打電話告訴你。只不過，這信徒另外說了一句話，令我擔心**您的**安危。」他停頓一秒。「他也提到一位孫女。蘇菲？」

一提起蘇菲，索尼耶赫立刻心慌，命令西拉儘快前來，就約在索尼耶赫所知最安全的地點——羅浮宮館長辦公室。然後，他打電話通知蘇菲可能有危險。和羅柏．蘭登見面的約定瞬間被忘得精光。

在修士會堂的對峙中，蘇菲冷冷對提賓說，「就算他打得開，他也不會爲你打開藏密筒。」

在這一刻，蘭登從窗前轉過來。「牛頓陵……，」他忽然面對提賓和蘇菲。「我知道應該找什麼地方。對，我猜我能找到密碼！」

提賓心跳加速。「在哪裡，羅柏？快告訴我！」

蘇菲語帶惶恐。「羅柏，不行！你不會幫他忙吧？」

蘭登向前邁出果決的一步，藏密筒舉在身前。「對，」他說，轉向提賓，眼神轉爲剛毅。「等他先放妳走再說。」

提賓的心情轉壞。「就差這麼一步了，羅柏。你可別跟我玩花招！」

「不玩花招，」蘭登說。「放她走。然後，我帶你去牛頓陵，一同打開藏密筒。」

「我哪裡也不去，」蘇菲高聲說，氣得瞇起眼睛。「那藏密筒是爺爺送我的，你們沒資格打開。」

蘭登旋身，面有懼色。「蘇菲，求求妳！妳有危險。我想救妳啊！」

「怎麼救？揭穿我爺爺寧死捍衛的機密嗎？羅柏，他信任你。我也信任過你！」

「蘇菲，」蘭登懇求。「拜託……妳趕快走。」

她搖頭。「除非你給我藏密筒，不然就在地上摔碎。」

「什麼？」蘭登驚呼。

「羅柏，我爺爺寧可讓機密永遠失傳，也不樂見機密掉進凶手的手裡。」蘇菲直直瞪提賓。「想殺我就殺吧。我不會把爺爺的遺物交給你。」

也好。提賓舉槍瞄準。

「不行！」蘭登高喊，握著藏密筒在堅硬的地板上空搖晃著。「李伊，你敢動歪腦筋，我就鬆手讓它掉下去摔碎。」

提賓笑著說。「你這招唬得住黑密，對我無效。我對你的認識夠深。」

「是嗎？」

「眞的嗎，羅柏？你眞的知道牛頓陵的哪裡找得到答案？」

「知道。」

蘭登目光閃爍的現象稍縱即逝，卻被李伊看穿了。看得出你在撒謊。你不知道答案藏在牛頓陵的哪裡。我是個獨行的騎士，周圍盡是不夠格的俗人，只好獨自解開拱心石。

「我先表達信任的誠意，」提賓說，槍口向下移，不再瞄準蘇菲。「你放下拱心石，我們有話好說。」

蘭登知道唬不過提賓，也知道關鍵時刻來了。我一放下拱心石，他一定會殺了我們兩個。即使不看蘇菲，他也直覺到，蘇菲也有同感。

羅柏，這人不配找到聖杯。拜託你不要交出拱心石。代價再高也無所謂。

幾分鐘前，獨自站窗前的蘭登已下定決心。

保護蘇菲。

捍衛聖杯。

當時他差點絕望得嘶吼。山窮水盡的當兒，思路也霎然明晰。眞相就擺在你眼前啊，羅柏。

聖杯不是在嘲弄你，而是在呼叫夠格的人。

他放低藏密筒，離石地板只差幾吋。

「對，羅柏，」提賓低聲說，槍口瞄準他。「放下。」

蘭登抬起視線望天，看著修士會堂龐大空曠的圓頂。他彎腰蹲下，收回視線，改看提賓的手槍。槍口仍對準他。

「對不起，李伊。」

以一氣呵成的動作，蘭登騰空躍起，一手直直甩向天空，把藏密筒拋向高高的圓頂。

李伊．提賓不覺得自己扣了扳機，但手槍仍爆發如雷的射擊聲。原本蹲下去的蘭登現在挺直腰桿，幾乎騰空，子彈射中他腳邊的地板。提賓的半邊腦袋氣得想修正準頭，再開一槍，但拗不過腦袋另一半，他的眼睛改往上看。

拱心石！

時光似乎靜止了，因爲升空的拱心石成了提賓的整個世界。他看著拱心石攀升至最高點……在空中飄浮片刻……然後翻滾下墜，落向石地板。

提賓的所有希望和夢想全垂直墜向地球表面。不能讓它落地！我接得住！提賓的肢體憑本能反應。他丟掉手槍，奮不顧身向前衝，拐杖也被他拋棄，伸出指甲修剪美觀的手——在半空中接住拱心石。

拱心石成功到手，提賓往前傾倒，心知跌勢太猛，連忙伸雙手去止跌，結果雙手觸地，藏密筒重擊地面。

藏密筒內傳出不堪入耳的玻璃碎裂聲。

整整一秒鐘，提賓無法呼吸。他趴在冰冷的地板上，雙臂仍伸直，直盯手中的大理石圓筒，暗自祈求裡面的小玻璃瓶不能破。旋即，醋的酸味飄進空氣中，涼涼的液體從轉盤之間滲出，流進他的掌心。

一陣狂亂的恐慌襲身。糟了！他想像裡面的莎草紙被醋溶解。羅柏，你這笨蛋！祕密失傳了！聖杯失傳了！一切都被毀了。提賓不敢置信，打著哆嗦，極力強行扯開圓筒，想搶在史蹟消失無蹤之前，哪怕只看一眼也好。令他詫異的是，他握住藏密筒的兩端，居然一拉就開。

他驚呼一聲，往裡面看。裡面除了溼答答的碎玻璃之外，什麼也沒有。不見溶解中的莎草紙。提賓翻身，仰望蘭登，回頭再看拱心石。轉盤上的字母不再零亂了，五字母對齊，拼出有意義的單字：APPLE。

「夏娃啃咬球狀物，」蘭登冷冷說，「引發上帝震怒。原罪。神聖女性失格的象徵。」

答案如此簡單，掉在提賓頭上，痛徹他心扉。「墳墓上面應有卻不在的球狀物」絕對是從天堂掉下來的玫瑰紅蘋果，擊中牛頓的頭，觸發牛頓畢生鑽研地心引力的奧祕。心血的成果！玫瑰皮肉包著含有種籽的果核！

「羅柏，」情緒太激動的提賓結巴說，「你打開了。藏寶圖……在哪裡？」

蘭登眼也不眨，一手伸進外套的胸前口袋，小心翼翼取出一張捲得緊密的莎草紙，在提賓幾碼外打開看。一抹會意的微笑在他臉上浮現。

*他知道了！*提賓的心渴求同一份知識。他畢生的大夢近在眼前。「快告訴我！」他要求。「拜託！唉，天啊，求求你！還來得及啊！」

修士會堂外的走廊隆隆響起沉重的腳步聲，蘭登默默把莎草紙捲好，收回口袋。

「唉！」提賓慘叫，想站卻站不起來。

接著，門砰然打開，法舍隊長猶如蠻牛進場，凶眼相中目標——李伊．提賓，見他倒地徬徨無助。隊長把手槍放回槍套，轉向蘇菲。「納佛探員，我很高興妳和蘭登先生安然無恙。」

英國警察從法舍背後進來，架起身心苦悶的提賓，爲他銬上手銬。

蘇菲表情錯愕。「你怎麼找到我們的？」

法舍指向提賓。「他進西敏寺時出示證件。後來警衛聽見警方通告追緝他，第一時間就通知我們。」

「在蘭登的口袋裡！」提賓像狂人嚷嚷著。「聖杯的藏寶圖！」被警察抬走之際，提賓仰頭嚎叫，「羅柏！聖杯藏在哪裡，告訴我啊！」

他被抬過來時，蘭登注視他的眼睛。「李伊，夠資格才找得到聖杯。你教過我的。」

80

肯辛頓庭園裡的霧氣低沉，西拉跛足走進僻靜的窪地躲著。他跪在濕草地上，感覺一道熱血從肋骨下方的彈孔涓流而下。

霧茫茫的此地恍若天堂。西拉舉起血淋淋的雙手祈禱，看著雨滴撫摸手指，手恢復白皙的原色。雨勢轉強，水珠落在背部和肩膀上，他覺得身體一點一滴消失在迷霧中。

我是個幽靈。

一陣清風拂過身旁，飄來象徵新生命的濕土味。肢體殘破的西拉，卯足全身每一個活細胞祈禱著。他祈求寬恕。他祈求慈悲。他爲精神導師艾林葛若薩主教祈禱，最大的心願是盼主不要太早帶走主教。有太多的任務等著主教去做。

霧在西拉周遭盤桓，他感覺身體輕盈到能隨霧飄去。他閉上眼皮，說出最後一句禱告詞。

雨霧之中，曼紐爾·艾林葛若薩的聲音對著他嚅嚅細語。

主是善良慈悲的上帝。

西拉的苦痛終於漸漸減輕了，他知道主教說的對。

81

倫敦的太陽在近黃昏時破雲而出，市區的濕氣逐漸散去。法舍隊長走出偵訊室，倦意纏身。他攔下計程車。剛才李伊．提賓爵士大聲嚷嚷被冤枉，他三句不離聖杯、祕密文獻、神祕兄弟會，胡謅一通，法舍猜這狡猾的史學家其實意在布局，好讓律師團能以精神失常爲由，幫他脫罪。

法舍心想，精神失常才怪。提賓早已在每一個轉折點鋪好了退路，以便維護自身的清白，這足以證明他不但精神正常，而且創思和精準度兼具。

提賓利用了教廷國和主業會，這兩方其實清清白白。

提賓教唆犯罪，計誘被信仰沖昏頭的修士和走投無路的主教懵懂上當。

提賓另有計謀。提賓在小兒痲痺症患者爬不上去的閣樓設監聽站，上下閣樓只能攀爬將近垂直的梯子，派僕人黑密代爲監聽。唯一知道藏鏡人本尊的是黑密，卻不巧因食物過敏症暴斃。

在提賓家蒐證的科列分隊長報告，提賓的城府之深值得法舍引以爲戒。身爲英國皇家史學家的提賓向古希臘人借用木馬屠城詭計，成功在巴黎多位名人的辦公室布下竊聽器。

有幾位名人收受提賓致贈的藝術品而中計，也有人不知情在拍賣會標中提賓出讓的文物。

索尼耶赫館長受騙的步驟較複雜。提賓有意出資在羅浮宮增建達文西專區，設晚宴邀請館長前來威雷特堡商談合作的可能性。在邀請函底下，提賓附帶寫著，聽說索尼耶赫曾經參考達文西的草圖，製作了一尊能擺各種姿勢的騎士玩偶，令他興味盎然，暗示索尼耶赫不妨帶他前來赴宴。索尼耶赫不疑有詐，把騎士玩偶帶來提賓家，閒置的空檔足以讓黑密植入竊聽器。

現在，法舍坐在計程車後座，閉目養神再處理完一件事，才可以回巴黎。

聖瑪麗醫院的休養室裡陽光普照。

「你讓我們刮目相看，」護士低頭對他微笑說。「簡直是奇蹟出現。」

艾林葛若薩主教虛弱一笑。「我一向有福氣。」

護士離開後，他獨自在病房裡，黯然懷念西拉。他的遺體在公園裡被尋獲。

請原諒我，吾兒。

把西拉納入光榮大計畫一直是艾林葛若薩的心願。然而在昨夜，艾林葛若薩主教接到警察隊長法舍的電話，得知聖許畢斯教堂的桑德琳修女被謀殺。安排西拉夜訪教堂的人是艾林葛若薩，他發現計畫嚴重脫軌了。接著，他得知另有四人也遭殺害，惶恐的心情轉為痛苦。西拉，你怎麼做得出這種事？主教無法聯絡老師，心知自己成了斷線風箏。沒利用價值了。連鎖效應越演越烈，他是幫凶，唯一能喊停的方式是報警。他向法舍隊長招認，和盤托出，發現隊長是虔誠的天主教徒。隊長向他承諾，保證盡全力捍衛他摯愛的教會。從那一刻起，主教和隊長攜手緝捕西拉，以免身心有缺憾的西拉再受「老師」指使殺人。

艾林葛若薩徹身徹骨疲倦，閉上兩眼，聆聽電視報導英國名人騎士李伊．提賓被捕的消息。據瞭解，教廷有意和主業會完全切割，提賓得知風聲，看上艾林葛若薩，把主教收編為卒子正合他意。病床上的主教心想，當時我眼看即將失去一切，有聖杯可拿當然求之不得，有誰比我這種人更容易被利用？擁有聖杯的人，權勢將威震天下。

心急之餘，艾林葛若薩不疑有他，而老師開的價碼兩千萬歐元雖然是天價，但聖杯價更高。兩千萬對艾林葛若薩不成問題，他只需轉用教廷昨天退還給主業會的款項即可。提賓對他最大的羞辱當然是要求梵蒂岡以債券支付，計畫萬一出紕漏，錢的來源能誤導警調的方向，提賓可以賴罪給教廷。

「主教，我很高興見到您安好。」

來人站在門口，嗓音粗魯，艾林葛若薩從聲音認得出他是誰，但這人的相貌嚴肅，五官線條粗獷，頭髮抹髮油向後梳，黑西裝幾乎包不住粗脖子，和他的想像有點距離。他問，「是法舍隊長？」他想像中的隊長面貌比較柔和。

隊長走向病床，抬起一個熟悉而沉重的黑公事包，放在椅子上。「我相信這包東西是您的。」

艾林葛若薩看著裝滿債券的公事包，立刻把視線轉開，內心除了羞愧之外還是羞愧。「是的……感謝你。」他不語，手指搓弄著床單的縫線，一會兒才繼續說，「隊長，有件事，我深思過了，想請你幫個忙。遭西拉……巴黎的那幾家人……」他被情緒噎住，講不下去。「我知道，再大的數目也無法彌補他們的損失，但是……請你行行好，代我把這包東西平分給他們……交給死者家屬。」

法舍以黑眼珠審視他。「主教，我一定會代你達成心願。」

凝重的沉默降落在兩人之間。

電視上，一位精瘦的法國警官正在開記者會，背景是占地遼闊的豪宅。法舍認識這警官，把注意力轉向螢幕。

「科列分隊長，」ＢＢＣ記者發問，語帶指責，「昨晚隊長公開誣賴兩位民眾涉嫌謀殺，羅柏·蘭登和蘇菲·納佛是否不排除向警方索賠？這件事是否可能導致法舍隊長丟官？」

分隊長笑容疲憊但神情鎮定。「法舍隊長很少出錯。我雖然還沒和他討論過這事，不過我很清楚他的謀略，我大概猜得出他公開緝捕納佛小姐和蘭登先生，用意在於引誘元凶暴露行跡。」

在場記者面面相覷，表示驚訝。

科列繼續說，「現階段我能證實的是，隊長已成功逮捕連續血案的主使，蘭登先生和納佛小姐已經洗清罪嫌，目前平安。」

法舍的唇角帶著淺笑，把臉轉回艾林葛若薩。「那個科列，好傢伙一個，」他說。他一手伸向額頭，向後抹頭髮，低頭看著艾林葛若薩。「主教，在我回巴黎之前，我想再和你討論一件事——你臨時起意，改飛倫敦，曾經賄賂機長改變航道。」

艾林葛若薩垂頭喪氣。「我急昏頭了。」

「對。機長被我的弟兄偵訊時，也有同樣的反應。」法舍伸手進口袋，掏出一枚紫水晶戒指，上面的圖案是手工雕製的主教冠與權杖。

熱淚湧上眼眶，艾林葛若薩接下戒指，戴回手指上。「你對我太好心了。」他向法舍伸出一手，緊緊握住。「感恩。」

82

羅絲林（Rosslyn）禮拜堂位於愛丁堡南郊七哩，原址是一座供奉密特拉神的古殿，經聖殿騎士團於一四四六年改建，雕梁畫棟，裡外盡是琳琅滿目的符號——猶太教、基督教、埃及教派、共濟會、民俗宗教都有。

禮拜堂的方位契合縱貫格拉斯頓伯里的南北子午線。這條玫瑰線是指向亞瑟王的亞法隆島傳統指標，咸認是英國神聖地理學的中流砥柱。拼法原本是Roslin的羅絲林禮拜堂，名稱的淵源正是這玫瑰線（Rose Line）。

這座禮拜堂的幾座尖塔外觀斑駁，修長的影子映在黃昏大地上，這時候蘭登和蘇菲駕駛出租車前來，停在草地停車坪上，往陡坡走上去就是禮拜堂。在雲朵片片的晴空之下，蘭登仰望禮拜堂的樸素身影，覺得自己成了夢遊仙境的愛麗絲，一頭栽進兔子洞。*我是在做夢吧？*然而他知道，索尼耶赫最後一道謎題寫得不可能更詳盡了。

古羅絲林聖杯藏。

如同索尼耶赫從一開始留遺言的方式，錫安會的天機也以同樣的文體加密：簡單的一首詩。這首詩有四行，文意淺顯，直指這座禮拜堂，毫無疑問。詩不但指名，也提及這座古蹟的幾項聞名特色。

蘭登覺得，選羅絲林禮拜堂藏寶，地點未免太明顯了。幾世紀以來，這座石雕教堂頻頻被人暗示藏著聖杯。近幾十年，有人以雷達探測地底，赫然發現禮拜堂正下方有一間龐大的密室，占地不僅超越地上的禮拜堂，也沒有明顯的出入口。考古學者曾要求羅絲林信託會允許開鑿，以利深入密室一查究竟，卻被信託會否決並禁止挖掘神聖古蹟。

如今，羅絲林蔚為尋密者的朝聖地。羅絲林信託會究竟想隱瞞什麼？反過來說，正派聖杯學者的共識是：羅絲林是個幌子，是錫安會喜歡用來引君入甕的詭計之一。

然而，在今晚，出自錫安會拱心石的一首詩直指這地點，蘭登得意不起來了。整天困擾他的疑問是：

索尼耶赫為何費了天大的工夫，引我們來一個眾人昭昭的地點？

合理的答案似乎只有一個。

羅絲林另含某些尚待我們理解的疑點。

「羅柏？」蘇菲站在車子外面，回頭看他。「你不來嗎？」她捧著法舍隊長交還的玫瑰木盒，小藏密筒裝在大筒裡面，莎草紙完好如初，鎖在小筒中，恢復原狀。

禮拜堂的入口不如蘭登預期來得華麗，只是一小道木門，附兩個鐵鉸鏈，掛著一面簡單的橡木牌子。

ROSLIN

禮拜堂即將關門休息，蘭登拉開門之際，一股暖風迎面撲來，彷彿古蹟站一整天累了，發出疲憊的嘆息。入口的拱門雕刻著五瓣花的圖形。

玫瑰。女神的子宮。

帶著蘇菲入內時，蘭登不覺然放眼望去，把景象盡收眼底。羅絲林的石雕精緻，他讀過不少描述，但親眼見識更能令他動容。

符號學的天堂，蘭登的一位同事曾如此稱讚。禮拜堂的表面每一處都雕刻著符號，有基督教的十字形，有猶太教的星形，有共濟會徽，有植物、蔬菜、五角星、玫瑰花。聖殿騎士專精石工藝，曾在歐洲各地建造聖殿教堂，但羅絲林公認是聖殿騎士團以最虔敬的心、耗費最多心血打造出來的傑作。在這裡，石匠大師無處不雕刻。羅絲林禮拜堂開放給各教派……海納各界傳統……最重要的是，也崇拜大自然和女神。

禮拜堂裡面冷清，只見五六名遊客聆聽著年輕的教堂司事解說。這是今天最後一批觀光客，排成一行，由司事率領，踏上一條聞名的導覽路線——一條肉眼可見的途徑，連接內部六個主要的景點。無數世代的遊客都走過這幾條直線，接連參觀各景點，經年累月的腳步在地板上踏出巨大的符號。

✡

大衛星，蘭登心想。*在這裡不算巧合。*大衛星另名所羅門王的封印，在古代是觀星僧侶的祕密符號。

負責帶隊解說的司事見他們進來，獻上宜人的微笑，以手勢請兩人別客氣到處參觀一下。

蘭登點頭致謝，開始往裡面深入，蘇菲則杵在玄關，滿臉疑惑。

「我覺得……我來過這地方，」她緩緩說。

蘭登很驚訝。「妳不是說妳連聽都沒聽過羅絲林嗎？」

「是沒聽過……」她掃視環境，顯得無所適從。「爺爺一定在我小時候帶我來過這裡。奇怪。感覺有點眼熟。」她的目光在內部流轉，頭開始點，表示確定。「對。」她指向禮拜堂的前半部。「那兩根柱子……我看過。」

這雙石柱的雕刻精巧，位於禮拜堂最遠的前面，夕陽從西窗外斜射進來，白色的網狀雕隱然像在紅光中悶燒。這兩根石柱位於祭壇常出現的地點，不太對稱，左柱刻著幾道單純的垂直線，右柱則刻著螺旋狀的華麗花紋。

蘇菲已經走過去，點著頭。「對，我確定見過這兩根柱子！」

「妳見過，我不懷疑，」蘭登說，「不過，妳未必是在這裡看到的。」

她轉頭。「什麼意思？」

「這兩根石柱的複製品出現在世界各地的建築物裡。」

「羅絲林禮拜堂的複製品？」她語帶狐疑。

「不是。是石柱的複製品。我剛不是才提到，羅絲林本身是所羅門聖殿的複製品嗎？這兩根石柱複製所羅門聖殿前頭的石柱。」蘭登指向左邊的石柱。「那一個的名稱是波阿斯，另名爲石匠之柱。另一個叫做雅欽，另名是學徒之柱。」他停頓片刻。「事實上，世界上幾乎每一座共濟會殿堂都有類似的兩根石柱。」

蘭登告訴過蘇菲，聖殿騎士團和現代共濟會祕密社團之間密不可分的歷史淵源，蘇菲祖父的最後一首詩謎也影射師傅級的石匠（Master Masons）在羅絲林的藝術品。

「我從沒去過共濟會殿堂，」蘇菲說，仍盯著石柱看。「我幾乎敢保證我是在這裡看到這兩條柱子。」她轉身，彷彿想找其他景象刺激回憶。

其他遊客這時走了，年輕的司事從另一邊走來，笑顏可掬。他年近三十，相貌英俊，講話帶蘇格蘭腔，金髮略顯紅光。「我即將關門休息了。需要我帶兩位去參觀什麼東西嗎？」

好啊，帶我們去找聖杯吧，蘭登想說。

「密碼，」蘇菲脫口而出，頓悟一件事。「這裡有個密碼！」

見她興沖沖，司事顯得欣喜。「的確有，小姐。」

「密碼在天花板，」她說，轉向她右邊的牆。「就在……那裡。」

司事微笑。「想必妳以前來過。」

密碼，蘭登心想。他竟忘了羅絲林的這一點小傳奇。羅絲林禮拜堂的奧祕很多，其中一個是拱道，天花板凸著幾百塊石磚，每一塊都刻著一個符號，看似隨機亂刻，形成一大片奇特的符碼雲。有一派信誓旦旦地說，這片符號密碼能揭露羅絲林地下密室的入口，也有人認爲，密碼訴說著正宗的聖杯傳奇。哪一派的說法爲眞，並不重要，因爲幾世紀以來，這密碼一直無法破解。直到今日，羅絲林信託會仍歡迎各界前來解謎，成功者可獲重賞，但密碼仍是一團謎。

「我很樂意帶妳去參……」

司事講到一半，見蘇菲把玫瑰木盒交給蘭登捧，自己像中邪似的，走向密碼拱道。我今生的第一個密碼。奔走了一天，她滿腦子是聖杯和錫安會之類的謎團，現在頭腦被回流的往事盤據。她回想起第一次前來羅絲林，內心不期然興起一股異樣的哀傷。

她年紀還小……大約在親人身亡後一年，爺爺帶她來蘇格蘭度幾天假，想在回巴黎前參觀羅絲林禮拜堂。那天快天黑了，禮拜堂已經關門，但祖孫倆仍在裡面。

「我們可以回家嗎，爺爺？」玩累了的小蘇菲哀求。

「快了，親愛的，很快就能回家。」爺爺的語氣憂鬱。「我在這裡還有最後一件事要做。不如妳先去車上等我好了。」

「你又要去做大人做的事情嗎？」

他點頭。「很快就好。我保證。」

「我可以再去拱道猜密碼嗎？剛才好好玩喔。」

「妳不怕一個人待在這裡？」

「當然不怕！」她氣呼呼說。「天根本還沒全黑！」

爺爺微笑。「好吧，就依妳。」他帶小蘇菲回符號繁複的拱道。

蘇菲立刻一屁股坐在石地板上，然後仰躺望拱頂，看著眼花撩亂的符號謎題。「我想在你回來之前破解密碼！」

「好，我們比賽看誰快。」爺爺彎腰，親親小額頭，走向附近的側門。「我人就在外面，門就這樣開著，妳如果想找我，喊一聲就行。」他走出門，踏進昏黃的夜色中。

小蘇菲躺在地上，仰望著密碼，眼皮覺得越來越重，幾分鐘後，符號變模糊了。然後，符號全消失。

她醒來時，覺得地板好冰冷。

「爺爺？」

沒人應。她站起來，拍拍身上的塵土。側門仍開著，於是她向外走。禮拜堂正後方不遠處有一棟石屋，她看得見爺爺站在屋子的門廊上，隔著紗門，正輕聲對著裡面的人講話。對方是誰，她看不太清楚。

「爺爺？」小蘇菲再一次呼喚。

爺爺轉頭揮揮手，要她再等一會兒。接著，爺爺對紗門內的人講最後一句話，朝裡面的人獻飛吻，然後含淚走向她。

「你爲什麼在哭，爺爺？」

他抱起小蘇菲，緊緊摟住。「唉，蘇菲，這一年，妳和我向很多人道別。苦啊。」

蘇菲想起那場車禍，回憶起她揮別父母、祖母、弟弟的往事。「你剛又向別人說再見了？」

「一個我愛之深的摯友，」他回答，語調裡的愁緒滿盈。「恐怕很久很久以後才有機會再見她一面。」

蘭登瀏覽著禮拜堂的牆壁，擔心可能通關又即將遇到瓶頸。儘管索尼耶赫的詩謎擺明是羅絲林，他進這裡之後卻又徬徨。詩的第二行提到「劍刃餐杯」，蘭登卻在這裡遍尋不著。

古羅絲林聖杯藏。
劍刃餐杯鄙夫擋。

「我這人討厭過問別人的事，」司事說，兩眼直看著蘭登手裡的玫瑰木盒，「不過這盒子嘛……是哪裡來的，方便我請教嗎？」

蘭登發出疲倦一笑。「說來話長啊。」

年輕人遲疑著，視線再度回到盒子上。「說來眞奇怪，我奶奶也有個一模一樣的盒子，她用來收藏首飾。同樣是拋光的玫瑰木盒，同樣有一朵鑲飾玫瑰花，甚至連鉸鏈的式樣都雷同。」

蘭登認定這年輕人搞錯了。「兩個盒子可能做得很像，不過——」

側門轟然關上，把兩人的目光吸引過去。原來是蘇菲不告而別，出門漫步下陡坡，走向附近一棟石屋。蘭登凝望她的背影。*她想去哪裡？*進入禮拜堂後，她就出現反常的言行。他轉向司事。「那一棟是什麼，你知道嗎？」

司事點頭。「那是禮拜堂的牧師住所。現在住著女堂主，她也是羅絲林信託會的主委。」他停頓一下。「她是我祖母。」

「你祖母是羅絲林信託會的主委？」

年輕人點點頭。「我陪她住在牧師住所裡，幫忙維護禮拜堂，向遊客解說。」他聳聳肩。

「我從小就住這裡。祖母在那棟房子裡拉拔我長大。」

祖母拉拔我長大。

蘭登望向陡坡上的蘇菲，然後低頭看手裡的木盒。*不可能吧。*慢慢地，蘭登把頭轉回司事。

「你剛說，你祖母也有這種盒子？」

「幾乎一模一樣。」

「她的盒子是哪裡來的？」

「是我祖父親手做的。我還是嬰兒的時候，他就過世了，不過我祖母仍經常提起他。她說他是手工藝天才，各種東西都難不倒他。」

幾個聯想點在蘭登腦海連連看，交織成網。「你父母怎麼了，方便我過問嗎？」

年輕司事面露訝異。「他們在我小時候就過世了。」他停頓一下。「在我祖父過世的同一天。」

蘭登心跳如鼓。「出車禍嗎？」

他畏縮一下，橄欖綠的眼珠透露疑惑。「對。那一天，我們家死了好多人，我祖父，我爸媽，另外也死了……」他遲疑著，目光轉向地板。

「你姐姐。」蘭登說。

在陡坡上，那棟石屋和蘇菲的印象沒有兩樣。夜幕低垂了，屋子散放著溫煦誘人的光輝，麵包香從紗門飄逸而出，窗內亮著金光。蘇菲步步接近，聽見屋內傳來輕輕啜泣聲。

在紗門外，蘇菲看見走廊有一名老婦人。雖然老婦人背對著門，蘇菲看得出她正在哭。老婦人銀髮豐濃而迤邐，意外勾起一絲絲緬懷。蘇菲不知不覺被牽引向前，踏上門廊階。老婦人拿著相框，對著相片中的男人哭泣，以指尖撫觸他的臉，神態充滿柔情悲楚。

相片裡的人，蘇菲和他很熟。

爺爺。

老婦人顯然是接到賈克．索尼耶赫的噩耗。

蘇菲腳下的木板被壓出吱聲，老婦人徐徐轉身，哀傷的視線移向蘇菲的眼睛。蘇菲多想拔腿就跑，但她無法動彈。老婦人的目光熱切，放下相框，目不轉睛走向門口。老少隔著薄薄的紗門相視，久久無動作。接著，老婦人的表情變了，猶如海潮緩緩漲升，神情從無所適從轉爲不敢置信……轉爲希望……最後轉爲歡喜。

她摜開紗門而出，伸出溫柔的雙手，捧住蘇菲愣呆了的臉。「喔，親愛的孩子……看看妳！」

雖然蘇菲不認得她的長相，她仍知道老婦人是誰。她想說話，卻發現自己連呼吸都成問題。

「蘇菲，」老婦人啜泣，親吻她的額頭。

蘇菲哽咽低聲說，「可是……爺爺說妳已經——」

「我知道。」老婦人雙手落在蘇菲肩膀上，以熟悉的眼神凝視她。「妳爺爺和我逼不得已講了很多東西。我們做了不少當時認爲是對的事情。我好遺憾，全是爲了妳的安全啊，公主。」

最後兩字進入蘇菲耳朵，霎那間喚回爺爺的音容。許多年來，爺爺常對她喊公主。現在，爺爺的語音似乎在羅絲林的古岩之間迴響，震撼到未知的地底洞。

老婦人振臂摟抱蘇菲，噗簌簌的淚水流得更急了。「妳爺爺多想向妳吐露所有事實。可是，你們祖孫之間鬧得那麼僵……。他費盡了心思啊。該解釋的事情好多——多得數不清。」她再吻蘇菲的額頭一下，然後對著耳朵悄悄說，「不必再保密了，公主。妳早該認識我們家族的真相。」

蘇菲和祖母坐在門廊階，祖孫淚擁成一團，這時候司事衝過草坪而來，目光閃爍著希望和疑慮。

「蘇菲？」

淚眼之中，蘇菲點頭站起來。她不認得這年輕人的長相，但在兩人擁抱之際，她能感應到他的血脈吸引力之強……她現在明瞭到，兩人承續的是同一條血脈。

蘭登穿越草坪而來的同時，蘇菲無法想像的是，就在昨天，她還覺得自己在世上孑然一身。如今，在這片異境，在近乎陌生的三人陪伴中，回家的感覺終於在她心中滋生。

83

夜幕籠罩團團籠罩羅絲林。

羅柏・蘭登獨自佇立在石屋門廊上，精疲力盡，享受著團圓歡笑聲從背後紗門飄送而出。倦意直鑽他身體的核心。

「你怎麼悄悄溜走了？」背後有人說。

他轉身。蘇菲的祖母走出門，銀髮在夜色中燐燐亮。以過去二十八年而言，她的姓名是瑪利・蕭弗爾。

蘭登露出疲倦的笑容。「我不想打擾你們家族團圓的時光。」隔著窗戶，他看得見蘇菲正在和胞弟交談。

瑪利走過來，站在他身旁。「蘭登先生，我昨天一聽見賈克遇害，第一個反應就是擔心蘇菲的安全。今晚見到她站在我家門口，這輩子心頭上最重的一塊岩石總算卸下了。我對你感激不盡。」

蘭登不知道如何回應。儘管剛才他表達退意，希望多給祖孫交心的空檔，瑪利卻要求他留下來聽。「我夫婿顯然信得過你，蘭登先生，所以我也信任你。」於是，他留下來，聽著瑪利敘述蘇菲雙親的背景，暗暗驚奇。不可思議的是，蘇菲的父母都是墨洛溫王室的子孫，是馬利亞和耶穌基督的直系後裔。蘇菲的父母和祖先爲求身家安全，把姓改成普朗塔和聖克萊赫，而最直系的皇室血親也受錫安會悉心護衛。後來，蘇菲的父母發生離奇車禍，雙雙身亡，錫安會擔心皇室後裔的身分被發現了。

「妳爸媽的車子墜河了，」瑪利沉痛哽咽解釋，「我和妳爺爺一接到電話通知，必須當下做出重大決定。」她拭去眼眶的淚水，看著蘇菲姐弟。「照原定計畫，我們全部六個人——祖孫三代，那一晚全搭同一輛車出門，幸好在最後關頭，計畫有所變動，所以只有妳父母倆開車去。出事的情況究竟是什麼，妳爺爺和我不清楚……是否眞的是意外也不得而知。」

瑪利看著蘇菲。「我們當時體認到，非保護兩個孫子不可，於是以我們當時想得出最好的辦法，由妳爺爺報警說，妳弟弟和我也搭同一輛車……祖孫兩具屍體八成被沖走了。然後，錫安會帶我和妳弟藏起來。妳爺爺由於是名人，不能說消失就消失，所以合理的做法是讓年長的蘇菲留在巴黎，由爺爺扶養長大，以貼近錫安會的核心，讓錫安會保護。」

她的嗓門縮成氣音。「拆散自家人是我們做過最痛苦的決定。妳爺爺和我久久才見面一次，而且地點總挑在最隱密的場合。」她停頓一下。「有些儀式，錫安會總是照古法舉行。」

聽到這裡，蘭登走到外面。現在，他凝望著禮拜堂的尖塔，無法不思索待解的謎團。聖杯眞的藏在羅絲林嗎？如果是，索尼耶赫詩裡的劍刃和餐杯在哪裡？

索尼耶赫的莎草紙。他剛才再次從藏密筒裡抽出來，希望能看出先前遺漏的線索。「我看看，」瑪利說，指向蘭登的手。

瑪利接下莎草紙，露出好氣又好笑的表情。「我認識在巴黎一間銀行上班的人，他可能巴望著這玫瑰木盒趕快歸還。安德烈．維賀內是賈克的摯友，賈克全心信任他。賈克託付他看管這盒子，他一定會不顧一切信守諾言。」

更不惜對我開槍，蘭登回想著，決定不提自己大概撞斷了那可憐傢伙的鼻梁。思緒回到巴黎，他霎然憶起昨夜落難的三位大長老。「錫安會呢？下一步怎麼走？」

「應變機制已經動起來了，蘭登先生。錫安會歷經幾世紀的風浪，一定也能挺過這一關。等著重建的會員絕對大有人在。」

這天晚上，蘭登一直懷疑，蘇菲的祖母是錫安會的核心幹部。再怎麼說，錫安會自古都有女會員，歷屆盟主當中，甚至有四位是女性，只不過大長老的職責是護衛，傳統上由男性擔任。

蘭登想起李伊．提賓在西敏寺說的話，恍若隔世。他問，「教會有沒有對妳先生施壓，禁止他在『末世』公開聖杯文獻？」

「天啊，哪有那回事。『末世』不過是個傳奇——錫安會教義完全不提公布聖杯的日期。事實上，錫安會向來相信，聖杯永遠不應該公開。」

「永遠不公開？」蘭登感到詫異。

「滋潤世人心靈的是奧祕和奇事，不是聖杯本身。聖杯之美在於她虛無縹緲的特質。」說到這裡，瑪利仰望羅絲林。「對部分人士而言，聖杯是能帶來永生的一個餐杯。對有些人而言，他們追尋的是失傳的文獻和祕史。對多數人來說呢，我懷疑聖杯很簡單，代表著一份無法取得的光榮至寶，即使在當前的亂世也能啓發我們的心靈。」

「可是，如果聖杯文獻繼續藏著，抹大拉馬利亞的故事不就永遠失傳了嗎？」蘭登說。

「會嗎？你前後左右看一看。她的故事出現在藝術、音樂、圖書中。一天比一天多。時代的鐘擺正要盪向另一邊了。世人開始意識到來自歷史的危機……世人逐漸意識到，我們有必要重振神聖女性。」瑪利停頓一下。「你剛提到，你正在寫一本主題是神聖女性符號的書，對不對？」

「對。」

她微笑。「把書寫完，蘭登先生。吟詠她的詩歌。這世界需要現代吟遊詩人。」

蘭登沉默了。不許問，他告誡自己。時機不對。他瞄向瑪利手裡的莎草紙，視線再轉回羅絲林禮拜堂。

「想問就問吧，蘭登先生，」瑪利面顯得好氣又好笑。「你已經贏得發問權。」

蘭登覺得噸然臉紅。

「你想知道聖杯是不是藏在羅絲林。」

「妳能告訴我嗎？」

她嘆息，故意以氣急敗壞的表情揶揄他。「男人怎麼老是追著聖杯不死心呢？」她呵呵笑著，顯然自得其樂。「你爲何認爲聖杯藏在這裡？」

蘭登指向她手中的莎草紙。「妳先生的詩指名羅絲林，不過同一首詩也提到劍刃和餐杯看守著聖杯。我剛在禮拜堂裡沒看見劍刃和餐杯的符號。」

「劍刃和餐杯？」瑪利問。「它們到底長什麼樣子？」

蘭登知道她是明知故問，但他順從她的意思，趕緊描述給她聽。

一抹朦朧的印象掠過她臉上。「啊，對了，當然。劍刃代表雄性。我相信符號是這樣畫，對吧？」她以食指在自己掌心畫三角形。

△

「對，」蘭登說。瑪利畫的是「封閉式」的版本，比較不常見，但兩種畫法蘭登全見過。

「另一個上下顛倒，」她說，在手心再畫一次，「代表餐杯，象徵雌性。」

▽

「正確。」蘭登說。

「而照你說，我們羅絲林禮拜堂裡的符號千百種，偏偏找不到這兩個符號？」

「我沒看到。」

「如果我帶你去找，看到以後，你願意去睡個覺嗎？」

蘭登還來不及回答，瑪利就踏下門廊，朝禮拜堂前進。蘭登連忙跟上。進入古蹟後，瑪利開燈，指向地板中央。「就在這裡，看吧，蘭登先生。劍刃和餐杯。」

蘭登凝視著被鞋子磨禿的地板。地板上空無一物。「這裡沒有東西啊……。」

瑪利嘆氣，開始順著平常的導覽路線走。下午剛到時，蘭登見過遊客走同一條路線，被磨禿的動線圖顯而易見。視覺適應環境後，地上浮現一個巨大的符號，他仍百思不解。「可是，這圖形是大衛星——」

蘭登陡然噤口，恍然醒悟。

劍刃與餐杯。

融合爲一。

大衛星……男女的完美結合……所羅門王的封印……至聖所的標記，據說是男女神居住的地方。

腦筋動了一分鐘，他才開得了口。「這首詩眞的是指向羅絲林。完全是。絕對是。」

瑪利微笑。「顯然是。」

從這衍生出的寓意令他不禁哆嗦。「所以說，聖杯就藏在這下面的地窖？」

她笑了。「只具有象徵意義。錫安會最遠古的任務之一是，有朝一日讓聖杯回歸法國故土，好讓她長眠千古。幾世紀以來，她在鄉間被輾轉推來送去，受盡屈辱。賈克當上盟主時，任務是恢復她的尊嚴，帶她回法國，爲她建造皇后級的安息所。」

「任務達成了嗎？」

瑪利的表情變嚴肅。「蘭登先生，身爲羅絲林信託會的主任委員，我能斬釘截鐵告訴你，聖杯已經不在羅絲林了。」

蘭登決定追問。「可是，照理說，拱心石能指點聖杯目前的方位，怎麼會指向羅絲林呢？」

「說不定是你解讀錯誤。」

「可是，這詩寫得不可能再明白了啊，」他說。「在我們站的地方，地下藏著一座地窖，以劍刃和餐杯標示，天花板有繁星，周圍是大師級石匠的藝術品。每一個特徵全都表示是羅絲林。」

「好吧，讓我看看這首神祕的詩。」她攤開捲起來的莎草紙，以愼重的語調朗誦。

古羅絲林聖杯藏（The Holy Grail 'neath ancient roslin waits.）

劍刃餐杯鄙夫擋（The blade and chalice guarding o'er Her gates.）

匠心師藝伴隨眠（Adorned in masters' loving art, She lies.）

萬世安息星辰掩（She rests at last beneath the starry skies.）

瑪利讀完，靜止不動幾秒，最後嘴唇露出會意的微笑。「啊，賈克。」

蘭登以期待的眼神觀望。「妳看懂了？」

瑪利累得打呵欠。「蘭登先生，我不妨向你坦承一件事。以我在錫安會的地位，我不配知道聖杯的方位。但是，我有幸嫁給影響力遠大的人……而我的女性直覺很敏銳。我覺得，你總有一天能找到你想找的東西。遲早，你必定能悟出道理。」她說完微笑。

有人走到門口。「你們兩個都不見了。」蘇菲說著進來。

「我正要走，」祖母回應，走向站在門口的蘇菲。「晚安，公主。」她吻蘇菲的額頭。「別讓蘭登先生太晚睡。」

蘭登和蘇菲看著祖母走回粗石打造的房子。蘇菲轉向他時，眼裡洋溢激動的情愫。「和我預期的結局有點差距。」

我也有同感，蘭登心想。他看得出蘇菲承受不住——整個人生在今夜全改觀了。「妳還好吧？一下子很難接受這麼多吧。」

她幽幽微笑。「我有家人了。我可以從這一點重新出發。至於我們家的定位和淵源，就需要多一些時間來調適了。」

蘭登不語。

「待完今晚，你還會再住幾天嗎？」蘇菲問。「至少多待幾天再走吧？」

蘭登嘆氣，多麼想留下來。「妳需要一點時間，多多和家人相處，蘇菲。我一早就回巴黎。」

兩人講不出話。接著，蘇菲伸手過去，牽起他的手，帶他離開禮拜堂，一同走向陡坡上的小山崗。從這裡眺望，蘇格蘭鄉下的景觀在眼前延展，淡淡的月光破雲而出，溢灑在大地上。星星剛一個個露臉，但往西方望去，一粒星光強過周圍的眾星。金星 Venus。遠古女神維納斯正以沉穩有耐心的光芒照耀大地。

終章

羅柏．蘭登猛然驚醒。做夢了。床邊的浴袍繡著巴黎麗思大飯店的商標。微光從窗簾縫透進來。是黃昏，還是黎明？他納悶。

他覺得通體溫暖，滿足到了心坎。他熟睡了將近兩天。他慢慢在床上坐起來，這時才理解驚醒的原因……怪到不能再怪的一個想法。

有可能嗎？

他依舊沒動作。

不可能吧。

他洗個戰鬥澡醒腦，二十分鐘後離開飯店，興奮心越來越激昂。他往東走，然後轉南，繼續走到他想找的地方——聞名的皇家拱廊，一整行都是光亮的黑色大理石。蘭登踏上大理石地，低頭來回在地上找，不出幾秒，果然就找到了——鑲嵌在地上、筆直排列的圓形黃銅牌子，每一塊直徑五吋，壓印著字母N和S，代表北和南。

他轉向正南方，讓目光順著銅牌延伸出的直線而去，雙腿也跟著走。

蘭登多年前學到，巴黎市有一百三十五面這種銅牌，鑲嵌在人行道、庭院、街道上，直線縱貫市區南北。他曾從聖心堂出發，循線往北橫越塞納河，最後走到歷史悠久的巴黎天文臺，得知這條神聖的線具有何種意義。

全地球最原始的本初子午線。

全世界第一條零度經線。

巴黎的古玫瑰線。

現在，蘭登急忙過一條車多的馬路，直覺知道目的地一蹴可幾，就在下一條街。

古羅絲林聖杯藏。

這時候，領悟一波接一波襲上心頭。索尼耶赫以古法拼音成Roslin……劍刃與餐杯……墳墓以大師級的藝術品裝飾。

索尼耶赫約我見面，爲的就是這個原因？難道我早在無意之間，猜中了眞相？

他的步伐加快成小跑步，感覺雙腳踏著玫瑰線前進，被玫瑰線牽引向目的地。進入黎希留長隧道時，期待的心情惹得頸背的毛髮直豎。他知道，在這條隧道盡頭是巴黎人造景觀裡最奧祕的一座。

羅浮宮金字塔。

在黑暗中閃耀著。

他只欣賞金字塔一會兒，旋即轉身，再度覺得雙腳又循著古玫瑰線形成的隱形小徑，穿越中庭，來到騎兵圓環，裡面的草地周圍栽種著修建整齊的樹叢。古代曾在這裡舉辦過多次崇拜大自然的慶典，以歡樂儀式推崇生殖力與女神。

蘭登跨越樹叢，站進草地，感覺彷彿進入異次元。這片神聖的土地如今已成巴黎最奇特的景觀之一，正中央是平面玻璃，玻璃以下猶如水晶窟，形狀是倒立的大金字塔。前幾天，他夜訪羅浮宮就見過同一座倒立金字塔。

蘭登微微顫抖著，走向玻璃邊緣向下望，看著龐大的羅浮宮地下複合式建築，琥珀色的燈火洋溢。他的視線不只逗留在倒立金字塔上，也盯著金字塔正下方的東西端詳。在地下大廳的地板上，有一座小之又小的建築物……蘭登曾在書稿裡提及。

悟透玄機的亢奮激盪著蘭登的身心。他再次舉目望羅浮宮，感覺被左右兩大館環翼擁抱……裡面的陳列室是目不暇接的全球上乘名作。

達文西……波提且利……

匠心師藝伴隨眠。

他驚訝得活力充沛，再一次隔著玻璃，向下看著地板上的小建築物。

我非下去不可！

他往回走，穿越中庭，從大金字塔的入口進羅浮宮。這天最後一批遊客正三三兩兩離開博物館。蘭登推開旋轉門，快步走下迴旋梯，走完後進入羅浮宮中庭地下的長隧道，朝著倒立金字塔的方向前進。

來到隧道盡頭，他進入一個大廳，正前方是晶瑩剔透的倒立金字塔，尖頭朝下指，輪廓是令人屏息的V字形。

餐杯。

蘭登的視線循著越縮越細的塔尖往下看，最尖端離地面只有六呎，尖頭的正下方指著一個小建築物。

一座袖珍金字塔。這一座僅三呎高，在整棟大規模的複合式建築當中是唯一的小尺寸物體。

蘭登在書稿裡探討羅浮宮廣納女神藝術品，也曾信筆提及這座小金字塔。「這座迷你建築物從地板凸起，宛如冰山的尖角，恰似地下另有一座巨大的金字塔，僅露出頂端，下面是一間隱藏式密室。」

大小金字塔，頂點對頂點，塔身對齊，塔尖幾乎互相碰觸。

上有餐杯，下有劍刃。

劍刃餐杯鄙夫擋。

蘇菲祖母的一句話在他耳際響起。遲早，你必定能悟出道理。

他站在古代玫瑰線底下，被名師傑作團團圍繞。天下還有哪個地方比這裡更適合讓索尼耶赫看管寶物？如今，他總算領會盟主最後一首詩的眞諦。他舉目望蒼天，目光穿越玻璃板，深入繁星璀璨的夜空。

萬世安息星辰掩。

被遺忘的言語杳渺迴響起，猶如精靈在黑暗中嚅嚅細語。追尋聖杯的目的是跪拜抹大拉馬利亞的遺骨，在失散女神的跟前祈禱。

崇敬心倏然高漲，羅柏·蘭登跪下去。

霎時之間，他覺得依稀聽見一女子……音聲來自無底洞……沉吟著亙古的智慧金言。

銘謝詞

特別在此感謝英美兩國Penguin Random House兒童文學集團的才子才女Bill Scott-Kerr、Barbara Marcus、Beverly Horowitz、Shannon Cullen、Sue Cook等人。

Jason Kaufman是我的朋友兼編輯，感謝他為此書打拼，眞正理解本書的眞諦。在此也要謝謝舉世無雙的超級經紀人、值得信賴的朋友Heide Lange不辭辛勞支持《達文西密碼》。

Doubleday的超強團隊對本書慷慨付出心血，信心堅定，指引精闢，再美的辭藻也無法徹底表達我對他們的感激。Bill Thomas和Steve Rubin打從一開始就對本書深具信心，值得我特別感謝。我也藉此感謝社內最原始的核心支持群，帶頭者是Michael Palgon、Suzanne Herz、Janelle Moburg、Jackie Everly、Adrienne Sparks，以及Doubleday銷售團隊的高手。

在找資料的過程中，以下單位慷慨協助，我想在此道謝：羅浮宮、法國文化部、古騰堡計畫、國家圖書館、諾斯底學會圖書館（Gnostic Society Library）、羅浮宮繪畫研究與文獻服務科、天主教世界新聞、格林威治皇家天文臺、倫敦文獻學會、西敏寺檔案館藏、John Pike、美國科學界聯盟。另外要感謝主業會的五位會員（其中兩人已脫會）敘述個人在主業會中的經歷，對主業會褒貶不一。

我也感激以下人士：我參考的書籍當中，許多拜Water Street書局之賜代爲尋找：家父Richard Brown是數學老師兼作者，黃金比例和費波那契數列來自他的指引：Stan Planton、Sylvie Baudeloque、Peter McGuigan、Francis McInerney、Margie Wachtel、Andre Vernet、Anchorball Web Media的Ken Kelleher、Cara Sottak、Karyn Popham、Esther Sung、Miriam Abramowitz、William Tunstall-Pedoe、Griffin Wooden Brown。

本小說對神聖女性著墨甚多，感謝詞最後絕不能漏掉對我人生影響至深的兩位偉大女性。首先是家母Connie Brown——同是文字工作者、養育者、音樂工作者、榜樣模範。再者要感謝妻子Blythe——藝術史學者、繪畫工作者、前線編輯，無疑是我認識的所有人當中才華最驚人的女性。

圖片版權

頁一六一，© 2004 David Henry。

頁一六二，〈蒙娜麗莎〉，羅浮宮，巴黎，法國，Giraudon，The Bridgeman Art Library。
〈岩間聖母〉（左），Erich Lessing，Art Resource，紐約。
〈岩窟中的聖母〉（右），Art Resource，紐約。

頁一六三，左上、中上，Erich Lessing，Art Resource，紐約。
右上，Scala，Art Resource，紐約。
下，the Crown Publishing Group，藍燈書屋。

頁一六四，威雷特堡，Olivia Hsu Decker，Pat Denton 攝影。
〈最後的晚餐〉，Scala，Art Resource，紐約。
〈騎士肖像〉，Simon Brighton。
希伯來語字母表，the Crown Publishing Group，藍燈書屋。

頁一六六，© 2004 David Henry。

頁一六七，左上，Angelo Hornak，CORBIS。
右上，Werner Forman，CORBIS。
下，Antonia Reeve，Rosslyn Chapel Trust。

頁一六八，上，Sandro Vannini，CORBIS。
下，©Brad Braun。

藍小說 274

達文西密碼（少年讀本版）

作　者—丹・布朗
譯　者—宋瑛堂
主　編—嘉世強
編　輯—張瑋庭
企劃經理—何靜婷
美術設計—白日設計
封面設計—Will Staehle
內頁排版—極翔企業有限公司

董事長—趙政岷
出版者—時報文化出版企業股份有限公司
108019台北市和平西路三段二四〇號三樓
發行專線—（〇二）二三〇六—六八四二
讀者服務專線—〇八〇〇—二三一—七〇五
（〇二）二三〇四—七一〇三
讀者服務傳真—（〇二）二三〇四—六八五八
郵撥—一九三四四七二四時報文化出版公司
信箱—一〇八九九臺北華江橋郵局第九九信箱

時報悅讀網—http://www.readingtimes.com.tw
電子郵件信箱—liter@ readingtimes.com.tw
法律顧問—理律法律事務所　陳長文律師、李念祖律師
印　刷—勁達印刷有限公司
初版一刷—二〇一八年二月二日
初版三刷—二〇二一年十二月二十七日
定　價—新臺幣四〇〇元
（缺頁或破損的書，請寄回更換）

時報文化出版公司成立於一九七五年，
並於一九九九年股票上櫃公開發行，於二〇〇八年脫離中時集團非屬旺中，
以「尊重智慧與創意的文化事業」為信念。

達文西密碼（少年讀本版）/ 丹・布朗（Dan Brown）著；宋瑛堂譯
. – 初版 . – 臺北市：時報文化, 2018.2
面；　公分 . –（藍小說；274）
譯自：The Da Vinci Code
ISBN 978-957-13-7306-5

874.57　　107000362

ISBN 978-957-13-7306-5
Printed in Taiwan